हिन्द पॉकेट बुक्स

नीरज की यादों का कारवां

मिलन प्रभात 'गुंजन' नीरज जी के सुपुत्र हैं। इनका जन्म 1 जून 1952 को कानपुर में हुआ। ये मैकेनिकल इंजीनियर हैं और बारह वर्ष तक भेल, हरिद्वार में सेवा देने के बाद जनरल मैनेजर के पद से सेवानिवृत हुए हैं। बचपन से ही नीरज जी के साथ रहने से इनमें भी गायन की कला आ गई और ये भी अपने पिताजी के साथ कविता पाठ करते रहे हैं। यह इनकी पहली पुस्तक है जिसमें इन्होंने अपने पिता, नीरज जी के साथ अपनी के यादों को समाहित किया है।

नीरज की

यादों का कारवां

मिलन प्रभात 'गुंजन'

हिन्द पॉकेट बुक्स
पेंगुइन रैंडम हाउस इम्प्रिंट

हिन्द पॉकेट बुक्स

यूएसए। कनाडा। यूके। आयरलैंड। ऑस्ट्रेलिया। सिंगापुर
न्यू ज़ीलैंड। भारत। दक्षिण अफ्रीका। चीन

हिन्द पॉकेट बुक्स, पेंगुइन रैंडम हाउस ग्रुप ऑफ़ कम्पनीज़ का हिस्सा है,
जिसका पता global.penguinrandomhouse.com पर मिलेगा

पेंगुइन रैंडम हाउस इंडिया प्रा. लि.,
चौथी मंजिल, कैपिटल टावर 1, एमजी रोड,
गुरुग्राम 122002, हरियाणा, भारत

पेंगुइन
रैंडम हाउस
इंडिया

प्रथम हिंदी संस्करण *नीरज के यादों का कारवां* हिंद पॉकेट बुक्स में
पेंगुइन रैंडम हाउस द्वारा 2022 में प्रकाशित

10 9 8 7 6 5 4 3 2

इस पुस्तक में व्यक्त विचार लेखक के अपने हैं, जिनका यथासंभव तथ्यात्मक सत्यापन किया गया है, और इस संबंध में प्रकाशक एवं सहयोगी प्रकाशक किसी भी रूप में उत्तरदायी नहीं हैं।

ISBN 9789353497286

इनसर्ट क्रेडिट: मिलन प्रभात 'गुंजन'
टाइपसेटिंग : डीजीअल्ट्राबुक्स प्रा.लि., नई दिल्ली
मुद्रकः रेप्रो इंडिया लिमिटेड

www.penguin.co.in

FSC
www.fsc.org
MIX
Paper from responsible sources
FSC® C047271

This is a legitimate digitally printed version of the book and therefore might not have certain extra finishing on the cover.

अनुक्रमिका

प्रस्तावना

मेरे पिता, पद्म भूषण, पद्म श्री, साहित्य वाचस्पति, गीत गंधर्व, डॉ ऑफ़ लेटर्स, टैगोर वाचस्पति, साहित्य शिरोमणि एवं अनेकानेक उपाधियों से विभूषित (जिन सबका यहाँ वर्णन करना संभव नहीं है) डॉ गोपाल दास नीरज। हिंदी साहित्य के एक सशक्त हस्ताक्षर जिनका नाम काव्यप्रेमी जगत में बहुत आदर और सम्मान से लिया जाता है। काव्य जगत में जो एक ध्रुव तारे की तरह सत्तर सालों से अपने स्थान पर अडिग और सबसे ज़्यादा तेजवान तारे की तरह विद्यमान आज भी हैं।

कालजयी रचनाओं के रचियता जिनकी रचनाओं में मानवीव संवेदनाओं का सजीव चित्रण तथा समाज में फैली विसंगतियों के प्रति आक्रोश प्रतिबिंबित होता है और जिसको लोग जितनी बार सुनते या पढ़ते हैं तो उनके काव्य-कौशल की भूरि-भूरि प्रशंसा किए बिना नहीं रह पाते हैं।

जिनको श्री दिनकर ने उनकी सुमधुर गायन शैली के कारण कहा 'हिंदी की वीणा' एवं श्री भदंत आनंद कोशल्यान ने ओजपूर्ण स्वर को सुनकर कहा 'हिंदी का अश्वघोष'।

किसी ने कविताओं में अध्यात्म का पुट देख, तथा कबीर की तरह सीधी सच्ची भाषा का प्रयोग देखकर, कहा संत कवि तो किसी ने कहा नहीं प्रेम एवं श्रिंगार की अभिव्यक्ति का इससे अच्छा वर्णन बहुत कम हुआ है इसलिए नीरज जी प्रेम एवं श्रिंगार के कवि हैं।

बाबू बृज किशोर के परिवार में ऐसा कुछ विशेष नहीं हुआ था जिससे उनके परिवार की शान में कसीदे पढ़े गए हों या कहीं इतिहास में उसके बारे में बहुत कुछ लिखा गया हो या उनके परिवार का वर्णन कहीं मिलता हो। ऐसे अंजाने एवं साधारण मध्यम-वर्गीय परिवार में जन्म लेकर जिसका हर एक सदस्य एक आम आदमी का जीवन जी रहा था और जिसकी अलग से कोई विशेष पहचान नहीं थी; जहाँ पीढ़ियों से जीवनयापन के लिए सिर्फ खेती या नौकरी को ही प्राथमिकता दी गई थी और कोई भी कला के क्षेत्र में अपनी कोई पहचान नही रखता था। वहाँ अपनी अनूठी लेखन शैली, सुंदर व्यक्तित्व तथा सुमुधर कंठ के बदौलत पूरे विश्व में अपना नाम अमिट अक्षरों में लिखने वाले, अनेकों उपाधियों से विभूषित विभिन्न राज्य सरकारों एवं भारत सरकार से अलंकृत एवं "सम्मानित कवि नीरज" का जन्म हुआ।

वे एक ऐसा व्यक्तित्व थे जिसके साथ जुड़ने को लोग लालायित रहते थे और उनके साथ अपने संबंध को बताने में गर्व का अनुभव करते थे—उस घर में जन्म लेना मेरा

सौभाग्य रहा है। उनके साथ जीवन के पैंसठ साल का समय व्यतीत करने के बाद न जाने कितनी यादें हैं जो दरवाज़े पर दस्तक दे रही हैं। नीरज जी के जीवन का संघर्ष उनका जीवन और काव्य याला में घटी घटनाओं के बारे में न जाने कितने ही लोगों ने अपने सूक्ष्म अनुभव के आधार पर बहुत कुछ लिखा है, उनके साहित्य के ऊपर बाइस लोगों ने डॉक्टरेट भी की है।

मनुष्य का जीवन विवध रंगों को मिला कर बनता है और आदमी हर पल बदलता है इसीलिए कहते हैं, 'change is the way of life (बदलाव ही जीवन है)' उसके विचार बदलते है उसकी भावनाएँ हर एक परिस्थिति के साथ बदल जाती है साथ ही बदल जाती है उसकी क्रियाएँ या उसकी प्रतिक्रियाएँ। कभी मनुष्य परिस्थितियों से समझौता कर लेता है और कभी उनसे विद्रोह पर आमादा हो जाता है। किसी भी मनुष्य की एक-सी परिस्थिति में हमेशा एक ही प्रतिक्रिया नहीं होती। ये निर्भर करता है उस व्यक्ति की उस समय की मानसिक स्थिति पर जो समान परिस्थिति में होते हुए भी उसे कोई दूसरी प्रतिक्रिया देने को विवश कर देती है। उनके साथ बिताए हुए कुछ सीमित क्षणों पलों को जिसमें आप सिर्फ व्यक्ति के एक ही रूप को देख पाते हैं और जो किसी भी आदमी के व्यक्तित्व को समझने के लिए पर्याप्त नहीं है। उनके साथ बिताए हुए पलों को न जाने कितने लोगों ने अपने संस्मरणों के रूप पर कागज़ पर उकेरा है। मुझे लगा कि जिन अन्तरंग यादों को मैंने अपने परिवार में चाचा-चाची, ताऊ-ताई, दादी, मामा-मामी तथा माँ के द्वारा सुनाई हुई घटनाओं को सुन कर खुद में संजोया है तथा जिसमें से कुछ में मैं भागीदार भी हूँ। मुझे पूरा विश्वास है शायद उन घटनाओं को अभी तक कहीं भी किसी को भी सुनने तथा जानने का मौका नहीं मिला होगा। बहुत-सी खट्टी-मीठी यादें हैं जो दरवाज़े पर दस्तक दे रहीं हैं, इसलिए मन में विचार आया की उनको मैं क्रमबद्ध करूँ और लोगों को उनसे अवगत कराऊँ जिससे नीरज जी के कुछ अनछुए पहलुओं और व्यक्तित्व के बारे में उनके चाहने वालों को कुछ और जानकारी मिले। बहुत सारी घटनाएँ ऐसी भी होंगी जिसके बारे कुछ लोगों ने लिखा है और पाठकों ने पढ़ा भी होगा पर उनको भी मैंने यहाँ पर फिर से प्रस्तुत किया है, क्योंकि और लिखने वालों ने उसका प्रस्तुतीकरण अपने-अपने अंदाज़ से कवित्य मई भाषा में किया है जबकि मैं उतना गुणी नहीं हूँ तो उसको मैंने बहुत ही सीधी-साधी बोलने वाली भाषा जो सीधे हृदय से निकलती है में लिखने का प्रयास किया है। यह मेरा पहला प्रयास है और मुझे आशा है कि आपकी सराहना का उपहार मुझे जरुर मिलेगा।

मिलन प्रभात
हरिद्वार

अध्याय 1

एक भूल

मित्रों हर पल को जियो अंतिम पल ही मान
अंतिम पल है कौन सा, कौन सका है जान

मैंने जब महाभारत पढ़ा था तो वहाँ पर एक प्रसंग था जिसका उल्लेख करना यहाँ पर बहुत प्रासंगिक है, जो यह बताता है कि समय पर किसी का वश नहीं है चाहे वह व्यक्ति कितना ही बलशाली, समर्थवान या बुद्धिमान ही क्यों न हो, समय तो अपनी गति से चलता रहता है और गया हुआ पल कभी भी वापस नहीं आता है। किसी अवसर को कभी भी हाथ से नहीं जाने देना चाहिए, क्योंकि यह ज़रुरी नहीं कि वह अवसर दुबारा मिले ही मिले। प्रसंग है कि एक बार जब राजा युधिष्ठिर और भीमसेन अपने महल में बैठे हुए विश्राम कर रहे थे तो एक ब्राह्मण उनके पास आया और उसने उनसे कुछ दान की आकांक्षा की, तो किसी कारणवश युधिष्ठिर ने उनको दूसरे दिन आने को कहा जिसे सुनकर वहाँ बैठे हुए भीमसेन हँसने लगे। युधिष्ठिर को लगा कि मैंने ऐसा कुछ तो किया नहीं, न कोई ऐसी बात हुई है कि अकारण ही किसी को हँसी आए। उन्होंने भीमसेन से हँसने का कारण पूछा तब भीम ने कहा, 'मुझे हँसी इसलिए आई की के मेरे भाई ने सब पर विजय प्राप्त करने के बाद काल को भी जीत लिया है, और उनको मालूम है की वो कल दान देने के लिए और ये ब्राह्मण भी दान लेने के कल भी यहाँ जीवित होंगे।' भीमसेन से उनकी ये बात कितनी विद्वतापूर्ण थी! आदमी न जाने कितनी लम्बी योजना बनता है अपने लिए, अपने बच्चों के लिए और न जाने कितने सपने संजोता है पर क्या आदमी को मालूम है कि कल क्या होगा? कल की बात तो बहुत दूर है मनुष्य को तो अगले पल का ही पता नहीं कि क्या होगा! कोई क्या जानता है कि अगले पल किसी को क्या हो जाएगा? किसी ने कहा भी है "सामान सौ बरस का, पल की खबर नहीं"।

मैं पिछले कई साल से अपने यादों को तरतीब से सजाने की कोशिश कर रहा था और यह बात मैंने पापा को भी बताई तो उन्होंने कहा 'अच्छा है लिखो।' अक्सर ही मैं उनसे उनके अतीत के बारे में, अपने परिवार के बारे में, उनके बचपन में घटी कुछ घटनाएँ, उनके संघर्ष के दिनों की कहानी तथा उस समय के साथी जिन्होंने उन गुरबत के दिनों में उनका साथ दिया था के बारे में पूछा करता था। मैंने पापा से यह भी कहा था कि आप न जाने कितनों किताबों की भूमिकाएँ लिख चुके हैं तो मैं यह चाहता हूँ कि मेरी किताब की भूमिका भी आप ही लिखें। वे कहने लगे कुछ पढ़कर सुनाओ। तो मैंने कुछ घटनाओं को पढ़कर सुनाया उसके बाद उन्होंने कुछ करेक्शन के लिए बोला और कहा 'मैं बोलता जाता हूँ तुम भूमिका लिख लो।' उन दिनों पापा अपने आप लिख नहीं पाते थे तो वो बोलते जाते थे और उनके सामने वाला आदमी लिखता रहता और उसको दुबारा सुनने के बाद वे लेखक को दे देते थे। लेकिन पता नही क्यों मैंने कहा की अभी थोड़ा सा काम बाकी है, पहले किताब पूरी हो जाए तो लिखवा लूँगा अभी आप कहीं जा तो रहे नहीं हैं और आप यहीं अलीगढ़ में ही हैं, तो जल्दी क्या है? पर मुझे क्या मालूम था कि मेरा सोचना कितना गलत था और विधाता ने कुछ और ही सोच रखा था। मैं ऊपर दिए प्रसंग में जैसा युधिष्ठिर ने सोचा था उसी तरह ये सोचता रहा कि मेरे पास अभी बहुत समय है और पापा तो अभी यहीं हैं और वो गलती कर बैठा जिससे भीमसेन ने युधिष्ठिर को बचा लिया था। मेरे मन में एक पीड़ा हमेशा ही रहेगी कि मैंने भी समय का सदुपयोग नहीं किया और इतने साल निकाल दिए तथा पापा के साथ बिताए हुए क्षणों को उनके सामने क्रमबद्ध नहीं कर पाया। यह कभी दिमाग में आया ही नहीं कि पापा हम सबको छोड़कर इस संसार से जल्दी ही चले जाएँगे। शायद अपने प्रिय के बारे कोई भी गलत विचार आता ही नहीं है, जबकि सब जानते है कि हरेक मनुष्य जिसने जन्म लिया है, उसको इस नश्वर संसार से जाना ही है।

पापा को ज्योतिष का अच्छा ज्ञान था वे मन ही मन गणना करते रहते थे और कभी दूसरों के लिए और कभी अपने बारे में भविष्यवाणी करते रहते थे। अपने बारे में वे कहते थे कि यह साल मेरे लिए थोड़ा मुश्किल है अगर यह साल निकल गया तो अट्ठानवे तक कोई दिक्कत नहीं होगी। ऐसी गणना उन्होंने पहले भी की थी और गंभीर बीमारी के बाद कई बार हॉस्पिटल में भर्ती भी हुए पर अपनी इच्छाशक्ति और लोगों की दुआओं के असर से स्वस्थ होकर अपने घर वापस आ गए थे। उस साल के शुरू ही से उनको कुछ न कुछ प्रॉब्लम रहनी शुरू हो गई थी पहले तो उन्हें

छाती मे जकड़न हुई जो पहले भी एक बार हो चुकी थी। उसके बाद पैर में मोच आ गई उसकी सिकाई करने के लिए हॉट पैड लगाया गया लेकिन असावधानी की वजह से पैर जल गया। पापा की महसूस भी नहीं हुआ था कि उनका पैर ज़्यादा गर्म हो रहा है। और इसकी वजह से चलना-फिरना जो पहले से ही कम था, बिलकुल ही बंद हो गया क्योंकि उनसे पैर का तलवा ज़मीन पर ही नहीं रखा जा रहा था।

इसी बीच शेफी, (आकांक्षा) मेरी बेटी का ऑपरेशन जुलाई के पहले हफ्ते में होना था(वह गर्भवती थी) तो मैं 30 जून को अलीगढ़ से गुड़गाँव आ गया। डॉक्टर ने उसका चेकअप करने के बाद कहा कि 10 तारीख तक वेट करते हैं। मैंने पापा को बताया कि ऑपरेशन 10 तारीख को होगा। जब 10 तारीख को डॉक्टर को दिखाया तो उसने 11 के लिए ऑपरेशन का टाइम फिक्स कर दिया। रात को पापा का फोन आया कि क्या हुआ तो मैंने बताया कि अब ऑपरेशन कल होगा और ऑपरेशन के बाद मैं आपको फोन करूँगा। 11 जुलाई को मेरी बेटी के ऑपरेशन से बेटी हुई तो मैंने उनको 11 बजे के करीब सूचित कर दिया। 'दोनों ठीक हैं न?' उन्होंने पूछा मैंने कहा हाँ। 13 तारीख को रात को आठ बजे पापा का फोन आया कि मैंने कैलकुलेशन की है यह बच्ची प्रशांत और शेफी के परिवार के लिए बहुत भाग्यशाली रहेगी और आगे चलकर देश-विदेश में बहुत नाम कमाएगी। पापा का ज्योतिष ज्ञान बहुत ही विस्तृत था और उनकी बहुत-सी भविष्यवाणियाँ सही निकली थीं इसलिए हम लोग बहुत प्रसन्न हुए।

17 जुलाई को मैं बैठा हुआ कुछ पढ़ रहा था कि मेरे पास लखनऊ से हर्ष का फोन आया (पापा हेल्प यू एडुकेशन नाम का एक ट्रस्ट चलाते थे उसका ट्रस्टी हर्षवर्धन जी थे) 'भैया बाबा की तबियत ख़राब है और वो हॉस्पिटल में एडमिट हैं। क्या आप को ये बात पता है?' मैंने कहा, 'नहीं मैं जब आया था पापा बिलकुल ठीक थे और मेरे पास कोई सूचना भी नहीं है' क्योंकि मैंने सिंग-सिंग (जो पापा के साथ कई सालों से उनकी देख-रेख के लिए रह रहे थे) को कह रखा था और अब भी कह कर आया था कि अगर कोई भी बात हो तो मुझे तुरंत सूचना देना।' मुझे कोई फोन नही आया था इसलिए घबराहट में मैंने तुरंत पापा का फोन लगाया। रिंग जाती रही पर फोन उठा नहीं; अब मन में शंकाएँ होने लगी कि पापा का फोन क्यूँ नहीं उठा रहे तो मैंने अपने भतीजे लकी को, जो की पापा के साथ अलीगढ़ में ही रह रहा था, फोन लगाया। उसने बताया कि वह अलीगढ़ में नहीं है। उसने कहा बाबा एक दिन पहले आगरा गए थे तब बिलकुल ठीक थे और उसके बाद उसको नहीं मालूम

क्योंकि वह एग्ज़ाम देने गया था। कुछ भी मालूम नहीं पड़ा तो मैं उनसे मिलने के लिए टैक्सी करके आगरा, जहाँ वे हॉस्पिटल में भर्ती थे, निकल गया। मैंने अपने साढू प्रभात जी को भी साथ ले लिया था। पापा आईसीयू में थे मुझे बताया गया कि नाश्ता करते वक्त उनके गले में पराठा फँस गया था जिसकी वजह से साँस लेने में तकलीफ हो रही थी। अब उनको ऑक्सीजन दी जा रही थी। जब मैं उनको मिला तो वे मुस्कुराए, बोल नहीं पा रहे थे। जब प्रभात जी ने हाथ मिला कर पूछा कि, 'आपने पहचाना? तो उन्होंने हाँ में गर्दन हिलाई। मैंने उनके कान में कहा कि योगी जी, जिन्हें आप मिलकर आए थे पेंशन जारी करने के आर्डर आ गए हैं और आपको ठीक होकर कागज़ पर हस्ताक्षर करने हैं तो वे एक बार फिर मुस्कुराए। दूसरे दिन तबियत में काफी सुधार होने के बाद जब लगने लगा कि बुरा वक्त निकल गया है तब हम उन्हें दिल्ली में एम्स ले आए। पर रात को तबियत ज़्यादा ख़राब हो गई और डॉक्टर्स तथा लाखों प्रशंसकों की दुआएँ भी उनको बचा नहीं पाईं। सिर्फ दो दिन की बीमारी में ही पापा हमें छोड़कर चले गए। उनके जाने के बाद जीवन में एक रिक्तता आ गई है पर पापा के शब्दों में :

कफ़न बढ़ा किस लिए नज़र तू डबडबा गई?
सिंगार क्यों सहम गया बहार क्यों लजा गई?
न जन्म कुछ, न मृत्यु कुछ, बस इतनी सिर्फ बात है
किसी की आँख खुल गई, किसी को नींद आ गई

जीवन तो अबाध गति से चलता रहता है, ज़ख्म कितना भी गहरा हो समय के साथ भर जाता है बस उसका निशाँ रह जाता है। वैसे ही पापा तथा उनके साथ बिताए हुए पलों की जो यादें हैं अब हमारे साथ हैं, और उनकी लिखी हुई कविताएँ हमें जीने का साहस तथा कमज़ोर पलो में सांत्वना देती हैं :

छिप-छिप अश्रु बहाने वालों, मोती व्यर्थ बहाने वालों
कुछ सपनों के मर जाने से, जीवन नहीं मरा करता है

उनकी कही बातें तथा हर मुश्किल के पलो में दी गई उनकी उचित सलाह ने मुझे प्रेरणा दी कि मैं यह किताब पूरी करूँ और आप तक प्रेषित करूँ तो मैं अपनी बात शुरू से आरंभ करता हूँ।

अध्याय 2

अभावग्रस्त बचपन

जब गीतकार जन्मा, धरती बन गयी गोद
हो उठा पवन चंचल झूलना झुलाने को
भौरों ने दिशी दिशी गूंज बजाई शहनाई
आई सुहासिनी कोयल सोहर गाने को

दादी से सुना था और पापा बताते थे कि उनके बाबा श्री जमुना प्रसाद जी इटावा के पास रहते थे और एक छोटी-सी जागीरदारी में दीवान थे। उनके एक पुत्र और एक पुत्री थी। उनके प्रयत्नों से उनके पुत्र बाबू बृजकिशोर को भी वहीं नौकरी मिल गई पर कुछ समय के बाद उनको किसी कारणवश उन्हें वो नौकरी छोड़नी पड़ गई और उसके बाद पिताजी बाबू बृजकिशोर, मवेशी खाने में काम करने लगे थे। कोई बड़ी नौकरी नहीं थी इसलिए उस समय उस पद के हिसाब से जो वेतन मिलता था वो बहुत ज़्यादा नहीं था। पर घर की सभी आवश्यकताओं की सुचारू रूप से पूर्ति के लिए पर्याप्त था। हाँ, ये सुना है कि बहुत ज़्यादा बचत नहीं हो पाती थी। डिस्ट्रिक्ट इटावा के पास इकदिल एक छोटा-सा अपनी सीमित सुविधाओं में खुश रहने वालो लोंगों का गाँव था। वहाँ एक पुश्तेनी ज़मीन का छोटा-सा टुकड़ा उनके पास था जिसमे काश्तकार लोग अधाबटाई पर काम करते थे जिसका मतलब था ज़मीन बाबा की और मेहनत उनकी। फसल के होने तक का ख़र्चा और मुनाफे को काश्तकारों और ज़मीन के मालिक के बीच में आधा-आधा बाँट दिया जाता था। जब प्रकृति साथ देती थी तब उससे भी जब कभी फसल अच्छी हो जाती थी तो कुछ पैसा मिल जाया करता था।

पहले मेडिकल सुविधाएँ कम होने तथा गाँव में डॉक्टर्स की कमी की वजह से अक्सर गंभीर बीमारी के बारे जल्दी पता ही नहीं चल पाता था और इस वजह

से बीमारी का निदान भी जल्दी नहीं हो पाता था। सही इलाज न होने की स्थिति में अक्सर मरीज़ की अकाल मृत्यु हो जाती थी जिसके कारण, व्यक्ति की औसत आयु आज के ज़माने के हिसाब से काफी कम ही होती थी। गाँवों में तो हालात और भी ज़्यादा ख़राब होते थे क्योंकि वहाँ तो डॉक्टर्स होते ही नहीं थे। इस स्थिति में आज तक भी अनुकूल सुधार नहीं हुआ है। मुझे हमेशा इस बात का दुःख होता है कि उस समय पति की मृत्यु हो जाने पर पत्नी को विधवा का एकाकी जीवन जीना पड़ता था जिसमें उसको सभी सुख-सुविधाओं से वंचित कर दिया जाता था। वहीं पत्नी के जल्दी स्वर्गवासी हो जाने के बाद अक्सर पुरुष की दूसरी शादी हो जाती थी। वैसा ही बाबा जिनकी पहली पत्नी जो की एटा के पास ओरिया की थी उनकी जल्दी मृत्यु होने के बाद उनकी शादी मेरी दादी श्रीमती सुख देवी हुई जो की इटावा के पास किसी गाँव में रहती थीं। दादी दो बहनें और एक भाई थे, नाना का नाम तो बहुत भारी-भरकम था महराज कुमार, मगर वो भी कोर्ट में एक नक़ल नवीस (जो लेखों-अभिलेखों की कॉपी करता है) थे। दादी की शादी अपने परिवार जैसे ही एक मध्यमवर्गीय परिवार में बाबा के साथ हुई। ये परिवार था कायस्थ परिवार ही, इसलिए ज़्यादातर कायस्थ परिवारों की तरह खाने-पीने का सबको बेहद शौक था। इसलिए घर में शाम को पक्का खाना तो बनता ही तथा अक्सर एक मांसाहारी व्यंजन बनना भी परम आवश्यक था। इसे आदत या शौक जो भी कहें को पूरा करने के लिए ज़्यादातर वेतन तो उसमें ही समाप्त हो जाता था। दादा जी अपना सारा वेतन शुरू में ही दादी को दे दिया करते थे और दादी उसमे जोड़-तोड़ कर घर तो सुचारू रूप से चला ही लेती थीं साथ-साथ किसी आकस्मिक ज़रुरत के लिए थोड़ा कुछ बचा भी लेती थीं।

दादा जी पर पापा की कविता :

> हर पल को जियो, तुम यारो अंतिम ही पल मान
> अंतिम पल है कौन सा कौन सका है जान

के अनुसार वर्तमान में ही जीने के कायल थे इसलिए भविष्य के बारे में सोच कर बचाने की उन्हें आदत नहीं थी। इसी वजह से घर में बुरे वक्त के लिए बचत के नाम पर कुछ ज़्यादा जमा पूंजी नहीं थी। जो कुछ भी था वो दादी के गृहस्थी चलाने की निपुणता का परिणाम था।

जीवन एक धीमी रफ़्तार पर शांतिपूर्ण रूप से कट रहा था। इन बाबू बृज किशोर के परिवार में 4 जनवरी 1925 को पुरावली में एक दूसरे बालक का जन्म

हुआ। हरेक धर्म में लोग ज्योतिष या नजूमियो पर विश्वास करते हैं और हिन्दू धर्म को मानने वाले भाग्य पर ज़्यादा ही विश्वास करते हैं और उनमें बच्चे के भविष्य के बारे में जानने की उत्कंठा होती है। जैसा की एक रिवाज़ था नामकरण के समय ज्योतिषी को बुलाया गया। उन्होंने बालक का नाम गोपाल रखा तथा कुंडली बनाई। उसमें यह लिखा था कि यह बालक पूरे विश्व में अपना नाम कमाएगा और अपने क्षेत्र में विश्वप्रसिद्ध होगा पर इसके साथ ये भी कहा की इस कुंडली में कुछ दोष भी है। यह बालक पूरी ज़िंदगी पेट के रोग से ग्रसित रहेगा तथा पिता का साया भी इसके सर पर ज़्यादा दिनों तक नहीं रहेगा। उस समय उस परिवार के लिए यह सोचना की ये बालक विश्व-विख्यात होगा कल्पना से परे था इसलिए ज्योतिषी की कही हुई सारी बातों पर बहुत ज़्यादा ध्यान नहीं दिया गया और उसको हलके में लिया गया और बात आई-गई हो गई। ज़िंदगी अपनी उसी सुस्त चाल से चलती रही और घर में उसके बाद दो और पुत्रों का जन्म हुआ। दुर्भाग्य से, ज्योतिषी की पिता के साए के जल्दी उठने की भविष्यवाणी एकदम सटीक निकली। सबसे छोटा बेटा जब बाइस दिन का था और बालक गोपाल की उमर छह साल थी, तब बाबू बृजकिशोर की असमय ही मृत्यु हो गई।

पापा के चार भाई थे। पापा से बड़े श्री कृष्ण दास दूसरे नंबर पर पापा व उनसे छोटे नारायणदास तथा सबसे छोटे दामोदर दास। छह साल की उमर में जब बच्चे को माँ के प्यार और दुलार तथा बाप के अनुशासन और साहस तथा बलशाली सामीप्य दोनों की सबसे ज़्यादा ज़रुरत होती है, उस समय ईश्वर ने ये सहारा इस परिवार से छीन लिया। पिता का साया उठने से जीवन में एक बहुत बड़ा अभाव आ गया। बाबा की मौत के बाद नियमित वेतन आना तो बंद हो ही गया तथा बाबा के खाने-पीने के शौक की वजह से बचत कुछ हो ही नहीं पाती थी, इसलिए घर में संचित धन कुछ ज़्यादा नहीं था। फलस्वरुप, घर के हालात धीरे-धीरे ख़राब होने लगे। जो कुछ ज़मीनों से आता था वो इतना नहीं था कि चारों बच्चों की सही तरीके से परवरिश हो पाए। इस समय सबसे ज़रुरी था कि बच्चों को उचित तरीके से पढ़ाया जाए और उन्हें सही शिक्षा मिले। अक्सर ये देखा जाता है कि जब आदमी पर बुरा समय आता है तो सारे सगे-संबंधी, ख़ासकर उस आदमी से अगर उसकी माली हालत ज़्यादा अच्छी न हो, तो उससे एक दूरी बना लेते हैं कि वो कहीं मदद की गुहार न कर ले, एक कहावत भी है :

पुत्र की पहचान बुढ़ापे में
दोस्त की पहचान ग़रीबी में
और सगे-संबधियों की पहचान
बुरे वक्त में होती है

इस परिवार के साथ भी ऐसा ही हुआ कुछ दिनों के बाद सारे सांत्वना भरे शब्द हवा में गायब हो गए और सारे हमदर्दी के स्रोत सूख गए। उस समय बाबा की बहिन जो एटा में रहती थी वो आगे आईं। उनके पति बाबू हरदयाल जो वहाँ के अच्छे वकीलों में से गिने जाते थे, और जिनका खुद का बहुत ही बड़ा और सपन्न परिवार था, इस परिवार की मदद करने की कोशिश की। उन्हें लगा सिर्फ आर्थिक मदद करने से बहुत ज़्यादा फायदा नहीं होगा क्योंकि जो भी पैसा आएगा वो घर की ज़रुरतों को पूरा करने में ही निकल जाएगा और बच्चे ठीक से पढ़ भी पाएँगे या नहीं इसकी गारंटी नहीं। यह सोचा गया कि इस समय ये ज़रुरी है कि बच्चों का पढ़ने का सही इंतज़ाम हो ताकि वो पढ़-लिखकर अपने पैरों पर खड़े हो जाएँ। पापा के फूफा जी ने यह सोच कर दादी को पाँच रुपए भेजने तो शुरू कर ही दिए, साथ-साथ बच्चों को आगे की पढ़ाई को सही दिशा देने के बारे में सोचना शुरू किया। उनकी सोच उस समय के हिसाब से काफी आगे की थी और बुआ और फूफा ने दो बड़े बच्चों को अपने यहाँ रख कर पढ़ाने का फैसला लिया जो की एक बहुत ही मुश्किल और कड़ा फैसला था। दोनों बच्चे बालपन की उस अवस्था में थे जब मन, मस्तिस्क और शरीर एक कच्ची गुथी हुई मिट्टी की तरह होता है जिसे कुम्हार किसी भी रूप में परिवर्तित कर सकता है। किसी को अपने घर पर रखने का मतलब उसकी बनने और बिगड़ने की ज़िम्मेदारी उस परिवार की जो उसको अपने यहाँ रख रहा है जिसके लिए बहुत ही हिम्मत चाहिए। घर पर यह तय हो गया कि पापा और ताऊ एटा में जा कर रहेंगे और वहीं पर पढ़ेंगे। पाँच रुपए की एक साइकिल ख़रीद कर दी गई और दोनों को एटा भेज दिया गया। पापा पढ़ने में ठीक थे और शांत प्रकृति के थे, पर ताऊ का मन पढ़ने में कम ही लगता था और उनके स्वभाव में क्रोध भी बहुत था। जब उनको क्रोध आता था तो वे सब कुछ भूल जाते थे और बहुत ज़्यादा उत्पात करते थे। अपने यहाँ रहते हुए दादी के समझाने तथा उनकी माँ की ममता के आगे थोड़ी देर में सामान्य भी हो जाते थे। पर अब उनको भी इन सबसे दूर रहना था।

छोटे-छोटे बच्चे नई जगह, नए लोग, नया वातावरण जिसमे सामंजस्य बिठाने में समय लगता है। परिवार से दूर ये लोग अपने को वहाँ एडजस्ट करने की कोशिश कर रहे थे पर मन नहीं लग रहा था। हमेशा माँ कि याद आती रहती थी। जिस उम्र में बच्चों को माँ बाप के प्यार की सबसे ज़्यादा ज़रुरत होती है उस समय ईश्वर ने इन बच्चों के सर से पिता का साया उठा लिया था और अब अपने भविष्य की ख़ातिर इन लोगों को अपनी माँ के आंचल से भी दूर होना पड़ा। जीवन के बाल्यकाल में ही माँ और बाप के प्यार का अभाव नीरज जी की कविताओं में आगे जाकर स्पष्ट दिखाई देता है। बहरहाल, दोनों लोग घर के दूसरे हम उम्र बच्चों के साथ पढ़ते, खेलते, लड़ते, झगड़ते हुए अपना समय गुज़ारने में लगे हुए थे। आप जब अपने घर में रह रहे होते हैं तो सब कुछ सामान्य रहता है चाहे आपस में कितना ही झगड़ा हो हम एक दूसरे से, विशेषकर अपनी माँ से, खुलकर बात कर लेते हैं और एक दूसरे की गलतियों को माफ कर देते हैं, पर यदि आप दूसरे परिवार में हों, चाहे वहाँ कितना ही प्यार मिल रहा हो, आप अपने को अलग-थलग सा ही पाते हैं और आपके मन में आश्रित हो कर रहने का भाव पैदा होता है। आपस के बच्चों का झगड़ा भी आप में एक हीन भावना को जन्म देता है क्योंकि आप अपनी भावनाओं की अभिव्यक्ति खुल कर नहीं कर पाते हैं और आप हर घटना को अलग तरह से ही देखने लगते हैं देखने का आपका नज़रिया बदल जाता है।

पिताजी और ताऊ के पास अपना कोई बहुत ज़्यादा सामान तो था नहीं जो थोड़ा-बहुत था उसको रखने के लिए एक कमरे में एक अलमारी अलग से दे दी गई जिसमे दोनों भाई अपना सामान रखते थे। तभी एक घटना ऐसी हुई जो वैसे तो बहुत छोटी कही जाएगी, पर जिसका दंश उनको जीवन भर चुभता रहा। एटा में परिवार में किसी की शादी थी। परिवार के काफी लोग इक्कठे हुए। गद्दे बिछा दिए गए और ज़्यादातर लोग ज़मीन पर सो रहे थे। कुछ लोग उस कमरे में भी सोए जहाँ पर इन लोगों का रहने का इंतज़ाम था। इसी बीच में किसी महिला की सोने की चेन खो गई, अब पूरे घर में चेन की तलाश शुरू हुई। सारा घर देख लिया गया पर वो चेन नहीं मिली। जिस महिला की चेन खोई थी वो उसी परिवार की थी तो उनको लगा कि बाकी सब तो घर के लोग हैं। घर के बाहर के तो यही बच्चे थे इसलिए उन सबने कहा हो सकता हो कि वो चेन इन लोगों ने ली हो। ये मानव स्वभाव है कि ऐसे किसी घटना में जो सबसे कमज़ोर व्यक्ति होता है, उसको ही दोषी मान लिया जाता है और उसके लाख सच बोलने पर भी उस पर विश्वास नहीं

किया जाता। दोनों भाई इनकार करते रहे पर उन लोगों ने विश्वास नहीं किया और घरवालों पर दबाब डाला गया कि इनकी अलमारी खुलवा के देखी जाए, घरवालों ने बहुत मना किया, बताया भी कि ये बच्चे ऐसे नहीं हैं पर वो महिला नहीं मानी। चेन उनकी थी तो उनकी बात माननी पड़ी और इन लोगों से अपनी अलमारी को खोलने के लिए कहा गया। उन महिला की यह सोच दोनों बच्चों के लिए बहुत ही अपमानजनक थी पर सब के सामने इन लोंगों की अलमारी खुलवाई गई। वहाँ कुछ होता तो मिलता, परंतु इस घटना से दोनों भाइयों के कोमल हृदय पर जो आघात लगा वह दोनों ज़िंदगी भर उसको मन एवं हृदय से निकाल नहीं पाए। पापा ने तो उसको भुलाने का प्रयत्न भी किया और लोगों की नासमझी समझ कर एक तरह से दिमाग से निकाल दिया पर ताऊ नहीं भुला पाए।

ऐसे भी इन ही दोनों का मन तो वहाँ लग नहीं रहा था इस कांड ने आग पर घी का काम किया। रात को दोनों भाईयों ने आपस में बात की कि यहाँ पर जब लोग हमको चोर समझते हैं तो आगे भी कभी भी हम पर आरोप लगा सकते हैं इसलिए, हमको अपने घर इटावा चले जाना चाहिए। काफी देर विचार-विमर्श हुआ। पापा ने भविष्य के बारे में सोच कर वहीं पर रह कर पढ़ाई जारी रखने पर ज़ोर दिया पर ताऊ किसी भी कीमत पर वहाँ रुकने को तैयार नहीं थे और फिर दोनों ने वहाँ पर न रहने का निश्चय किया। अपने सामान की, जो कुछ ज़्यादा नहीं था, पोटली बनाई और सवेरे-सवेरे साइकिल पर बैठ कर इटावा के लिए चल दिए। आवेश में इंसान कभी-कभी ऐसा काम कर जाता है जो वैसे अविश्सनीय लगता है। यह भी कुछ ऐसा ही था। छोटे-छोटे बच्चे साइकिल पर लंबा सफर, जबकि उस समय तो रास्ते भी सुनसान होते थे, पूरे दिन बिना कुछ खाए-पीए शाम को इटावा पहूँच गए और बताया कि हम एटा से वापस आ गए हैं। दादी से खूब डाँट पड़ी, 'अब तुम्हारा आगे क्या होगा ये सोचा हे तुमने?' पर *अब क्या हो सकता था*। इन लोगों ने पूरी बात बताई, दादी को भी बुरा तो ज़रुर लगा परंतु उनका सबका कहना यही था की वहाँ रहते तो पढ़ना ठीक से हो जाता और उन लोगों का भविष्य बन जाता।

कुछ दिनों के बाद भविष्य के बारे में सोचकर अब घर से फिर वापस एटा जाने का दबाब पड़ना शुरू हो गया पर ताऊ ने जाने से बिलकुल इन्कार कर दिया। अल्प आयु में पिता का देहांत, सारी मौलिक एवं भौतिक सुविधाओं का अभाव तथा बड़े पुत्र होने से उत्पन होने वाली उन पर टिकी आकांक्षाओं का दबाब उनके अवचेतन मन में समाज एवं आस-पास के माहौल और परिवार से विद्रोह को जन्म

दे रहा था। वैसे भी ताऊ का स्वभाव ऐसा था कि किसी की बात नहीं सुनते थे और अपनी मनमानी किया करते थे। उनको भविष्य का वास्ता दे कर और अपनी परिवार की आर्थिक हालात से अवगत कराते हुए बहुत समझाया गया पर उन पर किसी बात का कोई असर नहीं हुआ। थक-हार के जब जाने की संभावना बिलकुल समाप्त हो गई, तो दोनों के नाम इटावा में स्कूल में ही लिखवाए गए। लेकिन तब तक ताऊ का स्वभाव सब तरह से विद्रोही हो गया था। वे अब भाई गोपाल और दादी से खूब झगड़ा करते तथा भाई को स्कूल जाने से रोकते थे। बड़े होने का पूरा अधिकार दिखाते। दादी जो उनको पैसे देतीं व वह भी छीन लेते थे तथा न देने पर पिटाई भी कर देते थे। घर में हरेक चीज़ का अभाव था। बस संतोष ये था कि सब लोग साथ थे और पूरा परिवार एकसाथ सुख-दुःख के दिन हँसी-खुशी से मिलकर किसी तरह से अपने मुफ़लिसी के दिन काट रहा था।

थोड़ी ही दूरी पर जमुना जी बहती थीं। उस पर एक पुल था जिस पर से ट्रेनें जाया करती थीं। हमारे हिन्दू धर्म में गंगा और जमुना सिर्फ बहुत पवित्र नदी ही नहीं वरन देवी का अवतार मानी जाती हैं और अन्नपूर्णा हैं जो अपने जल से खेतों को सींच कर हमारा पोषण करती हैं। हम लोंगों में मान्यता है की जब ट्रेन पुल पार कर रही हो और उस समय आप कोई मनोकामना करते हुए कुछ पैसे जमुना जी या गंगा या और भी कोई नदी में फेंकते हैं तो आप की वो मनोकामना ज़रुर पूरी होती है। यह मान्यता आज भी है, और यह अंधविश्वास या आस्था जो भी कह लीजिए, पहले बहुत ही ज़्यादा था। पापा और उनके सब भाई यमुना में तैरने और गोता लगाने में बहुत ही माहिर थे और इनका ज़्यादा समय यमुना जी के आस-पास ही गुजरता था। घर से जेब ख़र्च के लिए तो पैसे मिलते ही नहीं थे तो अपनी इस तैराकी की कला को ये लोग सिक्के ढूँढ़ने के लिए इस्तेमाल किया करते थे। वे ट्रेन का आने का इंतज़ार करते और उसके बाद जमुना जी में बार-बार गोता लगाते और यमुना की बालू लेकर ऊपर आते थे और उस में फिर पैसे ढूँढ़ते थे। जमुना जी की अक्सर कृपा होती थी और इस तरह से हमेशा कुछ सिक्के मिल ही जाते थे और इन लोगों का उससे जेब ख़र्च निकल आता था।

पापा वैसे तो छोटे थे पर शुरू से ही उनको अपने परिवार के हर सदस्य के सुख और उसकी खुशी के बारे में सोचने की आदत थी। जब ये लोग खेलने जाते थे तो छोटे चाचा भी जाने की ज़िद किया करते थे। दादी भी कहती थीं कि इनको भी साथ ले जाओ। ताऊ भी मना कर देते थे पर पापा का मन पसीज जाता था। वे ताऊ

के डर की वजह से हमेशा नहीं ले जाते थे, पर कभी-कभी उनकी रजामंदी के बाद साथ में ले जाते थे। एक बार दामोदर चाचा (चार भाईयों में सबसे छोटे) भी ज़िद करके इन सब लोगों के साथ में चले गए। सब तो जमुना जी में तैर रहे थे और गोते लगा रहे थे पर चाचा बहुत छोटे थे तो उनको पानी में नहीं ले गए, किनारे पर पानी के पास ही बैठा दिया और थोड़ी-थोड़ी देर में कोई-न-कोई आके देख लेता था कि वो वहाँ पर ठीक से बैठे कि नहीं। लेकिन समय बीतने के साथ ये सब खेलते-खेलते थोड़ा दूर निकल गए और पानी में ज़्यादा देर छिपने का खेल-खेलने लगे। हरेक खेलने वाला साँस रोककर डूबकी लगाता था और अंदर देर तक रहने कि कोशिश करता था। इस खेल में सबका ध्यान चाचा की तरफ से हट गया। जब ध्यान आया तो देखा कि चाचा जहाँ बैठे थे वहाँ नहीं हैं। सबकी सिट्टी-पिट्टी गुम हो गई कि क्या करें! कि कहीं कोई उठा न ले गया? या कहीं जमुना में डूब ना गए हों! सब ने ढूँढ़ना शुरू किया। ढूँढ़ने लगे तो देखा थोड़ी दूर पानी में कोई चीज़ है जो लगातार और गहरे पानी की तरफ बढ़ती चली जा रही है। ध्यान दिया तो पता चला कि चाचा को एक बड़ा-सा कछुआ पानी में खींच कर ले जा रहा है (अगर आप कभी जमुना जी में जाएँ तो आप देखेंगे की पानी में बहुत कछुए हैं और बहुत बड़े हैं। उनकी एक और विशेषता है कि वो तट के बिलकुल आस-पास तक आ जाते हैं और इनसानों से नहीं डरते। वो अभी चाचा को गहरे पानी में नहीं ले जा पाया था। सब लोगों ने मिल कर किसी तरह से चाचा को कछुए के मुँह से छुड़ाया पर चाचा की पिंडली से काफी गोश्त निकल गया था जिसकी वजह से ख़ून बह रहा था। सब लोग जल्दी से उनको घर लेकर गए और चिकित्सा दी। थोड़े दिनों में घाव तो भर गया पर उसका निशान रह गया। साथ ही उनके मन में एक दहशत बैठ गई जिसके कारण वो कभी यमुना या किसी भी नदी में फिर नहाने के लिए उतर ही नहीं पाए और इस वजह से तैरना भी नहीं सीख पाए जबकि और बाकी सारे भाई बहुत अच्छे तैराक थे।

अध्याय 3

एटा प्रवास

मस्तक पर आकाश उठाये, धरती बाँधे पाँवों से!
तुम निकलो जिन गाँवों से, सूरज निकले उन गाँवों से!!

इटावा रहते हुए बालक गोपाल की पढ़ाई ठीक से नहीं हो पा रही थी क्योंकि ज़्यादातर समय दोस्तों और भाइयों के साथ बाहर घुमने में तथा मटरगश्ती में निकल जाता था इसलिए दादी को लगा अगर ये लोग यहाँ रहे तो बिगड़ जाएँगे। दादी ने दोनों को समझा-बुझाकर वापिस एटा जाने के लिए राज़ी करने की कोशिश शुरू की तो ताऊ ने जाने से बिलकुल मना कर दिया। अब बारी आई बालक गोपाल की, दादी और नन्ना (नाना जिनको प्यार से सब नन्ना कहते थे) ने उनको समझाया भाई नहीं जाना चाहते तो कोई बात नहीं तुम ही चले जाओ घर का कोई जना तो पढ़ लेगा क्योंकि ये तुम भी समझ रहे हो कि यहाँ रह कर तुम ठीक से पढ़ नहीं पाओगे। हम कायस्थ लोग कलम का ही खाते हैं और इसी के कलाकार हैं, ये ही हमारा अस्त्र है। उन्होंनें एक पुरानी कहावत का उदाहरण जो अक्सर कायस्थ परिवारों के बच्चों के बारे में कही जाती है, 'कायस्थ बच्चा पढ़ा भला या मरा भला' भी दी। यह भी समझाया कि तुम कुछ बन जाओगे तो परिवार का भी भला होगा। ईश्वर हरेक मनुष्य को अवसर देता है कि उस अवसर का सदुपयोग करके वो अपने जीवन की दिशा को निर्धारित कर सके। भाग्य भी उन्हीं का साथ देता है जो सही समय पर सही निर्णय लेने की क्षमता रखता हो, दोनों ही भाईयों को समान अवसर मिल रहे थे। बालक गोपाल ने सबके कहने से और परिवार के लिए अपनी ज़िम्मेदारी समझते हुए वापस जाने का मन बना लिया। उस समय अपने भविष्य को सुधारने हेतु लिए गए इस निर्णय और परिवार के प्रति अपनी ज़िम्मेदारी को समझते हुए बालक गोपाल ने उस

अल्प आयु में न केवल अकेलेपन का दर्द सहना स्वीकार किया बल्कि अपनी माँ के आँचल से भी दूर जाना स्वीकार किया जो उस आयु में बच्चे का सबसे बड़ा सहारा होता है। दूसरी जगह पर अब उसकी बात को सुनने वाला और समझने वाला माँ जैसा कोई नहीं होगा जिससे वो अपने सुख-दुःख साझा किया करता था। लेकिन सबके समझाने का असर हुआ और बालक गोपाल ने अकेले ही एटा जाने के लिए अपनी रज़ामंदी दे दी। फुफा जी को ख़त द्वारा सूचित किया गया और हमारे पापा एटा आ गए। उन्हें उसी स्कूल में फिर से दाखिला दिला दिया गया। फिर पापा एटा में ग्यारह साल रहे और अपनी प्रारंभिक शिक्षा वहीं ग्रहण की। पिता के प्यार से तो पहले से ही वे अंजान थे पर बचपन में जो माँ का, भाइयों का एवं परिवार का प्यार मिलना चाहिए था वह परिवार की भलाई के ख़ातिर उनको त्यागना पड़ा। यहीं से उनको अपने जीवन में प्रेम की कमी का अहसास होना शुरू हुआ जो उनके अंतर्मन में एक मनोग्रंथि बन कर विकसित होती गई जो आगे चलकर उनकी कविताओं में प्रतिबिंबित भी हुई। अब, पढ़ना और अच्छे नम्बर लाना जिससे हर साल फीस माफ होती रहे, उनको किसी पर बोझ न बनना पड़े और पढ़ाई सुचारू रूप से चलती रहे, यही एक उदेश्य रह गया था। इस सबका परिणाम हुआ कि इतनी विपरीत परिस्थियों के होते हुए भी सन 1942 में हाई स्कूल फर्स्ट डिवीज़न में पास किया। एटा में रहते हुए छोटी-मोटी काफी घटनाएँ हुई होंगीं पर दो घटनाएँ विशेष हैं जिनको मैं यहाँ बताना चाहूँगा।

बालक गोपाल को ईश्वर ने अद्भुत स्मरणशक्ति का वरदान दिया था इसलिए वो जो भी पढ़ते थे वो उसको याद हो जाता था। वे अपना पूरा समय पढ़ाई पर देते थे, हमेशा अपनी कक्षा में प्रथम आते थे। सूरदास के पदों को, जो उनकी माँ ख़ुद बहुत अच्छा गाती थीं और उसके संग बहुत अच्छी ढोलक बजाया करती थीं, वे अपने सुरीले कंठ से गाया करते थे। जिनको सुन कर सब लोग मंत्र मुग्ध हो जाते थे। इन दोनों विशेषताओं की वजह से वे अपने गुरुओं के प्रिय शिष्य थे। कक्षा में प्रथम आने की वजह से उनको स्कॉलरशिप मिल जाती थी और फीस का पैसा पूरा हो जाता था। एक बार उनके मार्क्स जितने स्कॉलरशिप के लिए चाहिए थे, उस से कुछ कम आए। वे सोचने लगे कि आगे कैसे पढ़ाई होगी? फिर उनहोंने सोचा कि गुरु जी (जिस कक्षा में वे पढ़ते थे उस कक्षा के मुख्य अध्यापक) तो उनको बहुत प्यार करते हैं और उनकी पारिवारिक पृष्ठभूमि को भी अच्छे तरीके से जानते हैं, उनसे मिलना चाहिए, शायद वे मदद करेंगे। ये सोचकर वे अपने गुरु जी के पास

गए और कहा कि आप मेरी आर्थिक स्थिति को अच्छी तरह से जानते हैं मैं फीस के पैसे जमा नहीं कर सकता और मेरी पढ़ाईं बिना स्कॉलरशिप के संभव नहीं इसलिए मेरे नंबर बढ़ा दीजिए, इससे आप का कुछ नहीं बिगड़ेगा पर मेरा भला हो जाएगा। परन्तु गुरु जी बहुत ही सिद्धांतवादी एवं दूरदर्शी थे। उन्होंने कहा कि तुम मुझसे ऐसा काम करने के लिए मत कहो जिससे तुम्हें गलत काम करने की सीख मिले और तुम आगे भी सफलता पाने का इसको एक सरल रास्ता समझ लो। उन्होंने समझाया कि आसान रास्ता आदमी को आलसी बना देता है और मनुष्य अपनी क्षमताओं का सही उपयोग करना भूल जाता है। आगे उनकी समस्या सुलझाने के लिए उन्होंने पिताजी की फीस भर दी। फीस भरने से पहले उन्होंने पिताजी को सीख दी' गोपाल जीवन में अपनी मेहनत ही काम आती ही किसी की कृपा नहीं। जीवन का रास्ता बहुत कठिन है। छोटा रास्ता लेने से क्षणिक सफलता तो मिल जाएगी पर यह आदमी को आलसी बना देती है और आगे भी गलत काम करने के लिए उकसाएगी।' उन्होंने यह भी सीख दी कि, 'जीवन में हमेशा प्रथम ही रहना क्योंकि इस जगत में हर क्षेत्र में प्रतियोगता बढ़ रही है तथा हर एक व्यक्ति दूसरे को धक्का देकर, काट कर नीचे गिरा कर आगे बढ़ने की कोशिश कर रहा है, इसलिए यहाँ पर दूसरे दर्जे का कोई स्थान नहीं है। इसलिए ज़िंदगी में जो भी बनो उसमें प्रथम रहो। अगर कवि बनो तो प्रथम दर्जे के, अगर टीचर बनो तो प्रथम दर्जे के।' यही भविष्य में पिताजी के जीवन का मूलमंत्र बना और उसके बाद हर एक परीक्षा में उन्होंने प्रथम स्थान ही प्राप्त किया और उन्हें कभी भी दोबारा किसी गुरु के पास मार्क्स बढ़वाने के लिए नहीं जाना पड़ा। इस पर आगे चलकर उन्होंने लिखा भी है :

एक दिन भी जी मगर तू ताज बन कर जी,
अटल विश्वास बन कर जी
अमर युग गान बन कर जी
मत पुजारी बन, यहाँ भगवान बन कर जी

कभी-कभी ऐसे चमत्कार होते हैं जो विज्ञान की पहुँच से दूर और मेडिकल साइंस की खोज से जिनका कोई ठोस आधार नहीं होता पर परिणाम अकल्पनीय एवं अचंभित करने वाला होता है। वहाँ रहते हुए एक बार पिताजी को एक आवारा कुत्ते ने काट लिया। उस समय ऐसे कुत्तों के काटने से होने वाले संक्रामण से बचने

की न तो दवा दी जाती थी न कोई इंजेक्शन ही लगता था। उस समय इन चीजों के बारे में इतना ज्ञान भी नहीं था की इससे रेबीज़ जैसी बीमारी हो सकती है। किसी का ध्यान इस बात पर नहीं गया, न पिताजी ने ध्यान दिया, न ही घरवालों नें और बात आई-गई हो गई। सोचा की बहुत मामूली-सी बात है, तो न कुत्ते पर निगरानी रखी गई और न ही कोई इंजेक्शन लगे। कुछ दिनों के बाद पिताजी के व्यवहार में कुछ अंतर आना शुरू हो गया। परंतु इस तरफ भी किसी का ध्यान नहीं गया। कुछ दिन बाद परिवार में कोई बाहर से आया और उन्होंने उनको पानी लाने को कहा तो पिताजी पानी नहीं ला पाए और पानी में अपनी परछाईं देख कर डरने लगे। इसके कुछ दिनों बाद हालत और भी ख़राब हो गई और वे पानी और आग को देख कर अजीब-सी आवाज़ें निकालने लगे। तब सब को लगा की यह कुत्ते के काटने की वजह से रेबीज़ का असर है। अब घरेलू उपचार शुरू हुआ, जख़्म में हल्दी और मिर्ची का लेप बना कर लगाया गया पर कोई फायदा नहीं हुआ हालत बहुत ही ख़राब होती चली गई। डॉक्टर्स ने देखा और कोशिश की, पर कुछ समय बाद जवाब दे दिया। बुआ और फूफा बहुत परेशान थे कि जिस बच्चे को वो कुछ बनाने के लिए ले कर आए थे और उसी के साथ कोई अनहोनी हो गई तो वो उसके परिवार को क्या बताएँगे! फूफा के आस-पास के गाँवों से काफी मुवक्किल आया करते थे, उन्होंने बताया की पास के गाँव में एक मोची है जो पेशे से तो जूते गाँठने का काम करता है पर वो पागल कुत्ते के काटे की दवा देता है और उसने काफी लोगों को ठीक भी किया है। परिवार के लोग पिताजी को लेकर उसके पास गए। उसने पापा को देखा और कहा की आप लोग बच्चे को ठीक समय पर ले आए हैं अगर थोड़ी देर और हो जाती तो मुश्किल हो जाती पर अभी समय है, मैं इसको ठीक कर दूँगा। उसने दो पुड़िया दीं और कहा की दो घंटे के अंतराल से दोनों पुड़िया खिला देना और पुड़िया खिलाने के बाद बच्चे को एक कमरे में बंद कर दें, सूरज की रोशनी बिलकुल नहीं जानी चाहिए तथा कमरे में कोई नहीं होगा। एक कमरे में जो सबसे बाहर वाला कमरा था उसकी सारी खिड़कियों पर काला कागज़ लगाया गया तथा सारे दरवाज़े और खिड़कियों को बंद करके पापा को उसके अंदर लिटाकर बाहर से ताला लगा दिया गया। पापा बताते हैं की बहत्तर घंटे उनको बिना खाना खाए कमरे में बंद कर दिया गया उसके बाद उनको बहुत बार दस्त हुए। बहत्तर घंटे के बाद जब उनको बाहर निकाला गया तो कुत्ते के विश का असर कम हो चुका था। बस शरीर में बहुत कमज़ोरी थी। उसके बाद उनकी

हालत में लगातार सुधार होना शुरू हो गया और कुछ दिनों में वे पूरी तरह स्वस्थ हो गए। इसके बाद वो और परिवार के लोग उस मोची से मिलने गए और उसको कुछ देना चाहा पर उसने कुछ भी लेने से इनकार कर दिया कहा की ये मुझे गुरु का प्रसाद है इसलिए मैं ये निस्वार्थ भाव से करता हूँ तभी लोग ठीक होते हैं। अगर मैं इसके लिए कुछ लेना शुरू कर दूँ तो शायद मेरी दवा का असर ही ख़त्म हो जाए। पापा के अनुसार यह उनका दूसरा जीवन था जिसके लिए वो जीवन भर उस मोची का ऋणी रहेंगे।

वहाँ रहते हुए जब पिताजी किशोर्य की दहलीज पर कदम रख रहे थे तब उनके मन में पास में रहने वाली एक लड़की के प्रति आकर्षण पैदा हो गया जो स्वाभाविक था। परंतु दूसरी तरफ से प्रतिउत्तर उस अनुपात में नहीं मिला जिसकी अपेक्षा थी। कुछ दिन वो उस आकर्षण में बंधे रहे पर उस समय नीरज जी पढ़ ही रहे थे और कहीं नौकरी न होने के कारण तथा घर की आर्थिक स्थिति ठीक न होने के कारण बात आगे नहीं बढ़ पाई। लड़की को भी शायद लगा कि उनके संग ज़िंदगी अभावग्रस्त ही रहेगी। अंततः उसका विवाह कहीं और हो गया। इस वाकये के बाद मन में विछोह की पीड़ा को शब्द मिल गए और स्वतः ही कोमल भाव फुट पड़े। अनायास ही कविता का सृजन हुआ। पापा यह भी बताते हैं की यहीं पर उनकी कविता लिखने की शुरुआत हुई। उनकी पहली कविता थी :

> कितना एकाकी मम जीवन!
> किसी पेड़ पर यदि कोई चिड़िया का जोड़ा बैठा होता
> तो न उसे भी एक आँखे भर मैं इस डर से देखा करता-
> कहीं नज़र लग जाय न उनको . . . !

कहीं पर उस घटना का पापा ने ज़िक्र भी किया है कि शादी होने के बाद वो इस बात को भूल गए पर इसके काफी सालों के बाद जब 'नीरज' के नाम से कविता के क्षेत्र में नई-नई ऊँचाइयाँ प्राप्त कर रहे थे तो एक बार उरई जाने पर किसी रिश्तेदार ने, जो शायद इस प्रेम प्रसंग को जानता था, पापा को बताया कि वो लड़की आजकल यहीं पर ही है और अगर वे मिलना चाहें तो वह उसके घर ले जा सकता था। पिताजी के मन में ये जानने की उत्कंठा थी कि अब शादी के बाद उसका क्या हाल होगा तो वो उससे मिलने गए। दरवाज़ा खुलने पर जिससे

मुलाकात हुई वो एक उम्र से पहले अधेड़ हुई एक महिला थी जिसने एक बहुत मामूली-सी साड़ी पहन रखी थी। उन्हें सहसा आँखों पर विश्वास नहीं हुआ कि ये वो ही है। पूछा तो मालूम पड़ा कि उनके पति रेलवे में काम करते हैं पर तबियत ठीक नहीं रहती है इसलिए वे घर पर ही रहते हैं जिससे घर के आर्थिक हालात अच्छे नहीं हैं। विधि का विधान देखिए की उन्होंने अच्छे भविष्य और सुखमय जीवन के लिए एक गवर्नमेंट की नौकरी करते हुए जीवन साथी को चुना था पर विधाता ने शायद उनके भाग्य में यही लिखा था इसलिए, शादी के कुछ दिनों बाद ही उन पर ये विपदा आ गई। यह भी पिताजी के लिए एक बड़ी सीख थी जिसे वे अक्सर दोहराया करते थे।

अध्याय 4

बचपन की यादें एवं संघर्ष का प्रारम्भ

मेरे जीवन का सुख, दुख की दुनिया में,
बचपन बन आया, यौवन बन चला गया!

एटा से हाई स्कूल करने के बाद पापा इटावा आ गए। पढ़ाई पूरी होने के बाद अब सबने सहायता देने में हाथ खींचना शुरू कर दिया क्योंकि सबका सोचना यह था कि जब लड़का पढ़-लिख गया है तो उसको कोई काम करना चाहिए। उस समय हाई स्कूल पास होना छोटी बात नहीं थी क्योंकि अक्सर हाई स्कूल करने के बाद लोगों को नौकरी मिल जाया करती थी। अब घर के सब लोगों की भी आशाओं और अकांक्षाओं का केंद्र बिदु बालक गोपाल था क्योंकि अभी तक परिवार के लिए अपनों से दूर रह कर उसने ही कुछ करने की कोशिश की और माँ और नाना की हरेक बात मानी थी। परिवार के लिए कुछ करने और सब को एक सूत्र में बांधे रखने के लिए बहुत सुख-सुविधाओं का त्याग करना पड़ता है, जो आजकल के समय में कम हो गया है। हाँ ऐसे परिवारों की कहानी फिल्मों और सीरियलों में ज़रुर देखने को मिलती है। गोपाल अलग ही मिट्टी का बना था और उसका मुख्य ध्येय था परिवार को सुचारू रूप से चलाना और इसके लिए वो कुछ भी कार्य करने को तैयार था और उसके लिए कोई भी काम छोटा या बड़ा नहीं था मकसद था घर में कुछ पैसा आए जिससे सब लोग भरपेट खाना खा सके और छोटे भाईयों की पढ़ाई हो सके, जिससे वो आगे चल कर कुछ बन सकें।

बड़े भाई अभी भी घर के कामो में ज़्यादा रूचि नहीं रखते थे। इसलिए अब घर की ज़िम्मेदारी बालक गोपाल पर पड़ गई जिसको बचपन ही से ज़िम्मेदारियों का बोझ अपने कोमल कंधों पर उठाना था। घर में माँ, तीन भाई जिसमें दो छोटे तथा

नाना कुल मिला कर छह लोगों का परिवार और नियमित आमदनी का कोई साधन नहीं था। शिक्षा इतनी भी नहीं थी कोई बहुत बड़ी अच्छी आय वाली नौकरी मिल जाए, परन्तु कुछ न कुछ तो करना ही था जिससे पूरा परिवार दो वक्त की रोटी खा सके तथा छोटे भाई अपनी शिक्षा पूरी कर ले। गोपाल ने बहुत से छोटे-मोटे काम किए पर उस आय से घर को चलाना संभव नहीं था इसलिए, ऐसा कुछ करना था जिससे नियमित आय मिल सके। जहाँ इच्छा शक्ति हो वहाँ कोई न जिनका कोई राह निकल ही आती है। उनके साथ भी ऐसा ही हुआ। एक सज्जन थे जिनका टाइपिंग स्कूल था जहाँ पर टाइपिंग सिखाई जाती थी। लोगों में उनका नाम मुन्नी दद्दा मशहूर था। उनके यहाँ, अपने ख़ाली समय में गोपाल ने टाइपिंग सीख ली और उसमें अपनी मेहनत के बल पर महारत हासिल कर ली। मुन्नी दादा के पास टाइपिंग स्कूल होने की वजह से काफी टाइपराइटर थे तो यह तय हुआ की वे पापा को एक टाइपराइटर देंगे और पापा कचहरी में जाकर टाइप किया करेंगे, और जो पैसे मिलेंगे उसका एक तिहाई मुन्नी दादा लेंगे। कचहरी घर से दो-तीन मील दूर थी। पापा रोज़ाना सुबह टाइपराइटर को कंधे पर रख कर पैदल कचहरी खुलने से पहले पहुँच जाते थे, दिन भर टाइप करते थे और शाम को टाइपराइटर की दुकान पर टाइपराइटर और पैसे का हिसाब देकर घर आ जाते थे। यह थी युवा गोपाल की दिनचर्या। इससे घर में कुछ पैसे आने शुरू तो हुए मगर इस काम में कभी-कभी तो अच्छे पैसे मिल जाते थे, कभी काम ज़्यादा होता था और कभी-कभी बहुत ही कम आय होती थी। शाम को जब घर वापस आते थे तो सबसे पहले नाना के पास जाते। उनका एक ही सवाल होता था, 'कितना कमा लाए' पापा जब उनको बताते थे वो बहुत ख़ुश हो कर आशीर्वाद देते थे। जब कभी ज़्यादा पैसे मिल जाते थे, नाना के लिए रबड़ी का दोना साथ में होता था जिससे उनको पता चल जाता था कि आज रोज़ाना से ज़्यादा कमाईं हुई है। थोड़ी-सी रबड़ी इनके हिस्से में भी आ जाती थी। शायद वो बचपन से रबड़ी या मीठा खाने का शौक लगा जो मरते दम तक बरकरार रहा।

जैसे की किसी अभावग्रस्त परिवार में बच्चों के खेलने के लिए बहुत ज़्यादा सुवधाए नहीं होती हैं और सारे महँगे खेल जैसे क्रिकेट, बैडमिंटन, हॉकी और टेनिस आसमान से तारे तोड़ना जैसा होता है, वेसे ही यहाँ पर भी इस परिवार में भी मूलभूत सुवधाए नहीं थी पर बचपन ऐसे कहाँ मानता है तो वो सारे खेल जो बिना पैसे खर्च किये खेले जा सकते थे वही इन सब की पसंद थे जैसे कंच्चे, गिल्ली डंडा, छुपा-छुपी, दौड़, तैरना तथा ऊँची कूद। हाई जम्प के लिए सब लोग एक खाट लम्बाई

में खड़ी कर देते थे और उस के ऊपर से कूद जाया करते जिसमे चोट लगने का काफी खतरा होता था। पापा कभी-कभी बड़े हँसते हुए बताते थे कि ताऊ एक दो बार छलांग लगाते हुए खाट से टकरा गए थे तो उनके लिए खाट की जगह कनस्तर रखा जाता था।

हमारी ग्रामीण पृष्ठभूमि से आए परिवारों में शायद ही ऐसा कोई घर हो जहाँ पर बड़ों ने अपने बच्चों का भूत-प्रेत और चुड़ैल की कहानियाँ न सुनाई हों या कुछ लोगों ने भूत देखने का दावा भी किया होगा। ऐसी ही एक बात पापा ने भी मुझे सुनाई। एक बार उनके और कुछ दोस्तों में तय हुआ कि कोई सिद्धि करके भूतों को वश में किया जाए जिससे कोई भी काम कराया जा सके। किसी ने बताया की सिद्धि प्राप्त करने के लिए रात में श्मशान में बैठ नरमुंड में दूध और चावल डाल कर खीर बनाई जाए और भूतों को बुला कर उनको अर्पण की जाए तो भूत प्रसन्न हो कर सिद्धि दे जाएँगे और उसके बाद उस सिद्धि के सहारे आप कुछ भी कर सकते हैं। एक दोस्त विशम्बर पंडित थे जिनको सब लोग पंडित जी बोलते थे। उन्होंने यह काम करने का बीड़ा उठाया। अब कल्पना करें रात का अँधेरा चारों तरफ फैली, ख़ामोशी, कभी-कभी कुत्ते के रोने की आवाज़ें, रोशनी के नाम पर आस-पास जलती हुई कुछ चिताएँ और उस श्मशान में ये कुछ दोस्त। पंडित जी ने किसी श्मशान में जाकर वहाँ पास में रहने वाले एक अघोरी से संपर्क करके एक खोपड़ी, लोबान और काले जादू वाले मंत्रों की किताब हसिल कर ली थी, अब किसी रात को श्मशान में ज़ाकर तंत्र साधना करनी थी। तो आपस में बात करके एक रात सब लोग श्मशान पहुँच गए और अनुष्ठान शुरू किया। खीर पका कर इधर पंडित जी ने आँखे बंद कर के मंत्रों को पढ़ना शरू किया उधर उसी मण्डली के किसी दोस्त ने पंडित जी को फँसाने के लिए उनके पिता जी को ख़बर कर दी कि आपका लड़का श्मशान में बैठा है और भूतों की सिद्धि कर रहा है। यह सुन कर वे गुस्से में श्मशान भागे। वे रोज़ाना पूजा, हवन करने वाले एक कर्मकांडी पंडित थे और उनका लड़का प्रेत साधना कर रहा है यह उन्हें गंवारा नहीं था! इधर सबने पंडित जी को कहा की जब भूत आते हैं तो परिवार के किसी भी सदस्य का रूप धर कर आ सकते हैं। वो तुम्हें रोकने की कोशिश करेंगे पर तुम रुकना नहीं और यह खीर के चावल उनके खाने के लिए फेंकते रहना। जब पिता जी पंडित जी को आवाज़ देते हुए वहाँ पहुँचे और पंडित जी को रोकने एवं डाँटने लगे तो अपनी आँख बंद किए हुए पंडित जी ने अपने पिता जी पर गरम-गरम चावल

फेंकना शुरू कर दिया। जैसे-जैसे पिता जी के चेहरे पर गरम-गरम चावल पड़ रहे थे उनका गुस्सा बढ़ता जा रहा था इधर पंडित जी आँखे बंद किए अपनी पूरी शक्ति से चावल फेंक रहे थे। आखिरकार पिता जी ने उनका हाथ पकड़ा और वहीं से पिटाई करते हुए घर ले गए। यह खेल भी वहीं ख़त्म हुआ। यह घटना बताते हुए पिताजी अपने बचपन के दिनों में वापस चले जाते थे और उनके चेहरे पर जो हल्की-सी मुस्कान आती थी जो कभी-कभी खिलखिलाती हँसी में परिवर्तित हो जाती थी। हम सब सुननेवाले भी उनके इस बचपन की घटना को सुनकर उनकी इस हँसी में शामिल हो जाते थे। हम सबको लगता था कि अगर हम उनकी जगह होते तो शायद हम ये हिम्मत न जुटा पाते।

उन्हीं दिनों देवकीनंदन खत्री रचित *चंद्रकांता संतिति* नामक उपन्यास बहुत मशहूर हो रहा था जिसको पढ़ने के लिए बहुत से ग़ैर हिंदी भाषी लोगों ने हिंदी सीखी। इसमें एक पात्र था गढ़ाधर सिंह उर्फ़ भूतनाथ जो बहुत ही निडर, दुस्साहसी, लालची एवं अपने ऐय्यारी के फ़न में माहिर था। यह एक ऐसा पात्र था जिस में अच्छे और बुरे गुणों का समिश्रण था। एक सज्जन थे जिनके पास कुछ किताबें थीं और उन्होंने ये किताबें पढ़ी भी थीं तो सब लोग रात को अक्सर उनके यहाँ इकट्ठे हो जाते थे और उनसे भूतनाथ के किस्से सुनाने को कहते थे। उन दिनों बिजली तो थी नहीं, न ही रेडियो या टेलीविज़न। मनोरंजन का एक मात्र साधन था आपस में मिलकर बैठना तथा किस्से और कहानियाँ सुनना। एक आदमी का सुख या दुःख सारे मोहल्ले वालों को उसका भागीधार बना देता था।

कथा का सेशन चल रहा था इन कहानियों में ऐय्यारों के बारे में, जो जब चाहे भेष बदल लेते हैं और तिलिस्म जिसमें विभिन्न तरह के कल पुरज़ों से सुसज्जित घर-दरवाज़े, पुतलियाँ जो चल फिर सकती हैं, का ज़िक्र होता रहा। रात काफी हो चुकी थी। यहाँ यह तारीफ करनी पड़ेगी कि जो सज्जन कहानी सुनाते थे उनको कहानी कहने की कला आती थी वो नई-नई घटनाएँ अपने-आप जोड़ते जाते थे जिससे कहानी लम्बी हो जाती थी और श्रोताओं को भी आनंद आता था। कहानी ख़त्म होने के बाद जब सारे लोग चलने लगे तो एक सज्जन अँधेरे में एक गड्ढे में गिर गए। बहुत ज़ोर से आवाज आई। लोगों को लगा कोई गड्ढे में गिर गया है और उनको चोट आई है तो वहाँ मौजूद लोगों ने उस व्यक्ति से पूछा। 'क्या हुआ?' तो अपनी गलती और झेंप को छुपाते हुए उनका जवाब मिला कि भूतनाथ का शागिर्द तिलस्मी तालाब में कूद गया। सब

लोग उनकी चोट भूल गए और हँसी का फव्वारा फूट गया उसके बाद उनका नाम 'भूतनाथ का शागिर्द' ही हो गया। ऐसा बोलकर उन्हें चिढ़ाने की कोशिश करते थे। किसी भी घटना को बहुत सहज तरीके से ले कर सटीक जवाब दे कर निरुत्तर कर देना भी एक कला है जो विरलो में ही होती है चाहे उसके बाद वह मज़ाक का पात्र ही क्यों न बन गए!

अध्याय 5

मृत्यु ने दिया आशीर्वाद

एक दिन काल-तम की किसी रात ने
दे दिया था मुझे प्राण का यह दिया,
धार पर यह जला, पार पर यह जला,
बार अपना हिया विश्व का तम पिया

महान व्यक्तित्व जो अपने क्षेत्र में अग्रणी रहे हैं तथा समाज ने उनको जीनियस कहा है उनके साथ अक्सर देखा गया कि उनको ईश्वर ने प्रतिभा दिखाने का अवसर तो दिया पर जब उनकी ख्याति देश देशांतर में फूलों की खुशबू की तरफ फैल रही थी और लोगों के मन-मस्तिष्क को आह्लादित कर रही थी तो उनके साँसों पर विराम लगा दिया, चाहे वो बायरन हो, शेली हो, मोज़ार्ट हो या बीथोविन सब ही बहुत ही अल्प आयु में अपनी प्रतिभा का दर्शन करावा कर इस संसार से विदा हो गए। लेकिन कुछ ऐसे लोग भी थे जिन्हें मृत्यु ने बार-बार जीवन का वरदान दिया। हमारा ऐसा मानना है कि पापा भी एक ऐसी ही विभूति थे जिनको साक्षात मृत्यु ने खुद लंबी आयु का आशीर्वाद दिया। इसलिए, यह किस्सा कोई कपोल कल्पना नहीं है :

जीवन में कभी-कभी ऐसी घटनाएँ घट जाती हैं जिसका कोई भी वैज्ञानिक कारण या हल नहीं होता है। जैसे कि बुज़ुर्गों या किसी अदृश्य शक्ति का आशीर्वाद, जो जीवन को सुगम बना देता है और जिसका फल आपको ज़रूरी नहीं कि उसी क्षण मिले पर आनेवाले जीवन में आपको अवश्य मिलता है।

नीरज जी के साथ कई बार ऐसा हुआ है कि मृत्यु सामने खड़ी थी और रास्ता बदल कर चली गई। ऐसी कुछ घटनाएँ हैं जिसको दादी और पापा ने हम सब को बताया जिनको सुन कर लगता है कि हाँ सचमुच कुछ ऐसा ही था कि ईश्वर ने उनको

कठिन परिस्थितियों से बाहर निकाला। यह बात सुनी हुई है इसलिए पाठक अपने विवेक से अपना निर्णय लें।

दादी ने बताया कि जब पापा करीब तीन चार साल के रहे होंगे तो वे उन्हें कुछ खाने की चीज़ देकर अपने काम पर लग गईं। उनके कानों में आवाज़ पड़ी 'तू भी खा ले,' उन्हें लगा कि कोई कुत्ता या बिल्ली होगी जो अंदर आ गया होगा जिसको बालक गोपाल खाने के लिए कह रहा है। फिर ध्यान आया कि दरवाज़ा तो अंदर से बंद है, *फिर कौन है?* उठ कर देखा कि एक साँप ओखली के पास फन फैलाए बैठा है और बालक गोपाल खाने की कटोरी के साथ उसके पास ही बैठा है और साँप को खाने के लिए कह रहा है। दादी को काटो तो खून नहीं। उन्होंने तुरंत अपने बेटे को गोद में उठाया और वहाँ से बाहर भाग गईं, अगर थोड़ी भी देर हो गई होती तो कुछ भी हो सकता था। लेकिन आश्चर्य की बात यह थी कि साँप ने तब तक कुछ भी नहीं किया था।

एक और किस्सा है छः बरस की उम्र में जब उनके पिता की मृत्यु हो गई, तो उसके बाद सब भाइयों को बाल कटवाने थे, इसलिए घाट पर बाल कटवाने सब लोग बैठे थे। उनका नंबर आने में अभी देर थी तो, पापा घूमते हुए थोड़ा आगे चले गए। वहाँ पर कुछ बच्चे नहा रहे थे। उनको देख कर ये भी पानी में उतर गए मगर वहाँ पर बहाव तेज़ था तो डूबने लगे। पापा ने बताया कि उस समय उन्हें ऐसा लगा कि पानी के अंदर उन्हें किसी ने पैर पकड़ कर उपर की तरफ धक्का दिया और उनका सर पानी से बाहर आ गया। वो तैर कर किनारे पर आ गए। वह कौन था, किसने ऐसा किया, उन्हें पता नहीं चला, पर इतना ज़रूर मालूम है कि उस दिन वे डूब सकते थे।

ऐसे ही एक और किस्सा पापा बताते थे कि जब वो इटावा में एक रात को पिक्चर का लास्ट शो देख कर आ रहे थे, सड़के सुनसान थीं चारों तरफ अंधेरा ही अँधेरा था। कहीं न आदम न आदमजात इसलिए उन्होंने चाल थोड़ी तेज़ की और एक गली में मुड़ गए जो घर के लिए शॉट कट थी। मुड़ते ही वो एक बुढ़िया से टकरा गए। बुढ़िया के मुँह से अनायास ही निकला, 'अभी मुझ से क्यों टकराता है, अभी तो तुझे बहुत जीना है।' रात के समय जब कोई आस-पास नहीं, एक बूढ़ी औरत का टकराना और उसके मुँह से ये शब्द निकलना। उनके मन में कोतुहल-सा हुआ की पता किया जाए कि यह औरत कौन है और वो उसके पीछे-पीछे चल दिए। वो औरत एक मकान में चली गई। जैसे ही वो अंदर गई, उसके कुछ क्षण

बाद ही उस मकान से रोने की आवाजें आने लगीं। उस मकान में रहनेवालों से कोई जान-पहचान नहीं थी पर मन में आए संशय को मिटाने के लिए हिम्मत कर के पापा उस घर में घुस गए। वहाँ पर उस औरत का कोई नामो-निशान नहीं था, पर घर में एक मौत हो गई थी और मृतक के पर्थिव शरीर को ज़मीन पर उतारा जा रहा था। घर वालों ने बताया कि अभी-अभी घर के एक बुज़ुर्ग की मौत हुई है। छोटा-सा घर था इसलिए कोई छिपने का स्थान भी नहीं था। पूछने पर पता चला कि उस औरत को घर में घुसते किसी ने नहीं देखा था न ही वो कहीं घर में दिखाई दी। पाठकों से अनुरोध है कि वह इस किस्से को केवल उसकी रोचकता के लिए ही पढ़े। शायद यह पापा के अति भावुक स्वभाव और गहराई की वजह से उन्हें ये अनुभव हुए।

अगर सच्चे और सरल हृदय से कोई किसी की सेवा करता है तो बदले में जो आशीर्वाद के रुप में प्रसाद मिलता है, उसका कोई मोल नहीं होता है। शायद नीरज जी ने बचपन से ही लोगों की सेवा करके इतनी दुआएँ ले ली थी कि वो सारी मुश्किलों से संघर्ष करके सफलता की सीढ़ियाँ चढ़ पाए।

इटावा की और भी एक घटना है जब नाना को कहीं चोट लग गई तो नाना को कहीं पैर में कोई जंग लगी हुई कील लग गई जिसमें पस पड़ गया। उन्होंने इसकी तरफ ज़्यादा ध्यान नहीं दिया और वो ज़हर-बाद हो गया। नतीजतन उन्हें बुखार रहने लगा। धीरे-धीरे उनकी तबियत और ख़राब होने लगी। जब अंतिम समय आया तो पापा कचहरी गए हुए थे उनको सूचित किया गया तो वे दौड़े-दौड़े घर आए। नाना के गले से आवाज़ बहुत ही कम आ रही थी पर उस दिन भी सबसे पहले उन्होंने यही पूछा 'कितना कमाया'। पापा ने बताया और कहा उनसे भगवान का नाम लेने को कहा। नाना ने अपने दोहते के सर पर हाथ रखा बहुत आशीर्वाद दिया और उनसे वादा लिया कि वे अपने परिवार का ध्यान रखेंगे। ताऊ भी वहीं खड़े थे पर नाना का विश्वास अपने गोपाल पर ज़्यादा था। लोग जो कहते हैं बुजुर्गों का आशीर्वाद बहुत ही अमूल्य होता है वो सही है, क्योंकि यह उन्हीं का और सब बुज़ुर्गों का आशीर्वाद ही था कि पापा यह मुकाम हासिल कर पाए जो किसी ने कभी सपनों में भी नहीं सोचा था।

कभी-कभी किसी व्यक्ति को उसके अतीत में ले जाकर उसको आनंद की अनुभूति कराना भी एक कला है और फिर उस व्यक्ति के द्वारा दिया गया आशीर्वाद बहुमूल्य होता है।

एक मज़ेदार वाकया जो पापा से जुड़ा नहीं है पर जो पापा ने मुझे बताया था वह यह है : दादी दो बहिने थीं। दादी की बड़ी बहिन बहुत गोरी चिट्टी थीं, सुनहरे बाल तथा गाल, बिलकुल सुर्ख देखने में बिलकुल विदेशियों जैसा। पापा उन्हें प्यार से 'लाल मौसी' कहते थे। वो भी पापा से बहुत प्यार करती थीं और हमारे पास अलीगढ़ रहने के लिए अक्सर आ जाती थीं। आँगन में सबकी खाट बिछा दी जाती थी और फिर पुरानी बातों का सिलसिला शुरू हो जाता था। अगर आप किसी बुजुर्ग से उसकी जवानी या बचपन की बात करो तो उसको उस बात को बताने में जिसको वो पहले भी कई बार बता चुका होता है और वो ये जानता भी है, पर उसी बात को दुबारा बताने में और भी आनंद मिलता है। दादी ने इसके बारे में हमें बताया था पर एक बार ऐसे ही मौके पर पापा ने लाल मौसी से कहा कि आप बताओ कि जब आप पैदा हुई थी तो कैसे अंग्रेज़ आप के घर आ गया था। उन्होंने जो बताया वो यह था कि जब वो पैदा हुई तो उनकी रूप रंग की चर्चा पूरे गाँव में हुई। लोगों ने देखा तो सब ने कहा की 'यह तो बिलकुल अंग्रेज़ हैं!' यह ख़बर किसी तरह से वहाँ के अंग्रेज़ अफसर के पास भी पहुँच गई। वो घर पर आया बच्ची को देखने। फिर मौसी का गोरा सुर्ख रंग, सुनहरे बाल तथा सुंदर नाक-नक्श देखने के बाद बोला की 'यह बच्ची तो तुम्हारी नहीं हो सकती, अब यह बताओ की इसे कहाँ से चुराया!' उसे बहुत समझाया गया परंतु वो नहीं माना और थाने चलने को कहने लगा। आस-पास के लोग इकट्ठा हो गए उसको फिर बहुत समझाया पर वो मानने को तैयार ही नहीं हो रहा था क्योंकि नाना इतने गोरे नहीं थे। तब वहाँ के प्रधान ने तथा और लोगों ने पूछा की आपको क्या प्रमाण चाहिए। इस पर उसने कहा की इस बच्ची की माँ को दिखाओ, यह भी संभव नहीं था, क्योंकि उस समय पर्दा प्रथा थी और यह इज्ज़त का भी सवाल था की महाराजकुमार (नाना) की पत्नी को अंग्रेज़ के सामने आना पड़ेगा। गाँव के बड़े-बूढ़ों ने ये बात उस अंग्रेज़ को समझाई कि माँ बाहर नहीं आएगी। अब क्या किया जाए, क्योंकि वो बिना देखे जाने को तैयार ही नहीं था। तब सब लोगों ने उसको इस बात पर राज़ी किया की पर्दे से वो अपना हाथ बाहर कर देंगी जिससे उसे पता चल जाएगा की माँ भी इतनी ही गोरी है। किसी तरह उस अफसर को ये बात समझ में आ गई और उनसे उसकी अनुमति दे दी। कमरे के आगे एक पर्दा लगाया गया और पर्दे के पीछे नानी को बैठाया गया तथा पर्दे के आगे उस अफसर को उसके बाद बच्चे को हाथ में लिए एक हाथ ब्राहर निकला। उसको हाथ और बच्ची को साथ में देखने के बाद विश्वास करना पड़ा की भारतीयों

में भी इतने गोरे लोग हो सकते हैं। ये सब बताते हुए दादी के चेहरे पर जो खुशी और गर्व के भाव आते थे उनका वर्णन करना मुश्किल है। ये बात पापा भी बता सकते थे पर उस घटना को उन्हीं के द्वारा कहलवाना उनको नई ऊर्जा प्रदान करने जैसा था। इससे मुझे ये समझ में आया की हमको अपने बुज़ुर्गों के साथ बैठ कर उन्हें उनके अतीत की पुरानी अच्छी यादों में ले जाना दो तरफा काम करता है : हमको कुछ सीखने को मिलता है और उनको एक नई ऊर्जा।

अध्याय 6

जीवन संघर्ष एवं काव्य यात्रा

मैंने तो चाहा बहुत कि अपने घर में रहूँ अकेला पर-
सुख ने दरवाज़ा बंद किया दुःख ने दरवाज़ा खोल दिया।

इटावा में टाइपिंग का काम तो था पर आमदनी ज़्यादा नहीं थी इसलिए वो ज़्यादा दिन चल भी नहीं पाया और पापा को नौकरी के लिए दिल्ली आना पड़ा। यहाँ पर सरकार के सप्लाई विभाग में टाइपिस्ट का काम मिल गया। अब नियमित आय तो हो गई थी पर दो गृहस्थियाँ चलानी थीं : इटावा में परिवार की तथा शहादरा में अपने अकेले का जीवन। तनख्वाह थी सरसठ रुपए महीना, इसमें से चालीस रुपए इटावा भेज दिए जाते थे और सत्ताइस रुपए में पिताजी को अपना गुज़ारा करना पड़ता था। खाने का ख़र्च बचाने के लिए नई युक्ति निकाली गई कि दोपहर को पूरियाँ खाई जाए जिससे पेट भारी रहेगा और भूख भी नहीं लगेगी और शाम को खाने की ज़रुरत नहीं पड़ेगी (ज्योतिषी की दूसरी बात कि पेट हमेशा ख़राब रहेगा सही सिद्ध होने जा रही थी!)। इसी बीच दिल्ली में रहते हुए उनकी कवि सम्मेलनों में भागीदारी बढ़ती जा रही थी। 1944 में गाँधी जी और जिन्ना की शिमला में एक मीटिंग हुई थी जिसके संदर्भ में नीरज जी ने एक कविता लिखी थी 'आज मिला गंगाजल, जल ज़मज़म से' किसी कवि सम्मेलन में हफीज़ जालंधरी साहब ने नीरज जी ने ये कविता और कुछ और कविताएँ सुनीं और उनको सुनकर इतने मुतासिर हुए कि पापा के शब्दों में बुला कर पूछा, "साहबज़ादे क्या करते हो?" तो बताया कि टाइपिस्ट हूँ तो उसी समय सरकार के सॉन्ग एंड पब्लिसिटी ऑफिस में लिटरेरी अस्सिस्टेंट के पद के लिए पेशकश कर दी गई।' यहाँ तनख़्वाह थी 110 रुपए। यह पहले के मुकाबले में तेतालीस रुपए ज़्यादा थे। उनकी बाँछें खिल गई। लगा

जैसे ऊपर वाले ने मदद करने के लिए ही हफीज़ साहब को उस कवि सम्मेलन में भेजा था। उस समय नौकरी शुरू करने के लिए इतने पापड़ नहीं बेलने पड़ते थे कि तरह-तरह के टेस्ट हों। यदि आपको किसी ने अच्छी तरह से परखा होता था और वो आपकी क़ाबलियत को समझता था तो वो आप के लिए कोशिश कर सकता था। यहाँ पर तो हफीज़ जालंधरी साहब उस डिपार्टमेंट के हेड ही थे तो सब कुछ उनके ही हाथ में था। नियुक्ति में कोई दिक्कत ही नहीं हुई। जीवन में स्थिरता आ ही रही थी कि कुछ दिनों के बाद बंगाल में बहुत बड़ा अकाल पड़ा जिसमें बहुत से लोगों की खाने के अभाव में मृत्यु हुई और उस समय की अंग्रेज़ सरकार ने उसके लिए कुछ विशेष नहीं किया। लोग भोजन और दवा के अभाव में दम तोड़ते रहे, अंग्रेज़ों का दमन चक्र भी चल रहा था और क्रांतिकारियों का उनके प्रति रोष जो क्रांतिकारियों द्वारा गतिविधियों से उजागर होता था। पूरे देश में असंतोष का माहौल था। ऐसे में कवि नीरज को कलकत्ता जाने का मौका मिला और वहाँ लोगो को खाने के लिए सड़क के कुत्तो के साथ लड़ते देखा। ऐसा दृश्य देख कर कवि का मन तथस्ट कैसे रह सकता था एक कविता लिखी जिसमें मन में उमड़ते आक्रोश को शब्द मिले :

मै विद्रोही हूँ जग में विद्रोह कराने आया हूँ,
क्रांति-क्रांति का सरल सुनहरा राग सुनाने आया हूँ

हरेक कवि सम्मेलन में यह कविता सुनाई जाती और बहुत सराही जाती थी। पुलिस को भनक पड़ गई। एक कवि सम्मेलन में जो दिल्ली से बाहर, देहरादून में हो रहा था जहाँ कवि नीरज को भी कविता पाठ करना था और वो वहाँ थे। वहाँ के कलेक्टर थे बुखारी साहब। उन्हें हफीज़ साहब ने ख़बर भिजवाई : “आप नीरज को कहो कि वो अभी दिल्ली लौट कर न आए क्योंकि उनके पीछे पुलिस पड़ी है। यहाँ शिकायत हुई है कि आप नौकरी तो सरकार की कर रहे हो और सरकार को ही बुरा-भला कह रहे हो। यह बात हुक्मरानों के गले से नीचे उतर नहीं रही। ऐसे में उनसे पूछताछ हो सकती है इसलिए, कुछ दिन वो दिल्ली से दूर रहें और कवि सम्मेलनों में हिस्सा न लें।” अब कवि नीरज के पास दो ही विकल्प थे, या तो कवि सम्मेलन में कविता सुनाना बंद करके अपनी अंतरात्मा की आवाज को वहीं दबा दें और इस तरह की कविताएँ लिखना बंद कर दें या उस नौकरी को ही छोड़ दें जिसमें उन पर अपनी बात कहने के लिए बंदिश लगाई जा रही हो। घर की आर्थिक स्थिति अच्छी नहीं थी, इस नौकरी के कारण अभी हाल ही में उसमें कुछ सुधार होना शुरू हुआ था।

बहुत सोच-विचार के बाद नीरज जी के मन को बंदिश में रहना मान्य नहीं हुआ और उन्होंने इसके कुछ दिनों के बाद उस नौकरी से इस्तीफा दे दिया और वापिस कानपुर आ गए।

परिवार के ख़र्च चलाने के लिए नौकरी ज़रुरी थी इसलिए डीएवी कॉलेज में क्लर्क की नौकरी कर ली पर साथ-साथ अध्ययन भी जारी रखा। 17 नवम्बर 1945 में युवा नीरज की शादी मेरी माँ सावित्री देवी से हुई। माँ एक साधारण परिवार से थीं। मेरे नाना एक स्वतंत्रता सेनानी थे, गाँधी जी के भक्त एवं सच्चे कांग्रेसी तथा गाँधीवादी। उनकी कोई पक्की नौकरी नहीं थी, छोटे बच्चों को पढ़ाते थे तथा एक स्टेशनरी की दूकान चलाते थे जो अक्सर बंद ही रहती थी क्योंकि वो उसमें भी ज़्यादा समय नहीं दे पाते थे। वे अक्सर पार्टी के काम से गाँव-गाँव घूमते थे तथा अंग्रजों के विरुद्ध जनसभाएँ करने में ज़्यादा व्यस्त रहते थे। बीच-बीच में पुलिस से बचने के लिए घर और शहर से बाहर जाकर छिपना भी पड़ता था। उनके पाँच बच्चों में माँ सबसे बड़ी थीं और चार छोटे भाई थे। नाना का ज़्यादा समय जेल में या घर के बाहर ही बीतता था। मेरी माँ ने हाई स्कूल की परीक्षा दी थी पर उसमें सफल नहीं हो पाईं थी और उसके बाद घर की आर्थिक हालत के मद्देनज़र वो अपनी पढ़ाई को आगे जारी नहीं रख सकी थी।

मेरी माँ से शादी के बाद पापा की ज़िंदगी में कुछ स्थायित्व आया पर आर्थिक हालात अभी भी अच्छे नहीं थे। बहुत सारे छोटे-मोटे काम किए पर आय अभी भी कम ही थी। पूरे घर को उस में सुचारू रूप से चलाने में अम्मा को एक-एक पैसे का हिसाब रखते हुए अपनी पुरी कुशलता का परिचय देना पड़ता था जो उनकी आदत बन गई थी। जिसकी वजह से वो जीवन भर जब लक्ष्मी ने परिवार पर अपनी कृपा कर दी थी, तब भी अपने ऊपर वो कभी भी पैसा खर्च नहीं कर पाईं। कुछ दिनों बाद पापा की एक विदेशी कंपनी वॉल्काट ब्रदर्स में स्टेनो टाइपिस्ट की नौकरी लग गई। यहाँ पर रहते नौकरी के साथ-साथ अध्ययन भी शुरू कर दिया। इस कंपनी में पाँच वर्षों तक काम किया तथा इस दौरान कुछ कवि सम्मेलन भी किए। इस समय तक उनको कवि के रूप में लोग जानने लगे थे। नौकरी करते-करते ही 1949 में इंटरमीडिएट प्रथम श्रेणी में उत्तीर्ण की। कानपुर में रहते हुए ही प्राइवेट तौर से 1951 में बीए किया, वो भी प्रथम श्रेणी में।

अम्मा बताया करती थीं कि पापा की स्मरण शक्ति अद्भुत थी। बीए में सब्जेक्ट्स में इंग्लिश लिटरेचर भी था जिसमे शेक्स्पेयर के नाटक का *ओथेलो* एवं

मेकबेथ भी थे जो पापा को कंठस्थ याद थीं। पापा पूरी किताब बिना देखे हुए बोलते जाते थे और माँ, जो वेसे हाई स्कूल पास नहीं थीं पर उनको हिंदी और इंग्लिश का पूरा ज्ञान था, किताब खोल कर देखती रहती थीं और गर भूले-चुके कोई ग़लती होती, या कहीं पर बोलने के फ्लो में रुकावट आती, तो वो उसको पढ़कर प्रोम्प्ट करतीं। कहावत है कि हरेक सफल पुरुष के पीछे किसी स्त्री का हाथ होता है उसी तरह पापा की सफलता चाहे वो कवि के रूप में हो और चाहे पढ़ाई में, उसका कुछ श्रेय माँ को भी जाता है। विडम्बना यह है, की न नीरज जी ने न ही उनके ऊपर जीवनी लिखने वालों ने, उनकी सफलता के लिए, गरीबी के दिनों में हरेक कदम पर साथ देने वाली मेरी माँ को कोई श्रेय दिया। कुछ लोगों ने तो मेरी माँ को अपनी किताबों और लेखों में अनपढ़ तक लिख दिया जो अपमानजनक था। क्या किसी स्त्री को जो *ओथेलो, मेकबेथ* और *रामायण* को अच्छी तरह से पढ़ सकती हो, अनपढ़ लिखना उचित है?

पापा का जीवन के बारे में बहुत ही साकारात्मक दृष्टिकोण था उनका मानना था कि जीवन में सुख-दु:ख तो आते ही रहते हैं, बहुत से सपने जो आप देखते हैं, उसमें कुछ पूरे हो पाते हैं कुछ नहीं भी, पर मनुष्य को आगे बढ़ते रहना चाहिए। उनकी एक कविता है जो आप में ऊर्जा का संचार करती है, और आगे बढ़ने की प्रेरणा देती है :

छिप-छिप अश्रु बहाने वालों,
मोती व्यर्थ लुटाने वालों
कुछ सपनों के मर जाने से,
जीवन नहीं मरा करता है।
सपना क्या है नयन सेज पर
सोया हुआ आँख का पानी
और टूटना है उसका ज्यों
जागे कच्ची नींद जवानी
गीली उमर बनाने वालों,
डूबे बिना नहाने वालों
कुछ पानी के बह जाने से,
सावन नहीं मरा करता है

माला बिखर गई तो क्या है।
खुद ही हल हो गई समस्या
आँसू गर नीलाम हुए तो
समझो पूरी हुई तपस्या
रुठे दिवस मनाने वालों,
फटी कमीज़ सिलाने वालों
कुछ दीपों के बुझ जाने से
आँगन नहीं मरा करता है।

अध्याय 7

मेरा जन्म तथा अलीगढ़ की मधुर यादें

जब सूना-सूना लगे तुम्हें जीवन अपना,
तुम मुझे बुलाना—मैं गुंजन बन जाऊँगा।

जिस दिन पापा का बीए का रिज़ल्ट आना था उस दिन माँ अस्पताल में थीं। 1 जून 1951 को मेरा जन्म हुआ। चाचा उस समय डीएवी कॉलेज के हॉस्टल में रहते थे। संयोग देखिए, पापा उनको यह बताने हॉस्टल गए कि घर में लड़का पैदा हुआ है और वे लोग हॉस्टल से बाहर आ रहे थे पापा को यह बताने के लिए की रिज़ल्ट आ गया है और वे प्रथम श्रेणी में पास हुए हैं। सब ने मेरे जन्म को एक शुभ संकेत माना। दादी, जिनको हम जिया कहते थे, वो बताती थीं कि उस के बाद घर की आर्थिक स्थिति अच्छी होती गई तथा पापा का यश चारों और फैलने लगा।

पापा ने *कानपूर के नाम पाती* में मेरे जन्म का ज़िक्र किया है और लिखा है :

कुरसवा की वो अँधेरी सी हवादार गली
मेरे गुंजन ने जहाँ पहली किरण देखी थी
मेरी बदनाम जवानी के बुढ़ापे ने जहाँ
ज़िन्दगी भूख के शोलों में दफ़न देखी थी

उसी समय की बात है डीएवी कॉलेज के प्रिंसिपल, भटनागर साहब, युवा नीरज की प्रतिभा को पहचाना और अपने तरफ से पढ़ने के लिए पूरी सहायता की, दोनों चाचा और पापा को तो पढ़ाई में अच्छे होने की वजह से स्कॉलरशिप मिल जाती थी और फीस का पैसा नहीं देना पड़ता था पर ताऊ पढ़ाई में उतना अच्छा नहीं कर पा रहे

थे तो भटनागर साहब से प्रार्थना की गई की उनकी भी फीस माफ कर दी जाए पर ऐसा संभव नहीं था। भटनागर साहब जो पापा और चाचा से काफी प्रभावित थे वे समझ गए की वो अपने भाई को भी आगे बढ़ाना चाहते हैं। उन्होंने आश्वासन दिया की वे सहानुभुतिपूर्ण रूप से इस मामले को देखेंगे। कुछ दिनों के बाद भटनागर साहब ने नीरज जी को बुला कर पूछा कि क्या तुम्हारे भाई कोई स्पोर्ट खेलते हैं? जब उन्हें हाँ कहा गया तो फीस माफ करने के लिए रास्ता इस तरफ से निकाला गया। उनको स्पोर्ट्स कोटा की तरफ से स्कॉलरशिप मिल गई। अब ताऊ को भी लग रहा था की जब सब लोगों का सहयोग मिल रहा है तो उनका भी फ़र्ज़ है कि वे अच्छी तरह से सफल हों और आगे की पढ़ाई करें। उनकी मेहनत रंग लाई और उन्होंने भी मेहनत करके डीएवी कॉलेज से एमए किया। आजकल ऐसे शिक्षक विरले ही होते हैं जो छात्रों को इतना प्रोत्साहन दें। पापा भटनागर साहब की इस मेहरबानी को ता ज़िंदगी नहीं भूले।

अब कवि नीरज का समय ज़्यादातर बाहर कवि सम्मेलनों में निकलने लगा। घर की सारी व्यवस्था माँ को ही संभालनी पड़ती थी जिसको वो बखूबी अंजाम देती थीं। जो भी आय होती थी उस में घर को चलाना तथा आगे के लिए कुछ पैसे बचाना यही उनका ध्येय होता था। वे उपने ऊपर कुछ भी खर्च नहीं करती थीं। पापा जब घर में होते तो वो लिखने में व्यस्त होते जब वो लिखने के मूड में होते तो शरीर वहाँ होते हुए भी वो वहाँ नहीं होते थे। इसका एक उदाहरण है, मैं तब तीन साल का रहा होऊँगा। हम लोग उस समय कानपुर में नेहरू नगर में रहते थे। पापा कुछ लिखने में व्यस्त थे। एक ठेले वाला गली में आया जो हरे चने बेच रहा था। वह आवाज़ लगा रहा था 'चने ले लो'। मैं पापा के पास गया और कहा की चने दिलवा दो। पापा उस समय कल्पना लोक एवं विचारों के भंवर में विचरण कर रहे थे तो उन्हें सुनाई नहीं दिया। मैंने दो-तीन बार कहा पर जब देखा कोई सुनवाई नहीं है तो उनका कुर्ता पकड़ कर खींचा। पापा का ध्यान भंग हुआ और उसका परिणाम था एक चाँटा। मैंने ज़ोर-ज़ोर से रोना शुरू कर दिया कि मुझे चने नहीं चाहिए थे, वो तो चने वाला कह रहा था कि चने ले लो। यानि गलती मेरी नहीं थी। तब शायद पापा को अपनी गलती का एहसास हुआ। उन्होंने फौरन मुझे गोद में उठाया, चुप कराया और चने वाले को बुला कर चने भी दिलवाए। यह पहली और आखिरी बार था जब मुझे पापा से मार पड़ी थी। आगे पापा ने कभी डाँटा तक नहीं चाहे मैंने कुछ भी नुकसान कर दिया हो।

शीघ्र ही पापा को कानपुर में जिला सूचना अधिकारी की नौकरी भी मिल गई। वे साथ-साथ एमए की पढ़ाई भी करने लगे। मगर दोनों चीज़ें संग-संग ज़्यादा दिनो तक नहीं चलीं और पढ़ाई के लिए उन्हें नौकरी से इस्तीफा देना पड़ा। अच्छा ही हुआ क्योंकि अंत में उन्होंने एमए फर्स्ट डिवीज़न से पास किया। इस दौरान उन्होंने देश भर में घूम-घूमकर कवि सम्मेलनों में हिस्सा लिया और वहाँ भी नाम कमाया।

कुछ दिन कानपुर में रहने के बाद पापा को मेरठ में कॉलेज में नौकरी मिल तो गई, परंतु कुछ कारणोंवश वहाँ से नौकरी छोड़ कर अलीगढ़ आना पड़ा। अलीगढ़ में उन्होंने डीएस कॉलेज में अध्यापन कार्य शुरु किया। हम लोग अलीगढ़ में कॉलेज के पास ही द्वारकापुरी में रहते थे, दु-मंजिला मकान था और हम लोग नीचे वाले पोर्शन में रहा करते थे। यह पुराने टाइप का एक गली के अंदर मकान था, आँगन था पर दिन में भी कमरों के अंदर अँधेरा रहता था तथा रोशनी के लिए बल्ब जलाना पड़ता था। कॉलेज और घर के बीच एक शॉर्ट-कट था जो एक मैदान से होकर जाता था। उस मैदान में बच्चे क्रिकेट खेला करते थे। वहीं पर शाम को राष्ट्रीय स्वयं सेवक संघ की शाखा लगा करती थी। उस मैदान के चारों तरफ बाऊंड्री थी, बाऊंड्री जगह-जगह से टूटी हुई थी जिस से लोगों का आना-जाना लगा रहता था। मैदान में बहुत-सी झोपड़ियाँ भी थीं जिसमें ग़रीब मज़दूर तथा उनके परिवार रहा करते थे। उन मज़दूरों के बच्चे वहाँ पर गिल्ली-डंडा और कंचे खेलते रहते थे। पापा को बचपन से इन दोनों खेलों का शौक रहा था। उनका जीवन शुरू से ही अभावों से ग्रस्त रहा था। जहाँ दो वक्त की रोटी का इंतज़ाम करना ही पहली प्रथिमिकता होती थी और उनके संगी साथी भी उसी वर्ग के होते थे। अक्सर ये देखा जाता है कि मनुष्य जब अपने साथियों से कुछ आगे बढ़ जाता है तो वो अपने पुराने संगी साथियों या उस वर्ग से कटा-कटा रहना शुरू हो जाता है पर पापा हमेशा ज़मीन से जुड़े रहे। सब कुछ पा लेने के बाद भी उनको अपने यश एवं प्रसिद्धि पर गर्व तो था पर मन में कभी भी अहंकार नहीं आया। पापा को हम घर की छत से देखते कि वो मैदान से होकर आ रहे हैं, फिर वो बच्चों के पास रुक जाते, किताबें ज़मीन पर रखते कुछ कंचे खरीदते और आध एक घंटे खेलकर फिर घर आते। हफ्ते में दो-तीन बार ऐसा होता था। उन्हें ऐसा करते हुए देख कर मुझे बचपन में ही एक बहुत बड़ी सीख मिल गई थी और मेरे दिमाग में भी यह बात घर कर गई कि कोई छोटा या बड़ा नहीं होता है चाहे पद से, जाति से, पैसे से या उम्र से और हमें किसी के साथ खेलने, बात करने या दोस्त बनाने में कोई संकोच नहीं करना चाहिए। उनकी अच्छी बातों को

ग्रहण करना चाहिए और बुरी बातों को छोड़ देना चहिए। मैंने आज तक के अपने जीवन में कभी दोस्त बनाते समय न धर्म का, न जाति का, न ऊँच-नीच का कोई भेदभाव नहीं किया, हाँ कभी वैचारिक मतभेद हुए तो झगड़ा करने के बजाय वहाँ से पलायन कर लिया।

सबमें प्यार बाँटना नीरज जी की आदत में शुमार हो गया चाहे वो पशु-पक्षी हो या कोई मनुष्य वो जिसके भी संपर्क में आते थे उसके ही हो जाते थे। एक बार पापा कविता पाठ के प्रोग्राम से लौटते हुए न जाने कहाँ से एक मैना को लेकर आए, उसको छोटा-सा पिंजरा लाकर आँगन में लटका दिया गया जिससे बिल्ली उसको न छू पाए। सब के लिए वो एक खिलौना बन गई। अब सबका काम था उसको बोलना सिखाना, जब भी समय मिलता, कोई न कोई उसको अपनी तरह से सिखाने कि कोशिश करता पर वो ज़्यादा कुछ नहीं सीख पा रही थी। हाँ वो दिन भर मेरे मुँह से 'पापा-पापा' सुनती थी तो उसने यह सीख लिया। बाहर की कुण्डी खटकती और पापा जैसे ही अंदर आते वो ज़ोर-ज़ोर से 'पापा-पापा' चिल्लाने लगती थी। जब तक पापा उसके पिंजरे के पास जाकर उसको प्यार से पुचकारते नहीं थे वो चुप नहीं होती थी। कुछ दिन तक वो ठीक रही पर एक दिन सवेरे देखा तो वो पिंजरे में मरी पड़ी थी। हम सब लोग बहुत दुखी हुए। कुछ दिनों में ही सब लोग उसको बहुत प्यार करने लगे थे। वो दिन भर घर के लोगों के बोलने की नकल करती रहती थी और सबका मन लगा रहता था। उस दिन सब को लगा जैसे घर का एक सदस्य चला गया हो। उस दिन पहली बार मैने पापा की आँखों में आँसू देखे। हम लोग पास वाले मैदान में गए वहाँ पर एक गड्ढा खोदा, उसमे मैना को एक कपड़े में लपेट कर नमक डालकर दफना दिया। यह पहला मौका था जब मैंने जीवन कि कड़वी सच्चाई को जाना और किसी प्रिय जीव को अकस्मात् मरते हुए देखा था।

कुछ दिनों के बाद ताऊ का, जो कि एम्प्लॉई एस्टेट कारपोरेशन में काम करते थे ट्रांसफर अलीगढ़ हो गया और वो भी उसी मकान में रहने लगे। कुछ दिनों के लिए वो मेरे भाई-बहिनों को भी अलीगढ़ लेकर आए। जब ताऊ ऑफिस जाने के तैयार होते थे मेरे बड़े भाई का रोना शुरू हो जाता था और वो ज़मीन पर लोटना शुरू के देते थे। यह कार्यक्रम ताऊ के जाने के बाद भी चालू रहता था। इससे पहले मैं पापा के बाहर जाने को बहुत ही साधारण रूप में लेता था पर उनको देख कर मुझे भी लगा की मुझे भी यह करना चाहिए। अगली बार जब पापा जा रहे थे तो मैंने भी रोना-पीटना शुरू कर दिया। उस समय तो माँ ने किसी तरह समझा कर शांत

किया। जब पापा आए तो उन्होंने बुला कर समझाया कि उनको भी जाना अच्छा नहीं लगता है, पर नौकरी पर जाना ज़रुरी है नहीं तो घर कैसे चलेगा? खाना, कपड़े, खिलौने और बाकी सारी ज़रुरत का सामान कहाँ से आएगा? बाकी सारी बातें छोड़ कर खेलने का सामान कहाँ से आएगा वाली बात मेरी समझ में आ गई और उसके बाद मैं बहुत शांतचित होकर उनको विदा करने लगा। हाँ, जब वे शहर से बाहर जाते थे, तो ज़रुर बुरा लगता था।

मैं आम बच्चे से कुछ ज़्यादा ही शरारती था जिसकी वजह से अक्सर ही चोटिल होता रहता था। पापा कभी-कभी मज़ाक में कहते थे '80 घाव लगे राना के फिर भी राना बढ़ता ही जाए' इसीलिए वो मेरे स्वास्थ के बारे में हमेशा ही चिंतित रहते थे।

एक और किस्सा है इसी मकान से जुड़ा। यह मकान पेशकार साहब का था जिनकी दो बेटियाँ और तीन बेटे थे। वे सभी उम्र में मुझसे बहुत बड़े थे पर मेरा सारा खाली समय ऊपर उनके पास ही निकलता था क्योंकि उनकी बेटियाँ मुझसे बहुत प्यार करती थीं। छत पर आँगन की तरफ एक छोटी-सी मुंडेर थी। एक बार मैं मुंडेर पार करके उनके किचेन की दीवार से टेक लगा कर उनसे बातें कर रहा था कि न जाने क्या हुआ कि मैं ऊपर से नीचे आँगन के पक्के फर्श पर मुँह के बल गिर गया। धड़ाम की आवाज़ हुई। अम्मा और चाची किचेन से निकल कर बाहर आए तो मैं ज़मीन पर पड़ा हुआ था और मेरे माथे से खून निकल रहा था। ऊपर दोनों भाई मौजूद थे वे भाग के आए। एक ने तो मुझे गोद में लिया और सीधे डॉक्टर के पास लेकर चल दिया और दूसरे भाई ने कॉलेज में जा कर पापा को सूचना दी। पापा बहुत घबरा गए और सीधे डॉक्टर के यहाँ पहुँचे। भगवान की कृपा से सर पर कोई गंभीर चोट नहीं आई थी, हाँ दोनों पैर मुड़ गए थे और मोच आ गई थी जिसको एक मालिश वाले ने मालिश करके ही ठीक कर दिया। शायद बचपन की उस चोट का असर है कि मेरे दोनों पैर की एड़ी अभी भी बहुत जल्दी मुड़ जाती है।

अलीगढ़ का माहौल बहुत ही साहित्यिक था, बड़े-बड़े शायरों ने यहाँ की यूनिवर्सिटी से शिक्षा ली है और वहाँ से जाने के बाद देश-विदेश में बहुत नाम कमाया है। घर का माहौल भी बहुत साहित्यिक था। तरह-तरह की मैग्ज़ीनें, किताबें घर में आई करती थी, तो मुझे भी किताब पढ़ने का शौक हो गया जो आज तक कायम है। घर में आए दिन कवि और शायर आया करते थे और फिर नई लिखी हुई कविताओं पर ख़ूब चर्चा होती थी, गरमागरम बहस होती और लोगों के कुछ

सुझाव होते थे तो उसपर भी चर्चा होती थी जिसका कोई बुरा भी नहीं मानता था। ऐसी गोष्ठी में शहरयार, राही मासूम रज़ा, रविंद्र भ्रमर इत्यादि शामिल हुआ करते थे। आगे चलकर शहरयार साहब ने उमराव जान की ग़ज़लें लिखीं, राही मासूम रज़ा ने *महाभारत* के संवाद लिखे। पापा ने भी बहुत-सी फिल्मों के गीत लिखे। यानि की तीनों ही लोगों ने फिल्म जगत में अपनी अलग छाप छोड़ी।

अध्याय 8

पापा के साथ कवि सम्मेलन

अब ज़माने को ख़बर कर दो कि "नीरज" गा रहा है
जो झुका है वह उठे अब सर उठाए,
जो रुका है वह चले नभ चूम आए,
जो लुटा है वह नए सपने सजाए,
ज़ुल्म शोषण को खुली देकर चुनौती,
प्यार अब तलवार को बहला रहा है।
अब ज़माने को खबर कर दो

नीरज जी तो अक्सर ही कवि सम्मेलनों की वजह से अलीगढ़ से बाहर घूमते रहते थे पर उनके साथ कुछ जगह मैं भी गया हूँ जहाँ मुझे कविता पाठ का मौका भी मिला है जो मेरे लिए अनमोल यादें हैं। हम कानपुर से आए थे। अक्सर अम्मा और दादी कानपुर की बातें करतीं। मेरा मन करता कि मैं एक बार वहाँ जा कर अपना मकान, जहाँ मैं पैदा हुआ था और बाद में जहाँ हम रहते थे जा कर देखूँ पर मौका ही नहीं मिलता था। संयोगवश, कानपुर में एक कवि सम्मेलन का आयोजन हो रहा था उसमे पापा को भी जाना था। पापा मुझे भी साथ ले गए। उन दिनों भारत के ऊपर चीन ने हमला कर दिया था और सीमा पर युद्ध जारी था, पूरे देश में एक देश भक्ति की लहर और चीन के प्रति आक्रोश का माहौल था। हरेक व्यक्ति जो अपने को भारतीय कहता था या समझता था वो सीमा पर लड़ रहे जवानों के साथ जुड़ा हुआ महसूस कर रहा था और अपनी-अपनी ओर से जो बन पड़े उससे उनकी सहायता करना चाहता था। इस माहौल में कवि सम्मेलन एक बहुत बड़े पंडाल में हो रहा था। पूरा पंडाल खचाखच भरा हुआ था, सारे कवि देश प्रेम से ओतप्रोत कविताएँ सुना

रहे थे। मैं भी पापा के साथ स्टेज पर ही बैठा हुआ था। कवि सम्मेलन के संयोजक श्री दवे प्रताप नागर थे जिनसे हमारे पारवारिक संबंध थे। उन्होंने मुझसे पूछा 'क्या तुम भी कुछ सुनाओगे?' मैं उन दिनों पापा की एक कविता का सस्वर पाठ किया करता था। मैंने वही सुनाई :

गंगा की कसम, जमुना की कसम
ये ताना-बाना बदलेगा
बदलेगा ज़माना बदलेगा
बस एक कदम, बस एक कदम

बाद में, मुझे छोटे बच्चे के आत्मविश्वास, कविता पढ़ने का अंदाज़ तथा नीरज जी के बेटे होने का परिणाम, कि लोगों ने मुझको बहुत प्यार से सुना और सराहा। मुझे कविता पाठ करने के लिए संयोजकों ने प्रोत्साहन हेतु एक चाँदी के पानी चढ़ा हुआ कप-प्लेट दिया जो बहुत समय से मेरी अमूल्य निधि रहा है। जिसको मैं अपने बच्चों को बड़े गर्व से दिखाता हूँ।

प्रसिद्ध लेखक नागर जी नेहरु जी की फ्रेम में जड़ी एक फोटो किसी कवि को उपहार में देने के लिए लेकर आए हुए थे। पापा ने उनसे कहा की इसको किसी उपहार में देने से बेहतर है कि तुम इसको नीलाम करो और जो धनराशि इक्कट्ठी हो उसे नेशनल डिफेंस फंड में दे दो। उस तस्वीर पर कुछ कवियों ने भी हस्ताक्षर किए, एक सज्जन ने जोश में आकर अपना अंगूठा काटा और उस पर अपने ख़ून से टीका लगाया और उसके बाद उस तस्वीर की नीलामी शुरू की गई। बोली लगातार बढ़ती गई। लोगों में बहुत जोश था। उस समय जोश ऐसा, कुछ बातें ऐसी हुईं जो आज भी मेरे दिमाग पर अंकित है। जैसा की आशा थी, वह तस्वीर बहुत ऊँचे दाम पर नीलाम हुई। अब नीलामी के लिए कोई चीज बाकी नहीं थी पर कार्यक्रम के संयोजक को लोगों का जोश देख कर लगा की आज देश के जवानों के लिए अच्छी धन राशि इकट्ठी की जा सकती तो उन्होंने माइक से एलान किया को जो भी भाई-बहन देश के लिए नेशनल डिफेन्स फंड में कुछ दान करना चाहते हों वो स्टेज पर आकर दें। एलान होने के बाद देने के लिए लोगों का ताँता लग गया। लोग आते और अपनी जेब खाली कर के चले जाते। बहुत-सी स्त्रियाँ आईं और उन्होंने जो भी सोने के जेवर पहन रखे थे वो सब उतार कर स्टेज पर रखी चादरों में डालने शुरू कर दिए। अभूतपूर्व दृश्य था—वो रात मुझे जीवन भर याद रहेगी। कार्यक्रम समाप्त होने के

बाद हम लोग एक दिन कानपुर में ही रुके और वो घर देखा जहाँ मेरा जन्म हुआ था तथा उसके बाद जहाँ हम रहे थे और मेरा शुरुआती बचपन बीता। दूसरे दिन हम ट्रेन से वापिस अलीगढ़ निकल गए।

दिल्ली की यात्रा : यह शायद 1962 की बात रही होगी जब माँ और पापा के साथ मैं दिल्ली गया, वहाँ लाल किले में कवि सम्मेलन था। पहले हरेक गणतंत्र दिवस से पहले लाल किले में एक सप्ताह तक सांस्कृतिक कार्यक्रम हुआ करता था जिसमें, मुशायरा, कवि-दरबार और कवि सम्मेलन होते थे। इस कड़ी में हरेक 23 जनवरी को लाल किले में एक विशाल कवि सम्मेलन हुआ करता था जिसमें देश के सभी प्रतिष्ठित कवि सम्मिलित हुआ करते थे। उस कवि सम्मेलन में कविता पाठ करना किसी भी कवि के लिए गौरव की बात हुआ करती थी लिहाज़ा, कोई भी कवि इस मंच को छोड़ना नही चाहता था। उस बार सम्मलेन की अध्यक्षता भारत के मूर्धन्य हास्य कवि जो सम्मेलन के संचालन करने में सिद्धहस्त तथा श्रोताओं को बाँधे रखने में निपुण श्री गोपाल प्रसाद व्यास कर रहे थे। वे पापा को अपने छोटे भाई की तरह मानते थे इस नाते मैं उनको ताऊ बुलाता था और उनके बेटे श्री गोविन्द व्यास पापा को चाचा बोलते थे। उस कवि सम्मेलन में श्री देवराज दिनेश, रमानाथ अवस्थी, वीरेंदर मिश्र, सोम ठाकुर, काका हाथरसी, पापा और बहुत से नामी गिरामी कवि उपस्थित थे। श्री लाल बहादुर शास्त्री जी, जो उस समय रेलवे मिनिस्टर थे, इस समारोह के मुख्य अतिथि थे और अपने परिवार के साथ पंडाल में उपस्थित थे। मैं पापा के कारण और कवियों के साथ स्टेज पर ही बैठा हुआ था। जहाँ तक मुझे याद है की शास्त्री जी की पुत्री ने एक कविता पढ़ी थी इस पर व्यास जी ने मुझसे पूछा कि क्या तुम भी कविता पढ़ोगे? मैं इससे पहले भी कविता पढ़ चुका था इसलिए मुझे इतनी बड़ी भीड़ को देख कर भी कोई झिझक या डर नही लग रहा था। मैनें एकदम हाँ कर दी। इसके बाद कविता पढ़ने के लिए व्यास जी ने मेरा नाम अनाऊंस कर दिया। मुझे पापा की लिखी हुई देशभक्ति की एक कविता याद थी जो मैं अक्सर गाया करता था और हरेक प्रोग्राम में उसी को सुनाया करता था। वो मैनें वही सुना दी। व्यास जी ने खुश होकर मुझे पाँच रुपए का इनाम दिए जो उस समय मेरे लिए एक बहुत बड़ी रकम थी। यह मेरा पापा के साथ मंच पर दूसरा कार्यक्रम था।

पापा की इस कविता को मैंने बहुत से प्रोग्राम में पापा के सामने गाया। अलीगढ़ में हरेक साल जैसे मेरठ में नौचंदी का मेला लगता है, उसी तरह का मेला अलीगढ़ में भी लगता था। इस मेले में दूर-दूर से दुकानदार अपना सामान लेकर आते थे, यह

मेला लगभग बीस दिन तक चलता था। इसमें बहुत सारे सांस्कृतिक कार्यक्रम जैसे म्यूज़िक कांफ्रेंस, डिबेट इत्यादि कार्यक्रम भी हुआ करते थे जिसमें कवि सम्मेलन और मुशायरा भी होता था इसमें पापा की भागेदारी भी हमेशा रहती थी। उनको अपने शहर में काव्यपाठ करना उन्हें बहुत ही संतोषजनक लगता था। अगर कहीं बाहर का प्रोग्राम छोड़ना भी पड़े तो उसको छोड़ देते थे पर यहाँ पर हमेशा सम्मिलित होते थे। यहाँ के सारे संयोजक और स्थानीय कवि मुझे भी बहुत अच्छी तरह से जानते थे और मुझसे काफी स्नेह रखते थे। एक बार चाइना युद्ध के समय के कवि सम्मेलन में जब सब लोग अपनी वीर-रस की कविता सुना रहे थे तो संयोजक ने मुझे कविता पाठ के लिए माइक पर बुलाया और मैंने पापा की वही कविता सुनाई :

गंगा की कसम जमुना की कसम, ये ताना बाना बदलेगा
बस एक कदम बस एक कदम, बदलेगा ज़माना बदलेगा
ओ देश के जवानों, उठो, जहाँ बदल दो
सारी ज़मीं बदल दो, सारा आसमाँ बदल दो
ये गुलिस्ताँ बदल दो, सब बाग़बाँ बदल दो
दर-दर पर फूल खिला कर हम
हर आँगन को महका देंगे
हर ज़ुल्म का नाम मिटा देंगे
हर तख़्त की नींव हिला देंगे
रफ़्तार जरा कुछ और बढ़ा
आवाज़ ज़रा कुछ और चढ़ा
गंगा की कसम जमुना की कसम
बस एक कदम बस एक कदम
सरहद पुकारती है फिर तुमको हिंद वालों
दामन पे दाग़ है जो ख़ून से छुड़ा लो
ढुलका जो शहीदों का लहू
दुनियाँ में सुबह आएगी ही
हमने जो कफ़न सर ओढ़ लिया
हर रोती नज़र आएगी ही
तूफान को आँख दिखाने दो

बिजली को तड़पकर आने दो
गंगा की कसम जमुना की कसम
बस एक कदम, बस एक कदम
आज़ाद गर वतन है ग़म भी न कोई ग़म है
हर झोपड़ी अजंता, टैगोर हर कलम है
टैगोर हर कलम है, टैगोर हर कलम है
सूरज की मशालें थामे हुए जिस दम भी जवानी चलती है
फट जाते हैं बाँध पहाडों के धरती सैलाब उगलती है
गंगा की कसम जमुना की कसम बस एक कदम, बस एक कदम

लोगों ने इसे सुना और शायद कुछ ज़्यादा ही अच्छा लगा। एक उत्साही सज्जन आगे आए और मुझे पाँच रुपए इनाम में दिए। संयोजक ने इसकी घोषणा की। मैं माइक के पास ही बैठा था मैंने तुरंत वो रुपए नेशनल डिफेन्स फंड में देने की घोषणा कर दी। इस पर एक दूसरे सज्जन ने भी दस रुपए देने की घोषणा की। मैंने फिर उसको डिफेन्स फंड में देने की पेशकश कर दी। हालाँकि संयोजक ने कहा भी कि इतने पैसे से क्या होगा और ये तुम्हारे लिए हैं, परंतु उस समय जो जज़्बा था वो पैसे से कहीं ज़्यादा देश के लिए मेरा बाल सुलभ प्रेम था। पापा और अम्मा की, जो वहाँ पर दर्शक दीर्घा में बैठे थे उनके आस-पास बैठे लोगों ने जो मेरे बारे में कहा सुन मुझपर बहुत गर्व महसूस हुआ।

एक बार फिर दिल्ली की यात्रा :

मेरे इंटरमीडिएट के एग्ज़ाम ख़त्म हो चुके थे और पापा अभी तक मुंबई में रह कर फिल्मों में गीत लिख रहे थे। दिल्ली में मावलंकर हॉल में एक प्रोग्राम होना था जो बाद में रेडियो स्टेशन पर भी प्रसारित होना था। उसके लिए पापा के पास निमंत्रण तो आया ही, साथ ही साथ मुझे भी निमंत्रण दिया गया। मैं किसी भी गाने या गीत को बहुत ही जल्दी याद कर लेता था और कुछ ही देर में उसको उसी तरह से गा भी सकता था। ये पापा की प्रतिभा का कुछ अंश मुझमें था। शायद संयोजक महोदय ने मुझे किसी जगह सुन लिया होगा। लेकिन यह मेरे लिए असमंजस की स्थिति थी। अब मैं बड़ा हो गया था। उनकी लिखी कविता बार-बार सुनाना अजीब लगता। पापा ने कहा, 'मैं तुम्हारे लिए एक कविता लिख देता हूँ जो तुम ही पढ़ना और मैं उसको कभी नहीं पढ़ूँगा। अगर वे लोग चाहते है कि तुम नई पीढ़ी क्या सोचती है

इसके बारे में कुछ विचार इस कविता के माध्यम से बताओ। इसलिए अभी चले चलो और अगर इसके बाद तुम्हारा मन न करे तो आगे कहीं नहीं जाना।' मेरे मन में दुविधा थी कि मै जाऊँ या नहीं क्योंकि माँ और पापा के दिए हुए संस्कार इसको सही नहीं ठहराते थे पर लालच था कि ये प्रोग्राम जब रेडियो से प्रसारित होगा तो न जाने कितने लोग इसे सुनेंगे और मेरे दोस्तों में मेरा नाम होगा। उस समय टीवी का जमाना था नहीं, मनोरंजन का साधन रेडियो ही हुआ करता था और रेडियो कार्यक्रम में भाग लेना भी बहुत बड़ी बात होती थी और मुझ जैसे अट्ठारह साल के युवक के लिए ये बहुत बड़ा अवसर था। अंत में मैंने पापा की बात मान ली।

ये तय हुआ कि पापा के दोस्त कार लेके आएँगे और हम लोग उनके साथ जाएँगे, परंतु उनको आने में थोड़ी देर हो गई। हमें लगा कि हो सकता है कि उनका मन बदल गया हो, प्रोग्राम में पहुँचना ज़रुरी था इसलिए हमने सोचा कि हम लोग ट्रेन से ही चले चलते हैं। हमने इसके लिए आराम से मेल पकड़ी। उस समय इतनी भीड़-भाड़ नहीं होती थी और बिना रिजर्वेशन के सफर करना संभव था जो आजकल बिलकुल नामुमकिन है। दिल्ली जाते हुए ट्रेन खुर्जा स्टेशन, जो की अलीगढ़ के बाद पहला स्टेशन है, पर रुकती थी और जब आप रोड से जा रह होते हो खुर्जा से पहले एक रेलवे क्रासिंग पड़ता है जहाँ से ट्रेन स्टेशन पहुँचने के लिए पास होती थी। मैं खिड़की के पास ही बैठा था। जब ट्रेन वहाँ से पास हुई तो हमको वो सज्जन जो कार से हमको दिल्ली ले जाना चाह रहे थे, वो अपनी कार से बाहर क्रासिंग के पास खड़े दिखाई दे गए। हुआ ये था कि जब तक वो घर पर पहुँचे तो हम निकल चुके थे। जब वो स्टेशन पहुँचे तो ट्रेन भी निकल चुकी थी मगर उन्होंने हिम्मत नहीं हारी और हमको खुर्जा पर पकड़ने का निश्चय किया। जब वो हमारी ट्रेन को इस क्रासिंग से पहले पार नहीं कर पाए तो वो और उनका भाई कार से बाहर निकल कर खड़े हो गए कि शायद हमारी नज़र उन पर पड़ जाए और सौभाग्यवश ऐसा ही हुआ। हमने उनको देख लिया। हम लोग खुर्जा पहुँच कर ट्रेन से उतर गए इसी बीच में वे लोग भी स्टेशन आ गए थे और आगे का सफर उनकी कार द्वारा हुआ।

पापा ने एक कविता लिख दी थी और रास्ते भर वे मुझे उसके शब्द और लय सिखाते रहे। मेरी मेहनत और कुछ सीखने की लालसा और उनके सिखाने के ढंग की बदौलत दिल्ली पहुँचते-पहुँचते वो कविता मुझे कंठस्थ हो गई। शाम को हम लोग हॉल में पहुँचे वह पूरा भरा हुआ था। स्टेज पर उस समय के सारे बड़े कवि जैसे महादेवी वर्मा जी, दिनकर जी, नीरज जी, रमानाथ अवस्थी, वीरेंद्र मिश्रा, देवराज

दिनेश, श्याम नारायण पाण्डेय, सुभद्रा कुमारी सिन्हा इत्यादि बैठे हुए थे। इन सबके साथ मंच साझा करना मेरे जीवन का अविस्मरणीय और अभूतपूर्व क्षण था जिसको मैं जब भी याद करता हूँ तो मेरी छाती गर्व से फूल जाती है। मैं सबसे छोटा और नया कवि था तो सबसे पहले मेरी ही कविता का पाठ हुआ। इतनी बड़ी भीड़ के आगे और इतने वरिष्ठ कवियों की उपस्थिति में ये मेरा पहला अनुभव था तो शुरू में मेरी आवाज़ थोड़ी काँपी पर उसके बाद साहस का संचार हुआ और आस-पास बैठे हुए सब लोगों को मैं भूल गया और पूरे मनोयोग से पूरी कविता गा कर सुनाई। मैंने बहुत सारे कवि सम्मेलन देखे हैं और कवियों के मिलने वाले पारिश्रमिक के बारे में भी मुझे काफी कुछ ज्ञान है, हमेशा मैंने देखा है कि जितना बड़ा कवि उतना ही बड़ा पारिश्रमिक, पर यहाँ पर मुझको एक सुखद आश्चर्य हुआ जब मुझे और बाकी कवियों जिसमें पापा भी शामिल थे, जो बाहर से आए थे सबको एक ही धनराशि के चेक मिले थे, शायद यह रेडियो स्टेशन का कोई नियम रहा होगा।

दूसरे दिन हम अलीगढ़ आ गए। घर में सबके मन में उत्सुकता थी ये जानने की कि प्रोग्राम कैसा रहा, मैंने ठीक पढ़ा कि नहीं इत्यादि तो मैंने कहा कि दो दिन बाद तो रेडियो पर ब्रॉड्कास्ट होगा तब सुनकर आप बताना। दो दिन बाद प्रोग्राम ब्रॉडकास्ट होना था। उस दिन हम सब लोग रेडियो के आगे बैठ गए। प्रोग्राम शुरू हुआ जैसा मैंने पहले बताया कि मुझे लगा था कि शुरू में मेरी आवाज़ संयत नहीं थी फिर ठीक हो गई, वैसा ही हुआ। दो-तीन लाइन के बाद मैंने अपनी लय पा ली थी। पापा और अम्मा को भी लगा कि मैंने अच्छा पढ़ा था पापा ने तारीफ़ भी की जिसे सुनकर मैं फूला नहीं समाया। अच्छा लगा क्योंकि पापा से तारीफ़ आसानी से नहीं मिलती थी!

अध्याय 9

अपना घर और बचपन की यादें

नींव बहुत कमज़ोर हो, जर्जर हो दीवार
उस घर में टिकती नहीं, ज़्यादा देर बहार।

हर मनुष्य के जीवन की तीन प्राथमिकताएँ होती हैं : पहले अच्छी-मनपसंद नौकरी, दूसरी शादी और तीसरी अपना मकान। यह बात 1956 की है जब पापा मेरठ से आने के बाद धर्म समाज कॉलेज में नौकरी कर रहे थे और कॉलेज के पास ही द्वारकापुरी मोहल्ले में किराए के मकान में रह रहे थे। उन्होंने डी एस कॉलेज में नौकरी शुरू की थी। वहाँ के प्रिंसिपल श्री झींगरन थे जो पापा को अपने छोटे भाई की तरह प्यार करते थे। पापा का मन कॉलेज में लग गया था। अब उन्होंने मकान बनवाने की सोची और फिर ज़मीन की तलाश शुरू हुई। ज़मीन लेकर अपनी पसंद का मकान बनाना उस समय ज़्यादा सस्ता पड़ता था। कॉलेज के साथ के सहयोगियों ने भी मन बनाया की अपना मकान बनाया जाए। अब ज़मीन की तलाश हुई तो शहर के अंदर तो ज़मीन मिलना मुश्किल था इसलिए शहर से बाहर ज़मीन की तलाश शुरू हुई। झींगरन साहब ने पापा से कहा की तुम लोग शहर से बाहर, जहाँ उनका मकान था, के पास ज़मीन ले लो थोड़े समय बाद ये कॉलोनी बहुत अच्छी हो जाएगी। जगह सबको पसंद आ गई और सन 1958 में उनके घर के पास ही ज़मीन ले ली गई। वहाँ जब हमारा घर बना तो उसके काफी दिनों तक वहाँ कम ही मकान बने थे गिने-चुने चार या पाँच। धर्म समाज कॉलेज के कुछ प्रोफेसरों ने इकट्ठे हो कर ज़मीन ली थी, सब लोग एक ही विचारधारा और एक ही कार्य से जुड़े हुए सीमित आय के लोग थे।

हम लोग उस समय द्वारकापुरी में रहते थे उस समय हमारे साथ सबसे छोटे चाचा जो उस समय अलीगढ़ में लेबर इंस्पेक्टर थे, चाची, दादी और मेरे मामा जो

उस समय बीए कर रहे थे रहते थे। हमारा घर छोटा पड़ता था पर कॉलेज के पास था। वह गली के अंदर और पुराने स्टाइल का बना हुआ था दिन में भी कमरों में लाइट की जरुरत पड़ती थी तथा सूरज की रोशनी बिलकुल नहीं आती थी। पापा को झीगरन साहेब का प्रस्ताव पसंद आया और मर्रिस रोड पर ज़मीन ले ली गई। उस समय ज़मीन के भाव थे पौने दो रुपए गज, उन्होंने ने कहा की आप सारी ज़मीन जो कि इस ज़मीन से आठ गुने ज़्यादा थी ले लो तो दाम एक रुपए होंगे पर उस समय पाँच हज़ार एक साथ पास होना बहुत बड़ी बात होती थी इसलिए उस ऑफर पर अमल नहीं हो पाया। यह बात इसलिए बताना चाह रहा हूँ क्योंकि आजकल 5000 रुपए कि कुछ कीमत नहीं है और जहाँ लोगों की आमदनी बढ़ी है वहीं पर महँगाई भी उसी अनुपात में बढ़ी है। दादी बताया करती थीं कि उनके जमाने में पाँच रुपए में पूरे घर का सामान पूरे महीने के लिए आ जाया करता था। जब घर बन रहा था तब भी आजकल को देखते हुए बहुत सस्ता था। जब मैंने नौकरी शुरू की थी तो 725 रुपए मिला करते थे जिसमे हम बहुत ठाठ से रहते थे मौज मस्ती भी करते थे। हमारे पास भी अपने बच्चों को कहने के लिए है कि हमारा जमाना कितना सस्ता था! उस समय मज़दूर को आठ आना और राजमिस्त्री को सवा रूपया मिलता था।

बहरहाल, पापा ने एक नक्शा नवीस श्री कबाब साहब से संपर्क किया घर का नक्शा बनाने के लिए। उनको हिदायत दी गई थी की कमरे बड़े होने चाहिए और सूरज की रोशनी सबमें पुरी तरह से आनी चाहिए जिससे दिन में बल्ब न जलाना पड़े।

पापा कॉलेज चले जाते थे और उन्हें साईट पर जाने के लिए समय नहीं मिलता था क्योंकि उस समय स्कूटर तो थे नहीं, साइकिल और रिक्शा का ज़माना था और द्वारकापुरी से साईट पर आने-जाने में बहुत समय लगता था। जहाँ मकान बन रहा था वहाँ पर घर के किसी सदस्य का होना ज़रुरी था इसलिए इस कार्य का ज़िम्मा मेरी माँ को दिया गया। मर्रिस रोड शहर से बाहर था और हम जहाँ रह रहे थे वो शहर के बीचोबीच था इसलिए दोनों के बीच दूरी काफी थी तो साईट पर जाने के लिए एक रिक्शेवाले को लगाया गया जो सवेरे अम्मा को मकान पर ले जाता था और शाम को काम ख़त्म होने के बाद ले कर आता था। अम्मा का काम था सवेरे उठ कर सबसे पहले चाची के साथ परिवार का और अपना खाना बनाना, फिर रिक्शे पर बैठ कर साईट पर चले जाना अम्मा ने दोनों काम बख़ूबी निभाए!

अम्मा पूरे दिन मकान पर ही रहती थीं। शुरू में तो न कोई छत थी न कोई बैठने का स्थान। दिन भर धूप में खड़े हो कर मकान बनवाना, घर से लाया ठंडा खाना

खाना और फिर से काम पर लग जाना। बहुत ही मेहनत और हिम्मत वाला काम था। माँ ने मगर बहुत अच्छी तरह से इसको अंजाम दिया। उस समय घर बनाने में सीमेंट का प्रयोग छत का लैंटर डालने के लिए और दीवारों पर प्लास्टर के लिए किया जाता था बाकी सब दीवारों की चिनाई गारे से की जाती थी। उत्तर प्रदेश में मैंने देखा है कि मिट्टी बहुत चिकनी होती है जो अक्सर दूसरे प्रदेशों में नहीं मिलती। जैसे मैंने जब सन 1992 में हरिद्वार में घर बनाया तो वहाँ की मिटटी में बालू बहुत है और वो घर बनाने के लिए इस्तमाल नहीं हो सकती। गारा बनाने के लिए घर के पास एक गड्ढा खोद लिया जाता था उसमें गारा बनता था। शुरू में तो कोई सामान रखने की भी जगह नहीं थी इसलिए उतनी ही सीमेंट की बोरियाँ मंगाई जाती थीं जो उस दिन खर्च हो जाएँ। जिस समय मकान बन रहा था उस समय वहाँ दूर-दूर तक न रोशनी थी न कोई मकान, चारों ओर पूरा खुला मैदान था। कोई भी सुरक्षित जगह नहीं थी जहाँ कुछ भी सामान रखा जा सके इसलिए जल्दी ही एक कोठरी बना दी गई जिसमें सामान रखा जाने लगा और इसी बीच में एक चौकीदार भी मिल गया जो उस कोठरी में रहता था और रखवाली करता था।

पापा कवि सम्मेलन भी कर रहे थे और कॉलेज भी जा रहे थे तो उनके पास बिलकुल भी समय नहीं था कि साईट पर जा कर देखें। लिहाज़ा काम कर रहे लोगों से माथापच्ची, नक्शे को देखना कि उसके हिसाब से काम हुआ या नहीं, ये सब काम अम्मा ही देखती थीं। पापा तो कभी-कभी संडे को जाया करते थे। उस समय तक काम काफी आगे बढ़ गया होता था उन्हें अगर कोई दीवार टेढ़ी नज़र आती थी या कोई नया आईडिया आ जाता था कि यहाँ पर बड़ी खिड़की आनी चाहिए, या दरवाज़े की जगह सही नहीं है, या आँगन का कमरा आँगन को छोटा कर रहा है, तो उसकी नींव पर खड़ी दीवार तोड़ दी जाती और वैसे ही नीव बंद की जाती। बहरहाल, 1960 में मकान बन कर तैयार हो गया।

13मई 1960 को हम सबने गृहप्रवेश किया। आजकल के हिसाब से कोई बहुत बड़ा कार्यक्रम नहीं किया गया। छोटी-सी पूजा-पाठ और हवन हुआ और उसके कुछ दिनों बाद हम लोग वहाँ शिफ्ट कर गए। अभी कुछ गिने-चुने ही मकान बने थे इसलिए रात को बड़ा अकेलापन था जिसकी वजह से थोड़ा डर भी लगता था। उस इलाके में चोरों का आना जाना लगा रहता था तो चौकीदार, जो सामान की रखवाली के लिए रखा था उसको परमानेंट रख लिया गया। वह रात को भाला लेकर बाहर चक्कर लगाया करता था।

फिर कुछ ऐसा हुआ कि हम सब लोगों की नींद अगले एक साल के लिए उड़ गई। जब हमारा मकान बन कर तैयार हुआ तो बहुत से लोंगो को ये अच्छा नहीं लगा और कॉलेज के ही किसी साथी ने इनकम टैक्स ऑफिस में शिकायत कर दी कि मकान बनाने में नीरज जी ने बहुत पैसा लगाया है जो कि उनकी कॉलेज में मिले वेतन से बहुत ज़्यादा है। उस समय कॉलेज के ही बहुत से लोंगो के वहीं पर मकान बने थे जो हमारे मकान से बड़े और ज़्यादा बड़ी ज़मीन पर बने थे पर और किसी के पास कोई नोटिस नहीं आया। पापा जाकर इनकम टैक्स ऑफिसर से मिले और बताया कि मेरे पास सारे सामान की रसीदें हैं और यह भी कि उनको ख़रीदने के लिए पैसा कहाँ से आया है, मैं आपको सब दिखा सकता हूँ। ऑफिसर ने बताया कि आपके बारे में शिकायत आई है और उसने उस व्यक्ति का नाम भी बता दिया जो पापा के साथ ही उनके कॉलेज में पढ़ाया करते थे। उसने ये भी कहा कि आप सारे पेपर्स नहीं दिखा पाएँगे तो इसके लिए जुर्माना भर दो। सरकारी विभाग को इस तरह की बात पता चल जाए तो संभव ही नहीं है कि आप उसको पूरी तरह से संतुष्ट कर पाएँगे। यह केस निरस्त हो जाएगा। पापा इस बात को मानने को तैयार नहीं हुए और उनसे कहा कि में केस लड़ूँगा पर इस तरह से अन्याय नहीं सहूँगा। उन्होंने एक साल तक केस लड़ा और आखिर में सत्य की जीत हुई और कोर्ट से उस आर्डर को निरस्त कर दिया।

जब हम लोग मर्रिस रोड पर बने अपने नए मकान में शिफ्ट हो गए तो मेरा स्कूल जो कि द्वारकापुरी के पास मदार गेट पर था घर से बहुत दूर हो गया इसलिए मेरा एडमिशन पास के स्कूल रघुवीर बाल मंदिर में करा दिया गया। मुझे लाने और ले कर जाने का काम बाबूलाल करते थे जिनको पापा ने परमानेंट लगा लिया था। जैसा कि मुझे माँ बताया करती है मै बहुत उछल-कूद किया करता था और उससे मेरी शैतानी नहीं रुकती थी। स्कूल में एक गोल चक्कर हुआ करता था जिसको मेरी गो-राउंड कहते हैं, उस पर घुमने में मुझे मज़ा आता था। एक दिन मैंने ज़मीन पर पाँव मारा और प्लेटफार्म पर खड़ा होने लगा तो कोई पत्ती, जो प्लेटफार्म के नीचे से निकल रही होगी, उससे घुटने पर बहुत बड़ी-सी चोट लग गई और बहुत तेज़ी से खून बहने लगा। पहले तो चोट जब लगी हो तो पता ही नहीं चला कि चोट भी लगी है, पता तब चला जब आस पास खेल रहे बच्चों ने शोर मचाया। क्लास टीचर भाग कर आई और सब मुझे रिक्शा पर बैठाकर सीधे हॉस्पिटल ले कर गए। उधर स्कूल की छुट्टी होने वाली थी, बाबूलाल मुझे लेने आए थे और गेट के बाहर खड़े थे। जब में टीचर

के साथ हॉस्पिटल जाने के लिए गेट के बाहर निकला तो उन्होंने मुझे टीचर के साथ जाते देखा। इतना समय नहीं था कि वे घर जाकर सबको सूचित करें तो वे घर जाने के बजाय अपनी साइकिल पर रिक्शे के पीछे-पीछे चल दिए। मुझे थोड़ी सांत्वना थी कि बाबूलाल जिनको मैंने अपने पीछे आते हुए देख लिया था कि वे मेरे साथ हैं। हॉस्पिटल में पहुँचने पर डॉक्टर ने बताया कि चोट बड़ी है और सिर्फ बैंडेज करने से काम नहीं चलेगा, टाँके लगाने पड़ेंगे। मुझे बेहोश नहीं किया गया । केवल उस जगह को सुन्न करके, और जैसे बोरे को सूए से सिलते है वैसे मेरे पाँच टाँके लगा दिए वो भी किसी अनस्थीसिया के बिना। मुझे याद है जब भी सुई मांस को छेदती थी तो मुँह से एक चीख निकल जाती थी। दर्द के मारे मेरा बुरा हाल था ऊपर से, पास में न पापा न अम्मा जो मेरे हाथ पकड़कर मेरे में हिम्मत और साहस का संचार करें इसलिए दर्द और भी ज़्यादा महसूस हुआ। टाँके लगने के बाद एक टीचर मुझे घर छोड़ने आए। बाबूलाल हमारे घर पहुचने से पहले घर आ गए थे और उन्होंने पुरी घटना बता दी थी। जैसे ही रिक्शा दरवाज़े से अंदर आया पापा और घर के सारे लोग जो वरांडे में बैठे हुए थे उनको देख कर मेरे सब्र का बाँध टूट गया और मेरी आँखों से आँसू निकल पड़े। उनसे जल्दी मिलने कि चाहत में मैंने रिक्शे से कूदने कि कोशिस की। पापा ने वहीं से मुझे डाँटा कि, 'पागल हो गए जो अभी भी कूदने कि सोच रहे हो!' अगर पापा मुझे नहीं रोकते तो हो सकता है कि में कूद पड़ता और अपनी चोट को और बढ़ा लेता। साथ आए टीचर को लग रहा होगा कि परिवार के लोग शायद उनको स्कूल की लापरवाही के लिए डाँटेंगे कि मेरी गो-राउंड में पत्ती क्यों बाहर निकल रही थी पर पापा ने सिर्फ ये कहा कि आपका शुक्रिया कि आप लोग तुरंत गुंजन को लेके पर हॉस्पिटल चले गए पर आपको किसी और को घर भेज कर सूचना तो जरुर देना चाहिए थी जिससे हम भी हॉस्पिटल पहुँच जाते। पापा ने उस समय भी किसी पर कोई नाराज़गी जाहिर नहीं की और उन लोगों का धन्यवाद देकर यह बताना चाहा कि स्कूल प्रशासन ने जो उस समय की ज़रुरत थी कि बच्चे को सही इलाज़ मिले, उन्होंने वही किया। यह पापा के अपने मन की सरलता और दूसरों के प्रति प्यार दर्शाता है।

***

हमारे अलीगढ़ के घर में मै अम्मा, छोटी वाली चाची, दादी तथा मेरे मामा साथ में रहते थे। चाचा राजस्थान के नवलगढ़ में पोद्दार कॉलेज में लेक्चरर थे। वहाँ रहने की अच्छी व्यवस्था नहीं थी इसलिए चाची हमारे साथ ही रहती थीं। मामा अलीगढ़

पढ़ने आए हुए थे और बारहसैनी डिग्री कॉलेज से बीए कर रहे थे। तब तक नीरज जी को फिल्मो से ऑफर आने शुरू हो गए थे और वो अस्थाई रूप से मायानगरी मुंबई मे अपनी किस्मत आज़माने के लिये ब्यूटी गेस्ट हाउस जो कि सांताक्रूज़ में है में एक कमरा लेकर रह रहे थे। हर महीने वो अलीगढ़ आया करते और कुछ दिन रह कर वापस मुंबई चले जाया करते थे। अक्सर ऐसा होता था की उनको अलीगढ़ आए हुए दो एक दिन ही होते थे कि मुंबई से गाने की रिकॉर्डिंग के लिए डेट आ जाती थी और उनको वापिस लौटना पड़ता था। मैं शायद 8वीं क्लास में पढ़ रहा था जब मुझे रोज़ शाम को बहुत तेज बुखार आने लगा जो सवेरे तक थोड़ा कम हो जाता। यह सिलसिला दो-तीन दिन तक चला। घर में सबको बहुत चिंता हो रही थी। पापा उन दिनों घर पर नहीं थे। बुखार के कारणों का पता करने के लिए खून की जाँच कराई गई तो पैरा-टाइफाइड की पुष्टि हुई। उन दिनों टाइफाइड को एक आम बीमारी नहीं माना जाता था तथा रोगी को दवा का सेवन और बताया हुआ परहेज़ बहुत नियमित रूप से करना पड़ता था।

हलकी ठंडक के दिन थे मैं, माँ, चाची तथा दादी बरामदे में सो रहे थे। मैंने कुछ दिनों पहले ही *गुमनाम* पिक्चर देखी थी और मेरे अवचेतन मन में उसके कुछ डरावने सीन का प्रभाव था। इस वजह से मैंने बहुत ही डरावना सपना देखा और मेरे गले से बहुत ज़ोर की चीख निक़ल गई। इस बीच पापा को मुंबई में भी मेरी बीमारी की ख़बर कर दी गई और पापा अलीगढ़ के लिए चल दिए थे। उस रात वो स्टेशन पर उतर कर उस समय घर से करीब पचास मीटर की दूरी पर रहे होंगे जब मेरी चीख की आवाज़ उन्हें सुनाई दी। मेरी चीख सुनकर अम्मा और चाची जो गहरी नींद में थी उनकी भी जोरों से चीख निकल गई। शांत वातावरण में सबकी चीख सुनकर किसी अनहोनी की आशंका से पापा ने रिक्शेवालो को जल्दी से चलने को कहा। मैं बिस्तर पर पसीने से तर-बतर लेटा था। आते ही पूछा कौन चीखा था तो माँ ने बताया गुंजन। जब मुझे ठीक से लेटा देखा और सबको पता चला कि मैंने सपना देखा है और सब ठीक है तो उन्हें चैन आया। पापा ने मेरा हाल-चाल पूछा और फिर सवेरे डॉक्टर के पास जाकर उससे पूरी रिपोर्ट ली। उसने बताया की कोई चिंता की बात नहीं है दवाई का कोर्स पूरा होते-होते सब ठीक हो जाएगा।

किसी भी बच्चे के लिए माँ और बाप दोनों का ही पास होना बहुत ही आवश्यक है क्योंकि कोई भी एक दूसरे की कमी पूरी नहीं कर सकता है जहाँ माँ वात्सल्य, करुणा, दया और स्नेह की वर्षा करती है वहीं पिता धेर्य एवं साहस का स्रोत होता है।

जब आदमी असहाय होकर बिस्तर पर लेटा होता है, तब अपनों का स्नेहिल स्पर्श एवं उनकी निकटता आदमी को नई स्फुर्ति से भर देते हैं।

पापा उन दिनों देवानंद के लिए गीत लिख रहे थे और वे देवानंद के रख-रखाव, व्यवहार तथा काम के प्रति निष्ठा के बहुत बड़े प्रशंसक थे। पापा बताते थे कि देवानंद अपने स्वास्थ्य का बहुत ध्यान रखते थे। वे पार्टीज़ में कम जाते थे और अगर जाते भी थे तो एक पेग लेते थे और उसे पूरे समय तक हाथ में लिए रहते थे, एक-दो सिप लेते थे और चलते समय किसी टेबल पर रख कर चले जाते थे। वे बताते थे कि देवानंद कहते थे कि अगर जवान रहना है तो नवयुवकों के साथ रहो जिससे आपको नई उर्जा मिले और आपके सोचने का ढंग आशावान होता है ओर आप ज़िंदगी को पॉजिटिव तरीके से जीते है क्योंकि आपके पास जो लोग है वो उर्जा से सराबोर है और उसका असर आप पर भी पड़ता है। ये बात मैंने भी नोटिस की कि देवानंद अपने आखरी समय तक जवान लोगों के बीच में ही रहे और सदाबहार होने का ख़िताब भी पाया। इन किस्सों के संग-संग पापा को आगे मेरी सेहत की भी चिंता थी। वे बोले कि मैं तुम्हारे लिए नर्स रख देता हूँ जो तुम्हारी देखभाल करेंगीं। बात ठीक थी पर मैंने उनके इस प्रस्ताव को मना कर दिया क्योंकि पापा के आने से ही मेरी तबियत में सुधार होना शुरू हो रहा था।

मैं जब कुछ ठीक हो गया और थोड़ा खाने लगा तो पापा ने मुझसे पूछा कि तुम क्या लेना चाहते हो। उन्हें लगा कि मुँह का स्वाद ठीक करने के लिए मैं कोई खाने की चीज़े माँगूँगा। पर मेंरे मन में किताबों के लिए बहुत प्रेम था और उनको पढ़ना और उनको सजा के रखना मुझे अच्छा लगता था, जो आज तक कायम है, तो मेंरे मुँह से निकला 'मुझे *भूतनाथ* उपन्यास चाहिए।' पापा और ताऊ के मुंह से न जाने कितनी कहानियाँ सुनी थी तो मन में बहुत उत्सुकता थी। अलीगढ़ में दो-तीन अच्छी दुकानें थीं उन पर तलाश किया गया पर वहाँ नहीं मिला तो उसको लेने के लिए छोटे चाचा दिल्ली गए और वहाँ से *चंद्रकांता, चंद्रकांता संतिति, भूतनाथ* और *रोहतास मठ*, कुल मिलाकर सोलह किताबों का पूरा सेट ले कर आए जो आज तक मेंरे पास मेरी अनमोल धरोहर के रूप में मौजूद है। आने के बाद मेरा काम था उसको पूरा पढ़ना, पढ़ने के बाद पता चला कि जो कहानियाँ ये लोग रोज़ हम बच्चों को सुनाते थे वो दरअसल कल्पनाएँ थीं। वो सारे पात्र तो थे पर ऐसी कोई भी कहानी उन किताबों में नहीं थी! उन लोंगो की कल्पना को दाद देनी पड़ी कि वो लोग भी उन पात्रों के सहारे अच्छी कहानी गढ़ सकते थे।

अध्याय 10

गर्मियों की रातें और कहानियाँ

दिन जलते अंगार से, घोर उमस की रात
ऐसे ही हैं आजकल, मौसम के हालात

जिस तरह से हम प्रकृति के साथ खिलवाड़ कर रहे है और उसकी वन संपदा और प्राकृतिक भंडार का दोहन कर रहे है शायद उससे तापमान की असमानता बढ़ती जा रही है और सर्दी में बहुत सर्दी और गर्मी में तापमान के रिकार्ड्स टूटते जा रहे हैं। उस समय या तो इतनी गर्मी नहीं होती थी, या हम लोंगो में सहनशक्ति ऐसी थी कि महसूस ही नहीं होता था। जब स्कूल की छुट्टियाँ होती थीं तब दिल्ली वाले चाचा का परिवार तथा गाज़ियाबाद से ताऊ का परिवार गर्मी में सब बच्चों के साथ अलीगढ़ आ जाया करते थे, गर्मी से बचने के साधन थे हैंड पंप के पानी से नहाना और सीलिंग फेन के नीचे लेटने में पहला नम्बर लगाना। एक बार पापा एक लकड़ी का बॉक्स टाइप कूलर लेकर आए जिसमें एक छोटा टेबल फेन रखा जाता था, चारों तरफ ख़स की जाली होती थी तथा उसमे पानी डालने के लिए ऊपर एक टैंक रखा जाता था। पानी धीमे-धीमे उपर से ख़स पर गिरता रहता था जिससे कमरा काफी ठंडा हो जाता था। दोपहर के खाने के बाद कमरे के अंदर दरी और उसके उपर चादर बिछाई जाती थी और सब लोग एक ही कमरे में लेट जाते थे। बस एक परेशानी थी कि पानी फर्श पर गिरता था, तो उसके लिए एक बाल्टी लगा दी गई पर उसके भरने के बाद फिर पानी बहना शुरु हो जाता था। तब पापा हम सब बच्चों से कहा करते थे कि जो बाल्टी से पानी निकलने से पहले बता देगा उसको चार आने मिलेंगे और जो जितनी बार बताएगा उतनी बार मिलेंगे। अब हम सब लोग जागने की तैयारी करते थे ताकि पानी गिरना बचा सकें लेकिन ज़्यादातर बच्चे सो जाते थे। पर मेरा एक छोटा भाई

जिसका नाम अरुण है और जो आज कल अमेरिका में है, वो जागता रहता और जैसे ही बाल्टी भरती वैसे ही आवाज़ लगाता था, 'ताऊ पानी भर गया!' और पैसे ले लेता था। शाम तक उसके पास कभी बारह आने कभी डेढ़ रुपए तक इकट्ठे हो जाया करते थे। हम सब लोग उससे कहते थे, 'चल कुछ खा कर आते हैं,' तो वह मना कर देता था। जब पापा से इस बात की शिकायत करते थे तो पापा का जवाब होता था कि जो मेहनत करता है उसी को फल मिलता है और ये उसकी मर्जी है कि वह उसमें से तुम सबको हिस्सा दे या न दे। उन्होंने कहा 'अगर तुम्हें पैसे चाहिए तो तुम लोग भी जागो।' इससे हम सबको यह बात समझ में आ गई कि अगर कुछ पाना है तो मेहनत करनी पड़ेगी और कुछ पाने के लिए कुछ खोना पड़ता है यानि सुख (नींद) का त्याग भी करना पड़ेगा।

रात में बच्चों और महिलाओं के लिए घर के अंदर या छत पर सोने का इंतज़ाम होता था और पुरुष बाहर खुले में सोते थे। बाहर और छत दोनों जगह ही पानी का छिड़काव किया जाता था और छत पर बिस्तर और बाहर खाट बिछा दी जाती थी। बाहर पापा, ताऊ, चाचा और मामा लेट जाते थे और फिर पैर दबाने और कहानी सुनने का दौर शुरू होता है। कभी भूतनाथ ऐय्यार की तो कभी शिकार कि मगर आखिर में घूम फिरके कहानियों का विषय होता था भूतप्रेत। मामा (जो हमारे साथ ही रहते थे) को छोड़कर सब भूतों को देखने का दावा करते थे। हम लोग उनकी बातों को सच भी मान लेते थे। भूत-प्रेत की कहानियों में मज़ा तो बहुत आता था पर डर भी लगता था। पापा के सुनाने का ढंग बहुत ही रोचक होता था। सुनते-सुनाते अगर कहीं पैर दबाना बंद होता तो कहानी भी बंद हो जाती थी जब हम पूछते थे आगे क्या हुआ तो पापा कहते थे 'पाँव सो रहा है तो नींद आ रही है, पाँव दबाना जारी रखो तो नींद खुले भी।' इस बहाने से सब लोग (जिसमें पापा और ताऊ भी शामिल थे) हम लोंगो से खूब पैर दबवाते थे। कहानी सुनने मेरे कुछ दोस्त, जो पास ही रहते थे और जिनका घर हमारे घर से दिखाई देता था, वे भी आते थे। एक बार कहानी सेशन कुछ ज़्यादा ही डरावना हो गया तो उन लोगों ने कहा कि हमें घर छोड़कर आओ। पापा ने उनसे कहा कि डरने की क्या बात है, हम यहाँ से देखते हैं तुम लोग जाओ, पर वे तैयार नहीं हुए। फिर उन्होंने कहा गुंजन तुम चले जाओ। मैं भी डरा हुआ था पर मैं ही क्या हम सभी बच्चे डरे हुए थे। मैं भी अकेले जाने से हिचकिचा रहा था, इसलिए हम दो लोग, जो हनुमान चालीसा जानते थे, उसका जाप करते

हुए उनके साथ उनके घर तक गए। उनके दरवाज़े तक पहुँचकर हम उन्हें बाहर छोड़कर एकदम से दौड़कर अपने-अपने घर की तरफ भाग लिए और उसके बाद से हमने भूत-प्रेत की कहानियाँ सुनना बंद कर दिया।

एक और कहानी थी जो पापा सुनाते थे और जिसको सुनकर चाचा, जो आजकल अमेरिका में हैं, कहते थे कि वह बिलकुल सच्ची है और वो उस आदमी से मिले हैं। चाचा को शुरू में पहलवानी का शौक था, शरीर भी अच्छा था तो अखाड़े में अभ्यास किया करते थे। पापा भी कभी-कभी चले जाते थे। यहीं से कहानी शुरू होती है। पापा सुनाते थे कि वहाँ का पहलवान जिसका अखाड़ा था, वो सवेरे-सवेरे ही वहाँ पर पहुँच जाता था और दंड बैठक, आदी का अभ्यास किया करता था। उसका आस-पास के गाँवों में काफी नाम था और उसने काफी कुश्तियाँ जीती थीं। एक बार वह गलती से मुँह-अंधेरे ही घर से निकल गया। रास्ते में इमली का एक पेड़ था जिस पर एक भूत रहता था। जब उसने पहलवान को देखा तो कूद कर नीचे आ गया और उससे लड़ने की बात की। यह बात सुनाते समय पापा नाक से भूत की आवाज़ निकालकर बोलते थे कि 'आजा बहुत बड़ा पहलवान है? अगर हिम्मत है मुझ से लड़! देखते हैं कि किस में ज़्यादा ताकत है!' पहलवान की समझ में आ गया कि वो आज गलत फंस गया है। मरता क्या न करता वो लड़ने के लिए तैयार हो गया पर एक शर्त रखी कि वह भूत आदमी के रूप में लड़ेगा। भूत ने इसके लिए हामी भर ली और दोनों में कुश्ती शुरू हो गई। बहुत देर तक कुश्ती हुई, पर कोई भी हार नहीं रहा था। इसी बीच में दिन निकलना भी शुरू हो गया और लोगों की आवाजाही शुरू होने लगी तो वो भूत पहलवान की हिम्मत और ताकत की दाद दे कर गायब हो गया और उसके बाद उसने कभी भी किसी को परेशान नहीं किया।

जब मैंने हाई स्कूल पास किया तो मेरी उमर उस समय पंद्रह साल थी। अलीगढ़ यूनिवर्सिटी में हाई स्कूल के बाद हायर सेकंड्री का एक साल का कोर्स होता था जिसको प्री-यूनिवर्सिटी कहते थे। इसमें दाखिले के बाद स्टूडेंट इंटरनल हो जाता था और उसको बाकी सब कोर्स चाहे वो मेडिकल हो, इंजीनियरिंग हो या कोई भी कोर्स, उसमें एडमिशन में प्रेफरेंस मिलती थी। मैंने भी वही प्रयास किया पर उसके लिए मेरी उम्र कम थी तो वहाँ दाखिला नहीं हो पाया। चाचा उन दिनों नवलगढ़ में डिग्री कॉलेज में पढ़ा रहे थे तो सबका विचार बना कि मैं वहाँ जाकर अपनी आगे की पढ़ाई करूँ। मन बिलकुल नहीं था पर जाना पड़ रहा था। घर में अकेला बच्चा था, क्योंकि चाची जो हमारे साथ रहती थी, उनके दुर्भाग्यवश कोई संतान नहीं थी और

मैं भी अपने माँ-बाप इकलौता था। एक ही बच्चा है और वह भी अब घर से दूर जा रहा है, यह सोच-सोचकर अम्मा, चाची और दीदी (जिनको सब प्यार से जिया कहते थे) भी बहुत दुखी थे। पर बच्चे के भविष्य के बारे में सोचकर दिल पर पत्थर रख लिया। पापा ने अम्मा को समझाया कि और बच्चे तो माँ बाप से दूर अकेले हॉस्टल में रहते हैं और गुंजन तो अपने चाचा के साथ जा रहा है और घर पर ही रहेगा। तब वे मान गईं जाने वाला दिन आया तो पापा का कहीं कवि सम्मेलन था। वे घर पर नहीं थे, इसलिए मैं उनसे बिना मिले ही नवलगढ़ आ गया। पापा जब घर आए तो उनको पता चला कि मैं नवलगढ़ चला गया हूँ तो नाराज़ हुए कि दो दिन की ही तो बात थी मैं आ ही रहा था उसके बाद जाना चाहिए था। वैसे जब हम लोग घर में रहते हैं चाहे हमारी किसी से बात हो या न हो, उसकी उपस्थिति हमारे ऊपर असर डाले या न डाले पर उसके जाने के बाद उसकी कमी ज़्यादा खलती है।

पापा का मन नहीं लग रहा था और मन में कहीं एक कसक भी थी कि मैं जाते समय गुंजन से नहीं मिल पाया तो दूसरे ही दिन वे नवलगढ़ के लिए रवाना हो गए। अब चाचा ने नवलगढ़ कॉलेज जाकर पता किया तो यहाँ पर भी वही नियम थे। अब मेरा यहाँ भी एडमिशन आसानी से नही हो सकता था। इसके लिए कोर्ट से जन्म प्रमाण का एफ़िडेविट लेना पड़ता था। मैं सवेरे-सवेरे बिस्तर पर बैठा हुआ किताब पढ़ रहा था कि कमरे का दरवाज़ा खुला और पापा कमरे में आए। मैंने जैसे ही पापा को देखा मेरी आँखों से टप-टप करके आँसू बहने लगे। पापा मेरे पास आए और गले से लगाया, उसके बाद मेरा रोना बंद हुआ। चाचा ने बताया कि यहाँ पर भी उम्र की सीमा है तो पापा ने कहा 'मैं गुंजन से मिलने आया था पर जब यहाँ भी वही नियम है तो मैं गुंजन को वापिस ले जाता हूँ और अलीगढ़ में प्री-यूनिवर्सिटी में नहीं इंटरमीडिएट में दाखिला करा दूँगा, अगर मन हुआ तो अगले साल यूनिवर्सिटी का देखेंगे नहीं तो 12वीं यूपी बोर्ड से ही कर लेगा।' मुझे तो जैसे कारू का खज़ाना मिल गया! मैंने अपना सारा सामान समेटा और हम लोग शाम को वापिस अलीगढ़ के लिए चल दिए। मैंने पहली बार देखा और महसूस किया कि पापा के मन में मेरे लिए कितना स्नेह था जिसका प्रदर्शन वे रोज़ की दिनचर्या में नहीं करते थे। मेरे मामा जिन्होंने कन्नोज से इंटरमीडिएट किया था वहाँ पर डिग्री कॉलेज न होने की वजह से अलीगढ़ पढ़ने आ गए थे और यहाँ रहते हुए उन्होंने एमए तक की पढ़ाई की। यहाँ पर रहते-रहते पापा का प्रेम उनके प्रति बढ़ता ही गया और उनका नौकरी करके वहाँ से जाने का विचार ही काफी तकलीफ देह था तो कोशिश ये की गई कि

यहीं पर उनकी कोई नौकरी लग जाए। प्रयास भी किए गए पर वो संभव नहीं हो पाया तो पापा ने सोचा कि इनको यहाँ रोकने के लिए कोई काम शुरू किया जाए पर जैसा सब जानते है कि कायस्थ लोग बहुत कम किसी व्यवसाय में सफल रहे हैं। इस विचार को तो त्याग दिया गया पर पापा साहित्य में अच्छा काम कर रहे थे तो सबका ये मन बना कि कोई साहित्यक पत्रिका निकाली जाए और मामा उसमें सहयोग करें जिससे वो बिज़ी भी हो जाएँगे और कुछ आय भी हो जाएगी। इस तरह *लय* नाम से एक त्रैमासिक पत्रिका निकालनी शुरू की गई जिसमें संपादक पापा और मामा सह-संपादक की भूमिका में थे। *लय* एक विशुद्ध साहित्यक पत्रिका थी जिसमें हिंदी के वरिष्ठ लेखकों के लेख, चर्चा और संवाद आदि होते थे। पत्रिका को लोंगो ने पसंद किया मगर उसके पाठक सीमित ही थे क्योंकि उसमें साहित्य के अलावा और कुछ नहीं था। इसी बीच में मामा की नौकरी नेशनल डिग्री कॉलेज भोगाँव मैनपुरी में लग गई थी इसलिए उनको अलीगढ़ से जाना पड़ा। पापा अपने प्रोग्राम में बहुत बिज़ी रह रहे थे तो पत्रिका को सुचारू रूप से चलाने वाला कोई नहीं था। उसे बंद करने के आलावा और कोई विकल्प नहीं था। पत्रिका को दो साल चलाने के बाद बंद करना पड़ा।

जब गर्मियों की छुट्टियाँ होती थीं तो दिल्ली वाले चाचा जो श्री राम कॉलेज में पढ़ाया करते थे, अपने बच्चों के साथ जिसमे तीन भाई जो मुझसे छोटे थे और दो बहनें जिसमें एक मुझ से बड़ी और एक छोटी थीं, अलीगढ़ आ जाया करते थे। कभी-कभी मेरे ताऊ के बच्चे, भी आ जाते थे। जो घर, मेरे अकेले के होने की वजह से शांत ही रहता था इतने सारे बच्चों के आ जाने से लड़ाई का अखाड़ा बन जाता था। हम लोग जो परिवार में सबसे बड़े थे उनका एक ग्रुप बन जाता था और बाकी बच्चे जो हमसे छोटे थे, उनका एक अलग ग्रुप बन जाता था और आपस में खूब लड़ाई होती थी जिसमें जज का काम सबसे छोटे चाचा करते थे और हमारे बड़े होने का हमको बोनस दे दिया करते थे इसकी की वजह से हम लोग डांट खाने से अक्सर बच जाते थे। पूरा दिन इन्हीं झगड़ों में और एक दूसरों की शिकायत में निकल जाता था और पहले से शांत रहने वाला घर सारे बच्चे खूब की धमा-चौकड़ी की आवाज़ों से गुंजता रहता था। रोज़ाना के आपस के झगड़ों को देखते हुए छोटे चाचा ने हम सब लोंगों की उर्जा को एक दिशा देने के लिए घर में खाली पड़ी ज़मीन पर एक अखाड़ा खुदवा दिया और कहा कि सबरे सब लड़के उसमें अपनी शक्ति का प्रदर्शन करें। अब सवेरा होते ही हम सब बच्चे अखाड़े में कुश्ती लड़ा करते और

पास में ही सरसों का तेल भी रखा रहता था जिससे अपने शरीर की मालिश भी किया करते। इस तरह से सुबह तो आराम से निकल जाती थी। खाना खाने के बाद दोपहर के समय के सदुपयोग के लिए शतरंज के दो बोर्ड लाए गए, एक लड़कियों के लिए और एक लड़कों के लिए। उस समय तक हम शतरंज ज़्यादा नहीं खेलते थे तो इसलिए उसमें बहुत ज़्यादा रूचि भी नहीं थी उतनी आती भी नहीं थी। पर पापा और चाचा ने हम लोगों को सिखाया और उसमे रूचि बढ़ाने के लिए ये कहा कि हम लोग इसे सीख लें फिर शतरंज का आपस में कम्पिटीशन होगा और जो प्रथम आएगा उसे इनाम मिलेगा। आप सब जानते है कि शतरंज एक ऐसा खेल है कि अगर आप इसको खेलना शुरू कर दें तो फिर आप सब कुछ भूल जाते हैं, यहाँ तक कि खाना-पीना भी। इसके बारे न जाने कितनी कहानियाँ हैं जिसमें सबसे मशहूर लेखक मुंशी प्रेमचंद की *शतरंज के खिलाड़ी* है जिसमें दोनों किरदार सब कुछ भुला कर यहाँ तक अपना देश और घर परिवार को भी और शतरंज के बादशाह और रानी के लिए आपस में लड़ कर जान दे देते हैं। इस खेल का नशा ही कुछ ऐसा है।

प्रतियोगता का नाम और इनाम की घोषणा ने हम सब लोंगो में एक नया उत्साह भर दिया और हम लोग पूरे मनोयोग से इस खेल को सीखने लगे। शतरंज में बाजी मेरे ताऊ के बड़े लड़के राजीव ने मारी और ज़्यादातर साल में वो ही प्रथम आते रहे। छुट्टियों में हमारे घर में खूब रौनक रहती और दिन यूँही खेल-कूद में निकल जाया करते थे और उसके बाद फिर वही अकेलापन, मैं और माँ, क्योंकि पापा तो फिर प्रोग्रैम्स में निकल जाते थे।

अध्याय 11

फिल्मी सफर की कुछ झलकियाँ

पैसे की पहचान यहाँ
इंसान की कीमत कोई नहीं
बच के निकल जा इस बस्ती
में करता मोहब्बत कोई नहीं

कवि नीरज की ख्याति दिनोंदिन बदती जा रही थी इसी बीच में मुंबई के बिरला मातुश्री सभागार में 9 फरवरी 1960 में एक प्रोग्राम 'नीरज गीत गुंजन' के नाम से हुआ था जिसमे मुख्य अतिथि के रूप में श्री यशवंत राव चह्वान थे उसी प्रोग्राम में श्री आर चंद्रा जो कि अलीगढ़ के ही रहने वाले थे उन्होंने नीरज जी को कविता पाठ करते सुना और उसके बाद फिल्मों में लिखने के लिए मुंबई आमंत्रित किया। इस समय तक चंद्रा जी की पिक्चर बरसात की रात रिलीज़ हो चुकी थी जिसमें उनके भाई भारत भूषण हीरो थे और संगीत (आजकल के सुपरस्टार ऋतिक रोशन के दादा) रोशनलाल का था ये फिल्म बहुत ही कामयाब हुई थी। इस फिल्म के सभी गाने खासकर कव्वाली बहुत ही मशहूर हुए थे और बच्चे-बच्चे की ज़ुबान पर चढ़े हुए थे। चंद्रा जी इस नई फिल्म में अपने बेटे राजीव को लांच करना चाह रहे थे, साथ में तनूजा थीं जो तभी विदेश से पढ़ाई पुरी करके आई थीं। और तभी फिल्मो में भी आईं थीं। उनकी एक पिक्चर रिलीज़ हो चुकी थी। चंद्रा जी अपनी पहली पिक्चर की तरह इस पिक्चर को भी म्यूज़िकल हिट बनाना चाह रहे थे। पूरे देश में नीरज जी की कविता "कारवां गुजर गया गुबार देखते रहे" बहुत ही ज़्यादा लोकप्रिय हो रही थी या यूँ कहिए एक तरह से वो नीरज जी की पहचान बन गई थी। जब भी नीरज जी की बात होती थी तो कहा जाता था, *अच्छा* वो कारवां गुजर गया गुबार

देखते रहे के रचियता। नीरज जी उन दिनों कवि सम्मलनों में बहुत ही ज़्यादा व्यस्त थे इसलिए मुंबई में रह कर लिखना उनके लिए संभव नही था। उन दिनों गीतकारों को और खासकर नए गीतकारों को फिल्मों में लिखने के लिए बहुत ज़्यादा पैसा नहीं मिलता था जबकी कवि सम्मेलनों में जाना ज़्यादा यश देने वाला तथा आर्थिक रूप से ज़्यादा फायदेमंद था। इन दोनों बातों को ध्यान में रखते हुए पापा ने अपनी परेशानी चंद्रा जी को बताई कि सिर्फ एक पिक्चर के गीत लिखने लिए उनका मुंबई शिफ्ट होना संभव नहीं है।

इस पर चंद्रा जी इस बात के लिए तैयार हो गए कि वे गीत लिख कर भेज देंगे और रिकॉर्डिंग के लिए मुंबई जाएँगे। इस फिल्म में म्यूज़िक श्री रोशन दे रहे थे जो अपने समय के अच्छे म्यूजिक डायरेक्टर में गिने जाते थे। *नई उमर की नई फसल* फिल्म स्टूडेंट के पॉलिटिक्स में जाने के उपर कई सवाल खड़े करने वाली फिल्म थी इसकी ज़्यादातर शूटिंग अलीगढ़ मुस्लिम यूनिवर्सिटी में हुई थी। सारे फिल्मी कलाकार अलीगढ़ आए हुए थे जिनमे तनूजा, उनकी माँ शोभना समर्थ और कई कलाकार थे जो फिल्मों में अपने पैर जमाने की कोशिश कर रहे थे। सारे शहर में एक अलग-सी खुशी का माहौल था क्योंकि ये पहली बार था कि किसी पिक्चर की शूटिंग अलीगढ़ में हो रही थी। क्योंकि फिल्म की सारी शूटिंग अलीगढ़ मुस्लिम यूनिवर्सिटी के कैंपस में ही हो रही थी जो हमारे घर के काफी करीब था, तो मैं और मेरे मामा जो अलीगढ़ से एमए कर रहे थे अक्सर शूटिंग देखने चले जाते थे। बहुत छोटा-सा शहर है अलीगढ़ जहाँ आज तक भी बहुत ज़्यादा भौतिक सुविधाएँ नहीं हैं। उस समय अलीगढ़ में कोई बहुत अच्छे होटल तो थे नहीं, तो तनूजा, उनकी माँ तथा लीला चिटनिस जी को यूनिवर्सिटी के गेस्ट हाउस में ठहरा दिया गया था। फिल्म की शूटिंग काफी दिनों तक चली। कभी-कभी शूटिंग कैंसिल भी हो जाती थी तब सभी फिल्मी कलाकार लोग, जिसमें तनुजा और उनकी माँ शोभना जी भी शामिल होते थे ताश खेल कर अपना समय बिताते थे। मैं भी अक्सर पापा के साथ गेस्ट हाउस चला जाता था जहाँ पर ये सब लोग मिल कर रमी खेला करते थे और मैं उस खेल में दर्शक हुआ करता था। बहरहाल, फिल्म पूरी हुई और उसके गाने फिल्म रिलीज़ होने से बहुत पहले से ही रिलीज़ कर दिए गए थे जो बहुत ही मशहूर हो रहे थे। गानों की लोकप्रियता देख कर लग रहा था कि फिल्म भी चलेगी। फिल्म को रिलीज़ कर दिया गया पर बॉक्स ऑफिस पर वह बुरी तरह से असफल सिद्ध हुई, हाँ अलीगढ़ में फिल्म अच्छी चली

क्योंकि लोग अपने दोस्तों के साथ अपनी शक्ल फिल्मी परदे में देखने के लिए बार-बार जाते थे। फिल्म तो असफल रही पर फिल्म के गाने : "कारवां गुज़र गया गुबार देखते रहे", "देखती ही रहो आज दर्पण न तुम" और "आज की रात बड़ी शोख और बहुत नटखट है" आदि बहुत ही मशहूर हुए।

जैसा मैंने बताया, कि गाने फिल्म आने से पहले से ही मशहूर हो चुके थे और रेडियो प्रोग्राम जैसे *बिनाका गीत माला* और *विवध भारती* पर काफी ज़ोर-शोर से बज रहे थे। गानों की लोकप्रियता को देख कर पापा को फिल्म में लिखने के लिए फिल्मकारों ने बुलाना शुरू कर दिया था। *चा चा चा* फिल्म के मुहम्मद रफ़ी की आवाज में गाए दो गीत "वो हम न थे वो तुम न थे" और "सुबह न आई शाम न आई" बहुत पसंद किए गए। इसी बीच *सती नारी* का गीत "तुम नाचो रस बरसे" बहुत ही मशहूर हुआ और उसके लिए नीरज जी को सुर सिंगार संस्था का उस साल का सर्वश्रेष्ठ क्लासिकल गीत का सम्मान भी मिला। अलीगढ़ रहते हुए पापा ने बहुत-सी फिल्मों में गीत लिखे जैसे *सती नारी, मझली दीदी, दुल्हन एक रात की, तू ही मेरी ज़िंदगी* इत्यादि और ज़्यादातर फिल्मों के गीतों को लोगों ने पसंद भी किया। इसलिए कई म्यूज़िक डायरेक्टर्स और प्रोड्युसर्स के फोन आने शुरू हो गए और लग रहा था कि मुंबई रहने पर फिल्मों में काम करने के ज़्यादा अवसर मिल सकते हैं। तो पापा ने मुंबई जा कर वहाँ रह कर अपने फिल्मी गीत लेखन को आगे नई दिशा देने का निश्चय किया और मुंबई मे ब्यूटी गेस्ट हाउस संताक्रूज़ में रहने का बंदोबस्त किया। वहाँ रहते हुए *मझली दीदी* में हेमंत कुमार के लिए लिखा और पहली बार शंकर-जयकिशन के साथ काम शुरू किया। उनके साथ पहली फिल्म थी चंदा *और बिजली* फिर उसके बाद *कन्यादान, पहचान, लाल पत्थर, उमंग, पतंगा, कल आज और कल, मेरा नाम जोकर* इत्यादि फिल्मों में पापा ने शंकर-जयकिशन के लिए गीत लिखे। शंकर जी के साथ और भी बहुत-सी फिल्में हैं पर सबका ज़िक्र करना यहाँ मुश्किल है। कुछ विशेष गीतों का और घटनाओं का मैं यहाँ ज़िक्र करना चाहूँगा।

लाल पत्थर में गीत "रे मन सुर में गा", *कन्यादान* का "लिखे जो ख़त तुझे", *पहचान* का "बस यही अपराध में हर बार करता हु", *पतंगा* का " झूम के गा तु आज मेरे मन" भी अपने समय बहुत मशहूर हुए। *उमंग* आजकल के मशहूर प्रोड्यूसर सुभाष घई की पहली फिल्म थी जिसमें वो एक हीरो के रूप में आए थे, यह फिल्म इंग्लिश फिल्म *यंग वन* जो की क्लिफ रिचर्ड्स की एक मशहूर फिल्म थी पर आधारित थी जिसमे सारे गाने बहुत फ़ास्ट म्यूज़िक पर लिखे गए थे और इसमें भी

नीरज जी ने सिचुएशन के अनुसार उसके अनुरूप गंभीर विषय को छोड़ कर कई हलके-फुल्के गाने भी लिखे थे।

शंकर-जयकिशन के साथ पहली बार पापा *चंदा और बिजली* फिल्म के लिए गीत लिख रहे थे इस फिल्म में मुख्य कलाकार थे संजीव कुमार और पद्मिनी। फिल्म का एक गाना "काल का पहिया घुमे रे भैया" काफी चल रहा था फिल्म रिलीज़ होने के बाद, बॉक्स ऑफिस पर भी ठीक रही साथ में गाने भी काफी मशहूर हुए।

पापा कुछ दिनों के लिए अलीगढ़ आए हुए थे, रात को 10 बजे के करीब शंकर जी का फोन आया कि उन्हें ये गीत "काल का पहिया" को फिल्म फेयर अवार्ड के लिए नोमिनेट किया गया है और उन्हें इस गीत के लिए फिल्म फेयर अवार्ड मिल भी सकता है। उन्होंने फिर फंक्शन की तारिख बताई। पापा को इसको अटेंड करने जाना था। हम लोगों की प्रसन्नता का ठिकाना नहीं रहा क्योंकि अभी पापा को फिल्मों में गए हुए ज़्यादा समय नहीं हुआ था और इतनी जल्दी अवार्ड मिलने की संभावना ही एक गौरव की बात थी। हर कलाकार को मिलने वाला सम्मान उसके काम की गुणवत्ता पर जनता की मोहर और उसको और अच्छे काम करने की प्रेरणा देता है। मुंबई वापिस पहुँचने पर दादा बर्मन से मुलाकात हुई जिनके लिए पापा *प्रेम पुजारी* के लिए गीत लिख रहे थे इसलिए अक्सर ही दादा के साथ घर पर सिटिंग होती थी। उन्होंने पूछा, 'कभी फिल्म फेयर अवार्ड को उठा के देखा है या नहीं', पापा ने कहा, 'नहीं देखा।' तो दादा ने कहा, 'उठा के देख लो, नहीं तो लेते हुए हाथ में झटका लगेगा, बहुत भारी होता है।' 'वैसे पापा को *चंदा और बिजली* के लिए 1969 में बेस्ट गीतकार का फिल्म फेअर अवार्ड मिला था, लेकिन उस समय यह फंक्शन इतने बड़े स्केल पर नहीं होता था पर उसकी गरिमा बहुत थी।

देवानंद ने नीरज जी को किसी फंक्शन या कवि सम्मेलन में सुना था और सुनने के बाद कहा था, 'मुझे आपके लिखने की स्टाइल पसंद है हम लोग किसी फिल्म पर कभी काम करेंगे।' जैसा आपने देखा होगा के ज़्यादातर बड़े आर्टिस्ट्स के म्यूजिक डायरेक्टर और गीतकार एक टीम की तरह से काम करते है और बहुत सी फिल्में साथ-साथ करते हैं ऐसा ही देवानंद के साथ भी था। उन दिनों देवानंद के लिए गीतकार शेलेन्द्र गीत लिख रहे थे और एस डी बर्मन संगीत दे रहे थे और इस जोड़ी के गाने खूब हिट हो रहे थे। इसी बीच फिल्मी मैगजीन *स्क्रीन* में निकला कि देवानंद एक फिल्म *प्रेम पुजारी* बनाने जा रहे है जिसके लिए वो किसी नए गीतकार को लेना चाहते हैं तो नीरज जी ने उनको फोन किया और याद दिलाया, आपने मुझसे एक बार कहा था कि हम लोग कभी साथ काम करेंगे। 'देवानंद ने कहा कि आप ने अच्छा याद दिलाया और

आप मुंबई आ जाएँ। मुंबई पहुँचने पर देवानंद कवि को मिलाने एसडी बर्मन के पास ले गए जिनको सब लोग दादा बोलते थे। उन्होंने दादा से कहा ये बहुत अच्छे कवि हैं, अलीगढ़ से आए हैं और मैं इस फिल्म के गीत इनसे लिखवाना चाहता हूँ। दादा ने पूछा, 'क्या ये मेरे हिसाब से गीत लिख भी पाएँगे? मुझे अपने गानों में चलताऊ शब्द नहीं चाहिए।' इस पर देवानंद ने जवाब दिया, 'आप गीत देख लिजिए, अगर आपको पसंद आए तो ठीक नहीं तो मैंने इनका जाने का टिकेट करा दिया है। ये वापस अलीगढ़ चले जाएँगे।' दादा ने सिचुएशन बताई कि हीरोइन विदेश पहुँचती है, शराब की पार्टी हो रही है और वहाँ पर हीरो (उसका प्रेमी) किसी दुसरी लड़की के साथ आता है। उन्होंने गाने की धुन बताई साथ में बंदिश लगा दी कि गाना "रंगीला" वर्ड से ही शुरू होगा। रात भर बैठ के गाना तैयार हुआ सवेरे देव जी को फोन किया गया कि गाना तैयार है तो पहले तो उन्हें अचरज हुआ कि क्या एक रात में ही गाना लिख लिया गया! फिर उन्होंने कहा कि गाना पहले मैं सुनूँगा जिससे अगर कोई कमी हुए तो उसके ठीक करने के बाद में ही दादा के पास चलेंगे जिससे वो इसको रिजेक्ट न कर पाएँ नहीं तो आगे का रास्ता काफी कठिन हो जाएगा। देव साहब दादा का नेचर जानते थे। उन्हें पता था कि बर्मन दादा जिसको पसंद करते है उसको एकदम हाँ कह देते हैं और अगर न है तो आगे के रास्ते बंद क्योंकि हो सकता है कि वो दोबारा लिखवाने के लिए तैयार ही न हों। इसलिए, वो कोई भी जोखिम नहीं लेना चाहते थे। देव साहब को गाना बहुत पसंद आया और दोनों लोग दादा के पास गए। बर्मन साहब को पहले तो विश्वास ही नहीं हुआ कि एक रात में ही गाना तैयार हो गया है फिर बोले सुनाओ। गाना सुनकर वे बहुत प्रसन्न हुए और इसके बाद तो दोनों की एक जोड़ी बन गई जिसने कई फिल्मो में साथ-साथ काम किया और बहुत ही सुंदर और सुरीले गाने फिल्मों में दिए, वह पहला गाना था :

> रंगीला रे,
> तेरे रंग में, यूँ रंगा है, मेरा मन
> हो ओ ओ
> छलिया रे ना बुझे है
> किसी जल से ये जलन . . .

इसके बाद दादा और पापा के बीच में एक आत्मिक संबंध बन गया और वे अक्सर संगीत की चर्चा के लिए पापा को लेने के लिए अपनी कार भी भिजवा देते थे और

कभी-कभी खाने पर भी रोक लेते थे। दादा को जानने वाले कहते हैं कि दादा का किसी को घर पर खाने के लिए बुलाना दर्शाता है कि वो नीरज जी को बहुत प्यार व मान देते थे। मैंने देखा है, ज़्यादातर फिल्म के लोगों को बड़ी कार का शौक होता है और थोड़ी-सी शोहरत हासिल हो जाने के बाद बड़ी कार आर्टिस्ट का स्टेटस सिंबल भी बन जाती है। जितनी बड़ी कार उतना ही बड़ा आर्टिस्ट। बर्मन दादा उस समय के बहुत बड़े संगीतकार थे और पापा बताते है कि वे बहुत ही सिंपल थे। बनावट लेशमात्र भी नहीं थी, इसलिए लोगों के कहने के बाबजूद उन्होंने बड़ी कार नहीं ली थी। दादा के पास एक पुरानी फिएट थी और वो अपनी इस कार से बहुत प्यार करते थे और उसको इस ढंग से रखते थे ताकि उस पर कोई धब्बा न पड़े। अगर कोई उस पर हाथों से या ऊंगलियों से थाप भी देता था, तो बहुत नाराज़ होते थे कहते थे 'क्या तबला समझ रखा है!'

एक बार बर्मन दादा ने गाने की एक सिचुएशन बताई कि एक नव दंपति अपने आने वाले पहले बच्चे के आगमन की प्रतीक्षा कर रहा है तो वो क्या सोचता है? तथा अपने भावों को कैसे व्यक्त करेगा? इस पर एक गाना चाहिए। नीरज जी ने इस पर एक गाना लिखा था जो *तेरे मेरे सपने* फिल्म में देवानंद और मुमताज़ पर फिल्माया गया था। गाना था 'जीवन की बगिया महकेगी, महकेगी, लहकेगी / थोड़ा तुम्हारा थोड़ा हमारा आएगा फिर से बचपन हमारा शब्दों का चयन और उसमें व्यक्त भावना हरेक सुनने वालों को बहुत अंदर तक छू जाती हैं।

दूसरा दिलचस्प किस्सा फिल्म *मेरा नाम जोकर* का है, फिल्म जगत के शो मैन राज कपूर इस फिल्म के लिए पापा से गीत लिखवाना चाहते थे। कहानी थी कि हीरो एक जोकर है जिसका पिता भी सर्कस में जोकर का काम करता था और शो के दोरान ही उसकी मृत्यु हुई थी। उसकी माँ के मना करने के बाद भी वो सर्कस में जोकर का काम करता है और सर्कस ही उसकी ज़िन्दगी है। राज जी ने कहा कि गाना ऐसा होना चाहिए कि उसमें जोकर के माध्यम से ज़िन्दगी का फलसफ़ा उसके उन्मुक्त स्वभाव, उसकी ज़िन्दादिली के मुताबिक हलके-फुल्के शब्दों से बयां हो। कवि ने कहा भी कि मैं तो गंभीर विषय पर गीत लिखता हूँ जोकर के लिए कैसे लिख पाऊँगा? दूसरी बात है कि जोकर के लिए गीत कैसे हो सकता है क्योंकि वो गवैया तो है नहीं वो तो अपनी बात बहुत ही मज़ाकिया अंदाज़ में ही कर सकता है तो न तो ये कविता होगी, न गीत होगा, न रुबाई यह तो बात करने का अंदाज में ही दर्शकों से कुछ कहेगा। राज जी ने कहा कि जोकर के लिए आपको ही लिखना है इसलिए

इस पर आप सोचना शुरू कर दीजिए। गाना लिखने का काम शुरू हुआ पर कुछ बात बनी नहीं तो दोनों लोग राज जी के पूने वाले फार्म हाउस पर चले गए। राज जी को पीने और पिलाने का शौक था तो दो दिन उसमें ही निकल गए। तीसरे दिन रात को गाने के लिए भाव आने शुरू हुए और शब्द कागज़ पर अंकित होने लगे और पूरी रात निकल गई। जब सूरज सुबह आकाश में उदय हो रहा था तब तक गीत की उत्पति हो चुकी थी। राज जी ने गीत सुना और उन्हें वह बहुत पसंद आया। दोनों लौट कर मुंबई आ गए कि शंकर-जयकिशन से बात करके इसकी धुन बनाई जाए। शंकर-जयकिशन ने बोल सुने, बहुत अच्छे लगे पर उनके अनुसार इसकी धुन कैसे बने क्योंकि ये कोई गीत या ग़ज़ल तो था नहीं। ये तो ऐसा लगता था कि जैसे एक दूसरे से बात-चीत हो रही हो। राज जी ने कहा 'नीरज तुम बताओ क्या किया जाए क्योंकि यह गीत तो इस फिल्म में रहना ही है।' तब नीरज जी ने कहा 'ऐसा हो सकता है कि जैसे मैं इस गीत को गाता हूँ उस तरह से ही धुन बनाई जाए' और गा कर सुनाया। शंकर-जयकिशन ने उस पर मेहनत करके शब्दों को धुन में बाँधा और वो गीत कुछ इस तरह से बना :

ऐ भाई, जरा देख के चलो
आगे ही नहीं, पीछें भी
दायें ही नहीं, बाएँ भी
ऊपर ही नहीं . . . नीचे भी, ऐ भाई!

बहुत ही सिंपल भाषा में एक बहुत बड़ा संदेश जो जीवन के शाश्वत सत्य को कि सब कुछ मिथ्या है व्यक्त करता है। यह गीत बहुत ही मशहूर हुआ और लोगों ने इसके सीधे-साधे शब्दों तथा इनमें निहित फलसफ़े को बहुत पसंद किया। राजकपूर का ये पसंदीदा गाना था और काफी प्रोग्रामों में राज कपूर ने इसको स्टेज पर गाया भी।

एक और किस्सा है उन शुरुआती दिनों का। पापा तब *कन्यादान* के लिए गीत लिख रहे थे जिसमें शशि कपूर और आशा पारीख मुख्य भूमिका में थे। इसके म्यूज़िक डायरेक्टर थे शंकर-जयकिशन तथा प्रोडूसर थे राजेंद्र भाटिया। गीत लिख कर दिया गया और रिजेक्ट हो गया। कोई बात नहीं, दूसरा लिख कर दिया। भाटिया जी को वो बहुत पसंद आया मगर शंकर जी ने फिर रिजेक्ट कर दिया। गीत बार-बार लिखे जा रहे थे पर शंकर जी हर गीत को रिजेक्ट करते जा रहे। एक बार तो जिस कागज़ पर गीत लिख कर दिया था शंकर जी ने उस कागज़ को ही फाड़ दिया।

पापा और भाटिया जी को बहुत बुरा लगा पर उस समय शंकर का फिल्मों में काफी नाम था इसलिए मन मार कर चुप रहना पड़ा। नीरज जी जिस गीत को लिखते और प्रोड्यूसर भाटिया जी जिस गीत को पास करते थे शंकर जी उसको रिजेक्ट कर देते थे। बहुत सारी सिटिंग्स हो चुकी थीं फिल्म लगातार डिले हो रही थी। आखिर में तंग आकर भाटिया जी ने कहा 'नीरज अब ऐसा गीत लिखो जिसको ये रिजेक्ट न कर पाएँ तो आप जो माँगेंगे वो मैं आपको दूँगा।' फिर क्या था। रात भर बैठ कर गीत लिखा गया और सवेरे भाटिया जी को सुनाया गया। उन्हें बहुत पसंद आया पर आखरी टेस्ट बाकी था। दोनों शंकर जी के पास गए और गीत सुनाया गया और इस बार शंकर जी उसको रिजेक्ट नहीं कर पाए क्योंकि सब लोगों को और खुद शंकर जी को गीत बहुत पसंद आया था। गीत था :

लिखे जो ख़त तुझे
वो तेरी याद में
हज़ारों रंग के
नज़ारे बन गए
सवेरा जब हुआ
तो फूल बन गए
जो रात आई तो
सितारे बन गए

लोगों को याद होगा कि ये गाना बहुत ही मशहूर हुआ था। अब पापा ने भाटिया जी को उनके अपने वचन की याद दिलाई तो उन्होंने कहा 'हाँ आप जो कहें मैं आपको दूँगा' तो पापा ने कहा 'मेरे पास कार नहीं है और मुझे आने-जाने में परेशानी होती है तो अगर कार दे दें तो अच्छा हो।' भाटिया जी के पास उस समय 1963 की स्टैण्डर्ड हेरल्ड कार थी जिसको *नीला आकाश* फिल्म में शूटिंग के लिए इस्तेमाल भी किया गया था। उन्होंने कुछ नहीं सोचा-समझा और उसी समय अपनी कार की चाबी दे दी और कहा 'आज से ये आप की हुई।'

पापा ने सबसे ज़्यादा चौदह फिल्में शंकर-जयकिशन के साथ कीं और ज़्यादातर गाने अपने समय बहुत मकबूल हुए पर जो यश सचिन देव बर्मन के साथ मिला वो अभूतपूर्व था। दादा के साथ पाँच फिल्मों में गीत लिखे जिसमें चार देव साहब कि नव केतन बैनर के साथ, *प्रेम पुजारी*, *तेरे मेरे सपने*, *गैम्बलर* और *छुपा रुस्तम* थी और

पाँचवी *शर्मीली* थी। पाँचो फिल्मों के सारे ही गाने बहुत ही मशहूर हुए परंतु ये विडंबना है की फिल्म फेयर अवार्ड में लगातार तीन साल तक पाँच नॉमिनेशन में दो-दो गाने के नॉमिनेशन में होने के बाद भी पापा को एक भी अवार्ड कभी नहीं मिला। ये फिल्मी सफर 1972 तक बहुत अच्छा चला। इस अवधि में बहुत फिल्में आई जिनके गाने जैसे--"शोखियो में घोला जाए", "मेघा छाए", "फूलो के रंग से", "दिल आज शायर है", "खिलते है गुल यहाँ", "रंगीला रे", "ए भाई जरा देख के चलो", "कहता है जोकर", "जीवन कि बगिया", "रे मैंने कसम ली" इत्यादि बहुत ही मशहूर हुए और नीरज जी की प्रसिद्धि चारों और फैलने लगी।

नीरज जी अपने साथी मंचीय कवि को सलाह दिया करते थे कि वे लोग भी फिल्मो में लिखने की कोशिश करें क्योंकि यह एक बिलकुल नई विद्या है तथा इससे आपको अपनी बात एक बहुत बड़े दायरे में पहुँचाने का अवसर मिलता है। पापा के शब्दों में, 'पहले मुझे सिर्फ उन लोगों का प्यार मिलता था जो साहित्य में रूचि रखते थे और पढ़े-लिखे लोग थे। पर फिल्मों में आने के बाद मुझे उन लोगों का प्यार मिला और वे लोग मुझको जानने लगे जिसको आम आदमी कहा जाता है। चाहे वो रिक्शा चलाने वाला हो, मिस्त्री हो या कॉलेज स्टूडेंट हो जिसको फिल्में देखने का शौक है चाहे उसकी साहित्य में रूचि हो या न हो।' नीरज जी के गीत लिखी हुई फिल्मों में *चंदा और बिजली*, *शर्मीली*, *पहचान*, *तेरे मेरे सपने*, *मेरा नाम जोकर* आदि के गीत भी बहुत मशहूर हुए तथा इन फिल्मों ने अच्छा बिज़नेस भी किया और बॉक्स ऑफिस पर सफल रही।

बहुत कम लोगों को मालूम होगा कि नीरज जी ने एक फिल्म में अभिनय भी किया है। वैसे तो पापा फिल्मों में गीत लिखने ही गए थे पर एक बार उन्होंने अपने लिखे हुए गीत पर फिल्म में एक छोटा-सा किरदार भी निभाया था। उन दिनों पापा काफी दुबले-पतले थे। (एक बार *धर्मयुग* के रिपोर्टर ने, जो उनका इंटरव्यू लेने गया था, उनसे मिलने पर लिखा था 'हैंगर पर लटकता हुआ एक कुरता कमरे में आया' जो कि एक तरह से सत्य था और हैं जिसकी पुष्टि उनकी उस समय की तस्वीरें देख कर की जा सकती है।) इस फिल्म में चाँद उस्मानी एक तवायफ़ बनी थीं जिसके कई आशिक हैं उन्हीं में से एक जो अपना सब कुछ उसके ऊपर लुटा चुका है। अब न उसके पास पैसा है न ही सर छुपाने की जगह इसलिए वह तवायफ़ के कोठे के सामने बैठा रहता है और लोगों को आगाह करता रहता है कि यहाँ पर मत आओ क्योंकि यहाँ पर सिर्फ पैसा मायने रखता है न कि प्रेम।

फिल्म में मनोज कुमार मुख्य भूमिका में थे और फिल्म थी *पहचान* जिसमें पापा गाने लिख रहे थे। न मालूम डायरेक्टर ने क्या देखा और पापा से कहा, 'आपके लिखे गाने को आपके ऊपर ही फिल्माते हैं।' पापा को बहुत झिझक थी इसलिए मन एकदम मानने को तैयार नहीं था क्योंकि उनको अभिनय का बिलकुल भी अनुभव नहीं था पर कुछ नया करने की उनकी आदत ने तथा लोगों के समझाने पर की 'तीन मिनट की बात है', थोड़े संकोच के बाद पापा ने हाँ कर दी। फिल्म का एक गाना "बस यही अपराध मैं हर बार करता हूँ आदमी हूँ आदमी से प्यार करता हूँ" तो मनोज कुमार पर फिल्माया गया था और दूसरा गीत "पैसे की पहचान यहाँ इंसान की कीमत कोई नहीं, बच के निकल जा इस बस्ती से, करता मुहब्बत कोई नहीं" पापा पर फिल्माया गया था।

पहली बार फिल्मों में मेघा, गीतांजलि, मधुर, मदिर, जल जैसे हिंदी शब्दों का प्रयोग हुआ और जिसको जनता ने बहुत पसंद भी किया।

नीरज जी ने करीब चालीस फिल्मों में काम किया और अपने समय के सभी सफल संगीतकारों के साथ काम किया जिसमें इकबाल कुरैशी, जयदेव, शिवराम, राजेश रोशन, जतिन-ललित, उषा खन्ना इत्यादि शामिल हैं। सालों बाद कई बार नीरज जी से पूछा गया कि आपने इतने अच्छे-अच्छे गीत लिखे तो आप फिल्म लाइन को छोड़ कर क्यों आ गए तो उनका जवाब होता था, 'मेरे गीत को जो लोग अच्छी तरह से समझते थे उसकी आत्मा को पहचानते थे जैसे दादा बर्मन तथा शंकर-जयकिशन, वे दोनों ही अचानक असमय ही दुनिया से चले गए तथा लोगों ने ये भी कहना शुरू कर दिया था कि अगर गीत हिट और फिल्म फ्लॉप कराना चाहते हैं तो नीरज से गीत लिखवाओ क्योंकि विडंबना ये थी सभी फिल्मों के गीत तो सुपर हिट हुए पर फिल्में बॉक्स ऑफिस पर अच्छा नहीं कर पाईं। वे आगे कहते थे, 'जो आदमी कुछ मुकाम पाने जाता है और अपने आप को सिद्ध करना चाहता है, वो आदमी मुंबई को छोड़ नहीं पाता और उसको सफलता भी मिलती है। पर मुझे कुछ सिद्ध नहीं करना था मेरे पास कुछ खोने को नहीं था मै साहित्यिक सफर में काफी कुछ पा चुका था इसलिए कोई मोह नहीं था। इसी वजह से मैं बिना किसी मलाल के मुंबई को छोड़कर चला आया। हाँ, मैंने उस के बाद भी कुछ फिल्मों में लिखा है, और अभी भी कुछ फिल्मों के लिए लिख रहा हूँ।'

पापा ने चन्द्रशेखर के साथ एक फिल्म की थी *चा चा चा* जिसके दो गाने "सुबह न आई शाम न आई, जिस दिन तेरी याद न आई" और "वो हम न थे वो तुम न थे,

वो रहगुज़र थी प्यार की" बहुत मशहूर हुए थे। चन्द्रशेखर अपने ज़माने के डांसिंग स्टार थे और फिल्मों में काम करने के साथ-साथ फिल्में भी बनाया करते थे। एक बार वो अलीगढ़ आए और हमारे घर पर भी आए। लोगों को पता चला। वैसे वो इतने बड़े स्टार नहीं थे मगर तब भी उनके चाहने वालों की कमी नहीं थी। लोगों ने वहाँ पर इकठ्ठा होना शुरू कर दिया। ज़्यादातर लोग उनसे मिल कर फिल्मों में काम माँगना चाहते थे तो कॉलेज में पढ़ने वालों की भीड़ थी। थोड़ी देर घर पर रूक कर और चाय पी कर वो चले गए कुछ लोगों को मुंबई आ कर मिलने का न्योता भी दे गए। जिनको जाने का न्यौता मिला था वे लोग बहुत खुश थे पर जहाँ तक मैं समझता हूँ कि अलीगढ़ का कोई भी व्यक्ति उनकी फिल्मो में नहीं आया।

मै उस समय इंटरमीडिएट की परीक्षा दे रहा था जब मशहूर अभिनेत्री मीना कुमारी किसी प्रोग्राम में आगरा आईं। उस प्रोग्राम में पापा भी उनके साथ थे और पापा के कहने पर वो अलीगढ़ हमारे घर पर आने को तैयार हो गईं। पापा ने मुंबई से ही फोन कर के बता दिया था कि हो सकता है कि मीना कुमारी अलीगढ़ अपने घर आएँ मगर पक्का आगरा पहुँचने के बाद ही होगा। घर में उनके आने की तैयारियाँ शुरू हो गईं। कोई व्यक्ति अपने घर में अपने हिसाब से अच्छे तरीके से ही रहता है पर हरेक व्यक्ति चाहता कि जब कोई भी अतिथि आए तो या कोई बहुत प्रसिद्ध व्यक्ति उसके घर आए, तो घर और घरवालों के बारे में बहुत अच्छी राय ले कर जाए। घर में परदे लगे हुए थे पर पुराने हो गए थे, दो तरह के थे, ये बात हुई कि एक तो उनको धुलवा कर दुबारा लगाया जाए या नए परदे बनाए जाए। सबको लगा की इस बहाने घर में नई चीज़ आ जाएगी और घर के लिए नए परदे के कपड़े लाए गए और उनको माँ और चाची ने घर पर ही सिला। सारे घर में पुराने परदे उतार कर नए परदे लगाए गए। जिस दिन शाम को मीना जी को आना था उस दिन मेरा केमिस्ट्री का फाइनल प्रैक्टिकल था। जब मेरा प्रैक्टिकल हो रहा था तो जो एग्ज़ाम लेने बाहर से आए थे उन्होंने मुझसे पूछा कि क्या आज मीना जी आ रही हैं? क्योंकि उनको मेरे अध्यापक ने मेरा परिचय दे दिया था और मीना कुमारी के बारे में भी बता दिया था। मैंने कहा 'हाँ पापा का फोन तो आया है।' वो बोले कि 'मैं उनसे कैसे मिल सकता हूँ?' मैंने कहा, 'आप घर पर जल्दी आ जाइएगा तो मै आपको अंदर ले चलूँगा नहीं तो बाद में भीड़ काफी हो जाएगी और फिर अंदर ले जाना मुश्किल होगा।'

आगरा से अलीगढ़ का रास्ता दो घंटे का हुआ करता था। पापा ने बताया था कि जब हम लोग चलेंगे तो फोन कर देंगे। अलीगढ़ में इससे पहले *नई उमर की नई*

फसल की शूटिंग ज़रुर हुई थी पर ये पहला मौका था कि कोई इतनी बड़ी अभिनेत्री अलीगढ़ आ रही थी और न बताने पर भी न जाने कैसे ये बात लोगों तक पहुँच गई। और घर के आस-पास भीड़ लगनी शुरू हो गई। मीना जी के सेक्रेटरी ने पापा से कहा कि आप अलीगढ़ के डीएम से बात कर लीजिए कुछ पुलिसवालों का इंतज़ाम करना पड़ेगा क्योंकि कहीं ज़्यादा भीड़ बढ़ गई तो मुश्किल हो सकती है। पापा ने बात की तो डीएम साहब ने कहा कि देख कर बताता हूँ। इधर मीना जी के आने से पहले ही पूरी सड़क पर उनकी एक झलक पाने के लिए भीड़ जमा होती जा रही थी। डीएम साहब ने पूरा जायज़ा लिया होगा और उनकी राय थी कि हमारे यहाँ पर समुचित व्यवस्था इतनी जल्दी नहीं हो पाएगी तो उचित यही होगा कि आप उन्हें यहाँ न लाएँ। इधर घर की भीड़ बढ़ती जा रही थी। अध्यापक घर पर काफी पहले आ कर बैठ गए थे। हम सब लोग उनके आने का इंतज़ार कर रहे थे कि पापा का फोन आया कि मीना जी का आना कैंसिल हो गया है और वो अलीगढ़ नहीं आ रही हैं। पहले तो सबको ये विश्वास ही नहीं हुआ सबको लगा कि झूठ बोला जा रहा है। फिर उनको बताया कि पापा का फोन आया है कि प्रोग्राम चेंज हो गया और अब मीना जी अलीगढ़ नहीं आ रहीं हैं। सबको बहुत निराशा हुई और सब लोग वापिस चले गए मगर मुझे उनके आने की ख़बर से ये फायदा हो गया कि मुझे प्रैक्टिकल में 30 में से 29 नंबर मिल गए!

उस समय, 1966 के आस-पास पापा मुंबई चले गए थे। जब पापा को राजकपूर ने अपनी फिल्म *मेरा नाम जोकर* में गीत लिखने के लिए अनुबंधित किया हुआ था। तब पापा फिल्मों में गीत काफी दिनों से लिख रहे थे और उनका प्रवास मुंबई में ज़्यादा रहता था। पापा को फिल्म लाइन में काम करते हुए तीन साल हो गए थे और उन्होंने बड़ी-बड़ी फिल्मी हस्तियों जैसे देवानंद, राजकपूर, संजीव कुमार, मनोज कुमार, शशि कपूर, राखी, विजयानंद, वहीदा रहमान, आशा पारीख इत्यादि के लिए फिल्मों में गाने लिखे थे तो मेरे दोस्तों और सहपाठियों को लगता था कि मैं कुछ से तो ज़रूर मिला होऊँगा पर अभी तक मेरा मुंबई जाना नहीं हुआ था। या यों कहें कि पापा ने बुलाया ही नहीं था। शायद वो मुझे उस माहौल से दूर रखना चाहते थे। माँ और चाचा तो एक बार हो कर आ गए थे और वहाँ कुछ फिल्मी हस्तियों से मिल भी आए थे। सारे लोग जिसमें मेरे सहपाठी भी थे मुझसे जब पूछते थे कि तुम फिल्म वालों में किन-किन से मिले हो तो मेरे पास उनको बताने के लिए कुछ भी नहीं होता था, इसलिए मेरा जवाब होता था 'मैं अभी तक गया ही नहीं हूँ। हाँ माँ ज़रूर एक बार हो आई हैं।'

फिर एक समय आया जब *मेरा नाम जोकर* रिलीज़ हो चुकी थी और उसका प्रीमियर मुंबई में हो चुका था और अब वो बाकी मेट्रोपोलिटन सिटी में होना था जिसमें दिल्ली भी शामिल थी इसके लिए राजकपूर अपनी पुरी टीम के साथ हरेक बड़े शहर में जा रहे थे। पापा भी उस टीम का हिस्सा थे क्योंकि उन्होंने इस फिल्म में दो गीत लिखे थे जो फिल्म रिलीज़ होने से पहले से ही काफी मशहूर हो गए थे। *मेरा नाम जोकर* की स्टार कास्ट बहुत बड़ी थी। एक ही फिल्म में बहुत सारे बड़े आर्टिस्ट थे इसलिए मेरा और माँ का मन था कि हम लोग भी फिल्म का प्रीमियर देख लें और सभी फिल्मी आर्टिस्ट से मिलें तो मैंने पापा को अपनी इच्छा के बारे में बताया। पापा ने एक दम तो नहीं माना तो छोटे चाचा से सिफारिश लगवाई। उनसे बात करने के बाद पापा को भी लगा कि सिर्फ दिल्ली तक आने की बात है। प्रीमियर के पास तो उनको मिले ही थे, तो उन्होंने हमें कहा कि हम लोग अलीगढ़ से दिल्ली आ जाएँ क्योंकि पापा को पुरी टीम के साथ ही आना था और ओबेरॉय होटल में ठहरना था। वहाँ पर दो दिन का प्रोग्राम था। एक दिन तो होटल में कॉकटेल पार्टी थी और दूसरे दिन रीगल में फिल्म का प्रीमियर था। उन दिनों मेरे चाचा, जो आजकल अमेरिका में हैं वो दिल्ली में थे, तो हम लोग एक दिन पहले जाकर उनके यहाँ मॉडल टाउन में रुक गए। दूसरे दिन वो हमें दोपहर में होटल ले गए। ये हम लोगों के लिए किसी फाइव स्टार होटल में जाने का पहला मौका था। पापा जिस कमरे में ठहरे थे उस में जाने के लिए जब हम लिफ्ट में जाने को हुए तभी लिफ्ट नीचे आई और उसमे से धर्मेन्द्र और सिम्मी बाहर निकले। इतने करीब से इतने बड़े स्टार्स को देखना एक अलग ही अनुभव था। स्टार्स के बारे में फिल्मी पत्रिकाओं में बहुत कुछ पढ़ा था और ख़्यालों में उनकी कुछ अलग ही तस्वीर बनी हुई थी कि वे आम आदमी से कुछ अलग होते हैं। पर दोनों को देख कर ऐसा नहीं लगा। हाँ एक खुबसूरत स्त्री और एक सुदर्शन हस्टपुष्ट व्यक्ति, जो फिल्मी परदे पर और भी खुबसूरत लगते हैं, सामने खड़े थे। पापा ने दोनों से हम सब लोगों का परिचय कराया। धर्मेन्द्र ने अपना हाथ आगे बढ़ाया और हम लोगों से हाथ मिलाया। कहना होगा, हाथों में मरदाना ताकत और गर्म जोशी का भरपूर अहसास था!

उनसे मिलने के बाद हम ऊपर पापा के कमरे में चले गए और थोड़ी देर पापा के साथ बैठकर हमें दूसरे कमरे में ले जाया गया जहाँ पर शंकर-जयकिशन, पाछी जो उन दिनों राजकपूर और राजश्री को लेकर *अराउंड द वर्ल्ड* बना रहे थे और बहुत से छोटे-मोटे आर्टिस्ट बैठे थे। शराब का दौर चल रहा था जबकि शाम को कॉकटेल

पार्टी थी। यहाँ पर मैंने देखा कि चाटुकार लोग कैसे मुफ्त की शराब को किस बेहिसाब और बेदर्द तरीके से पीते हैं और कैसे किसी की प्रशंसा करके उसको चने के झाड़ पर चढ़ा देते हैं। मौका था *मेरा नाम जोकर* के प्रीमियर का, पर लोग पाछी और शंकर के सामने *अराउंड द वर्ल्ड* की सफलता और उसके संगीत की तारीफ कर रहे थे कि ये पिक्चर तो कुछ नहीं, आपकी फिल्म तो इंडस्ट्री में झंडे गाड़ देगी और सारे रिकार्ड्स तोड़ देगी। चाचा को पार्टी के लिए रुकना था तो हम लोग वापस आ गए।

फिल्मी पार्टीज़ के बारे में न जाने कितनी पत्रिकाओ में पढ़ा था कि कैसे विदेशी शराब पानी की तरह बहती है कैसे बड़े-बड़े स्टार्स आते हैं फोटो सेशन होते हैं। कभी-कभी लोग आपस में झगड़ भी जाते हैं। चाचा जब रात को वापस आए तो हमने उनसे पार्टी के बारे में पूछा क्योंकि मन में जानने की उत्सुक्ता थी की बड़े-बड़े सितारों के बीच में उनको कैसा लगा। पर उनका फिल्मी पार्टी का अनुभव अच्छा नहीं था। उनका कहना था कि हम लोग तो मध्यमवर्गीय लोग हैं और हम लोगों का आपस में सहयोग और प्यार का रिश्ता होता है पर वहाँ पर सिर्फ एक-दुसरे को सबसे बड़ा दिखाने की होड़ ही लगी रहती है और ज़्यादातर बातचीत बनावटी होती है।

दूसरे दिन मैं और अम्मा रीगल सिनेमा में पहुँच गए और प्रीमियर के पास दिखा कर अंदर जाकर बैठ गए। थोड़ी देर में फिल्म के सारे कलाकार साइड वाले गेट से अंदर आ कर स्क्रीन के सामने खड़े हो गए। पूरी टीम में राजकपूर, धर्मेन्द्र, सिम्मी, पद्मिनी, दारा सिंह, मनोज कुमार, चिंटू (शशि कपूर जिनकी जिसकी ये पहली फिल्म थी), शंकर-जयकिशन, मुकेश, दारा-सिंह और पापा आदि थे। लोगों ने तालियाँ बजा कर सबका स्वागत किया। उसके बाद राजकपूर और धर्मेन्द्र ने फिल्म के बारे में कुछ बोला, लोगों को फिल्म की कहानी के बारे में थोड़ा बताया। राजकपूर ने मुकेश से इस फिल्म के गीत गाने के लिए कहा और उन्होंने “जीना यहाँ मरना यहाँ सुनाया और उसके बाद राजकपूर ने कुछ लाइनें पापा के गीत “ऐ भाई जरा देख के चलो” की सुनाईं। इस सबके बाद वे लोग चले गए और पिक्चर शुरू हुई।

अब लौट कर अपने दोस्तों को सुनाने के लिए मेरे पास काफी मसाला था।

अध्याय 12

लकी कार और मधुर यादें

मद्धिम गति तो सफर में, देता ही आनंद
तेज़ चाल है मौत से, इक मौखिक अनुबंध

जो कार भाटिया जी ने पापा को कन्यादान के गाने के लिए दी थी उसका नम्बर था M R Z 2218 जिसका टोटल आता है 13 जिसको अक्सर पूरे विश्व में ही लोग शुभ नहीं मानते और विदेश तथा यहाँ पर भी बहुत से होटलों में पूरे 13वां फ्लोर ही नहीं होता। यहाँ पर भी लोगों के लिए ये नंबर शुभ नहीं होता। वो कार वैसे तो एक जड़ चीज़ थी पर हम लोगों के साथ कुछ घटनाएँ ऐसी हुई कि हमें लगने लगा कि वह कार हम लोगों के लिए बहुत ही भाग्यशाली है। उसने हमारा साथ बहुत साल दिया और घर में दुसरी कार आने के बाद और बहुत पुरानी होने के बाबजूद जब वो चलने की हालत में नहीं थी, और जब बाहर घुमने वाली बिल्लियों ने उसको अपना घर बना लिया था, तब भी वो कार हमें प्यारी थी। अंत में वो लोहे के भाव बिकी।

जैसा कि मैंने पहले बताया कि वह कार थी तो एक जड़ वस्तु लेकिन उसको पापा अपने लिए बहुत शुभ मानते थे और कुछ हद तक वो सही भी था क्योंकि उस कार के आने के बाद पापा को निरंतर सफलता मिल रही थी तथा उस कार ने हमें कभी धोखा नहीं दिया। जब भी ख़राब हुई तो उसको ठीक करने वाला हमेशा ही आस-पास ही मिला। कार में कुछ टेकनिकल कमियाँ थीं जिसकी वजह से उसका एक्सेल बहुत जल्दी टूटता था इसलिए हम लोग सदा एक एक्स्ट्रा एक्सेल लेकर ही सफर करते थे। लेकिन ऐसा कभी नहीं हुआ कि हमें उसकी वजह से कहीं भी रास्ते में अनजानी जगह पर रात गुज़ारनी पड़ी हो।

जब वह कार मिली थी और पापा को अलीगढ़ भी आना था तो, कार मिलने के बाद वे उसी से अलीगढ़ आए। रास्ता काफी लम्बा था मगर ये लोग पापा और कार का ड्राइवर जिसका नाम अब्दुल था, दो दिन का सफर करते हुए रास्ते में एक रात रुकते हुए सकुशल अलीगढ़ आ गए। कार का ड्राईवर था अब्दुल, जो इससे पहले कई फिल्मी हस्तियों की बड़ी-बड़ी कारें चला चुका था। इससे पहले हमारे पास एक कार हुआ करती थी हिंदुस्तान मोरिस जिसको कुछ समय बाद बेच दिया गया था। उसका ड्राईवर था करण सिंह वो कभी-कभी अपनी गोद में बैठा कर मुझसे स्टेरिंग चलवा दिया करता था तो मुझे लगने लगा कि में तो कार चला सकता हूँ जबकि स्टेरिंग पकड़ने को कार चलाना नहीं कह सकते है। आजकल यह संभव नहीं लेकिन यह पहले होता था। मैं काफी दिनों तक इस भ्रम में रहा की मुझे कार चलाना आती है मैंने अब्दुल से कार सिखाने के लिए कहा, उसको ये पता नहीं था कि मुझे कार के बारे में सिर्फ उतना अनुभव है जितना ड्राईवर के पास बैठने वाले व्यक्ति को होता है और मुझे कार चलानी नहीं आती है और यह कि मैं कभी भी अकेले ड्राइविंग सीट पर नहीं बैठा हूँ। वह मुझसे पहली बार मिला था इसलिए उसने मेरी बात पर विश्वास कर लिया। हमारे घर के पीछे काफी खाली मैदान था तथा बगल में एक मकान बना था जिसकी बाउंड्री वाल से बिलकुल सट कर कार खड़ी थी अब्दुल ने चाबी मुझे दी और मुझसे कहा की कार बैक कीजिए, गियर्स के बारे में मुझे पता था तो गियर तो मेंने ठीक डाला पर कम रेज़ देने कि बजाय एक्सेलरेटर पर ज़्यादा ज़ोर डाल दिया। दीवार और कार में ज़्यादा गैप नहीं था तो कार सीधे वॉल से टकरा गई। बहुत ज़ोर की आवाज़ हुई और घर के सारे लोग माँ, मामा और पापा निकलकर भागे-भागे आए कि क्या हो गया। दूसरे घर से, जिनकी दीवार से कार टकराई थी, वो भी निकल कर आए। मैंने देखा कि एक ही घटना का विभिन्न लोगों का देखने का नज़रिया भी कितना अलग-अलग होता है। माँ और पापा तथा परिवार के लोगों का ध्यान पूरी तरह से मेरी तरफ था कि कहीं मुझे कोइ गंभीर चोट तो नहीं आई है। इसलिए बार-बार मेरी चोट के बारे में पूछ रहे थे कि कहीं लगी तो नहीं। और मिसिज जैन जिनकी दीवार से कार टकराई थी और जो टूट गई थी उनको अपनी वॉल के बारे में चिंता बहुत ज़्यादा थी। वो बार-बार यही कह रही थीं कि कितना बड़ा नुकसान हो गया है और अब दीवार दुबारा से बनवानी पड़ेगी। माँ ने कहा भी, 'आप चिंता न करे नुकसान गुंजन से हुआ है इसलिए एक-दो दिन में ही आपकी दीवार बनवा दी

जाएगी पहले हमको बच्चे को देखने तो दीजिए कि कहीं उसे कोई ज़्यादा चोट तो नहीं आई है। कहीं उसको डॉक्टर के पास न ले जाना पड़े।' भगवान कि कृपा से मुझे कोई खरोंच भी नहीं आई थी क्योंकि कार पीछे से टकराई थी पर मैं मन ही मन में बहुत डर रहा था कि आज बहुत अच्छी डाँट पड़ेगी पर पापा ने मुझसे कुछ नहीं कहा। अब्दुल से भी सिर्फ इतना कहा की भाई गुंजन से पहले पूछ तो लेते की कार चलानी कितनी आती है या नहीं और कार में कभी बेक गियर इससे पहले लगाया भी है या नहीं। और पहली बार में ही बैक करवाना कहाँ की बुद्धमानी है? पर जो होना था वो तो हो ही चुका था। पापा को दो दिन बाद ही वापस मुंबई जाना था तो कार को भी ठीक कराना ज़रुरी था। ये अच्छा था कि कार स्टार्ट होने के बाद ज़्यादा रेज़ नहीं ले पाई थी। हालाँकि सारी बॉडी पीछे से पिचक गई थी पर इंजन में कोई ख़राबी नहीं आई थी। कार चालू हालत में थी तो कार को उसी समय ठीक करने के लिए एक जान-पहचान के मिस्त्री जिसका नाम कविराज था उसके गेराज में ले जाया गया और पापा के दो दिन जो वो घर में हम लोगों के साथ बिता सकते थे वो गेराज में काम कराते ही निकल गए। मुझे इस बात की खुशी थी कि मुझे डाँट बिलकुल नहीं पड़ी थी। पर इस बात का दुःख भी था कि मेरी नासमझी की वजह से ये एक्सीडेंट हुआ था और पापा के दो दिन बेकार हो गए।

कार को नया लुक देने के लिए एक बार पापा चांदनी चौक के जामा मस्जिद के चोर बाज़ार से उसकी खोलने और बंद होने वाली छत और उसको लगाने का पूरा सामान ले आए, फिर उसको लगाने के लिए दो दिन मैकेनिक के साथ बैठ कर वो लगवाई। पूरे शहर में वह अकेली ओपन कार थी जो चलती हालत में थी। उस कार से हमने बहुत सफर किया जिसमे ड्राइविंग का काम पापा ही करते थे और बहुत ही अच्छे तरीके से।

पापा का ज़्यादा समय बाहर ही निकलता था क्योंकि कहीं न कहीं प्रोग्राम होते रहते थे। जहाँ भी जाते थे वहाँ पर अपना कविता पाठ करने के बाद ही खाना खाते थे जो अक्सर बहुत देर से हुआ करता था। तब तक अक्सर उनकी भूख मर जाती थी मगर कुछ छुट-पुट ख़ाकर और अक्सर ही बाहर के खाने से ही ऊनका काम चलता था। वैसे भी घर के खाने में उनकी ज़्यादा रूचि नहीं थी। बाहर की चाट और मिठाई इत्यादि उनकी मनपसंद चीज़ें थीं।

जब हम कार से भी किसी दूसरे शहर जा रहे होते थे तो अम्मा कहती थी कि रास्ते के लिए कुछ बना लेते है पर पापा मना कर देते थे। अगर रास्ते में कोई चाट

वाला सड़क पर दिखाई दे जाता था तो कार रोक कर चाट खाते थे साथ में चल रहे सब लोगों को भी ज़बरदस्ती खिलाते थे। अगर दोपहर में खाने का समय हो गया होता था तो रास्ते में किसी ढाबे में बैठ कर खाना खाते थे। उनकी मनपसंद चीज़ थी ढाबे की कढ़ी जिसमें लाल मिर्च का तड़का लगा हो।

पापा ने इतना सफर किया है और भारत के विभिन्न शहरों में न जाने कितनी बार गए हैं कि उनको ज़्यादातर जगहों के प्रसिद्ध चाट वाले ओर मिठाई वालों के नाम और उनका स्थान मालूम थे। जब कभी हम लोग लम्बे सफर में साथ में होते थे माँ रास्ते में खाने के लिए साथ में खाना रखती थी पर पापा का फिर भी थोड़ी-थोड़ी देर में रुक कर बाहर की छुट-पुट चीजों का खाने का मन करता था। इस बहाने हमको भी उन सब चीज़ों का आनंद लेने को मिलता था। अगर मथुरा या आगरा जा रहे होते तो मथुरा के पेड़े, आगरा में पंछी की दुकान से पेठा, नमकीन और टिक्की, सीकरी में 100 परतों वाला परांठा, इगंलास की चमचम इत्यादि। मगर ये सब मेरे बचपन की बातें हैं। जब मैं पढ़ रहा था और कभी-कभी हम सब लोग पापा के साथ चले जाया करते थे तो पूरा सफर खाते-पीते और गप्पे मारते हुए निकल जाया करता था। मेरी शादी के बाद जब मैं हरिद्वार में नौकरी कर रहा था तो हम लोगों को डिप्टी मैनेजर बनने के बाद कार लेने की लोन की सुविधा मिल जाती थी तथा हरेक महीने इसके मेंटेनेंस के लिए भी कुछ सुविधा मिल जाती थी इसलिए ज़्यादातर लोग कार ले लेते थे। मैंने भी कार लेने के लिए मन बनाया मगर जो लोन मिलता था उसमे पुरानी कार ही मिल सकती थी तो पापा ने कहा कि नई कार ही लो जो पैसा कम पड़ेगा वो मैं दे दूँगा सो मैंने नई फिएट कार ले ली। पहले हम अलीगढ़ बस से जाया करते थे मगर उसके बाद हम कार से ही जाने लगे। कभी-कभी पापा अम्मा भी हमारे साथ आ जाया करते थे जब हरिद्वार आ रहे होते थे तो मेरठ में गोवर्धन की रेवड़ी, गज़क या नान खटाई। मुज़फ्फरनगर में शहर के अंदर जा कर एक अच्छी चाट वाली दूकान थी उस पर जा कर गोलगप्पे और टिक्की खाना कभी भी नहीं भूलते थे। मेरी पत्नी भी कहती है कि पापा के साथ सफर करने का आनंद ही अलग था!

पापा के मित्र थे दिगंबर देव वो अक्सर ही हमारे यहाँ आते थे और कुछ दिन ठहरते भी थे वैसे उनका घर इटावा के पास किसी गाँव में था। जब उनकी बेटी की शादी तय हुई तो उन्होंने पापा को निमंत्रण भेजा और आने के लिए काफी ज़ोर दिया। हम सब लोग पापा, अम्मा और मामा ने उसको अटेंड करने का मन

बनाया। कार तो हमारे पास थी ही और सफर भी बहुत ज़्यादा लम्बा नहीं था इसलिए परेशानी की कोई बात नहीं थी। हम सब लोग शादी में जाने के लिए चल दिए। रास्ते में एटा पड़ता था वहाँ से ताऊ जिनके घर पापा पढ़े थे वहाँ हम लोग थोड़ी देर के लिए रुके। ताऊ का छोटा बेटा मुकुल जो मेरे से थोड़ा ही छोटा था वो पापा से बहुत ज़्यादा घुला-मिला था उसने भी चलने के लिए कहा। कार में जगह थी ही तो हम सब लोग उसको लेकर शादी के लिए चल दिए और उसमे शामिल हुए। वहाँ पर दावत में आजकल की तरह से बहुत ज़्यादा चीज़ें नहीं थी पर खाने का स्वाद कुछ विशिष्ट ही था। दूसरे दिन हम सब लोग वापस अलीगढ़ के लिए चल दिए। अभी हम गाँव के अंदर ही थे कि हमारी कार का एक टायर पंक्चर हो गया तो स्टेपनी को निकाल कर लगा लिया गया। अब टायर को ठीक कराना भी ज़रुरी था क्योंकि बिना स्टेपनी के चलना ठीक नहीं था। मेन रोड अभी काफी दूर थी जहाँ पर टायर ठीक करने वाला मिल सकता था पर आस-पास वहाँ पर कोई दुकान नहीं थी। हम लोग ऐसे ही भगवान भरोसे चल दिए पापा जो़र-जो़र से गुनगुनाने लगे :

बजरंग बली मेरी नाव चली
जरा हत्ती कृपा की लगा देना

अभी हम थोड़ी दूर ही चले थे कि एक कील नए लगे टायर में लगी और दूसरा टायर भी पंक्चर हो गया। पापा ने हँसते हुए कहा, 'हनुमान जी आपसे हत्ती कहा था आपने तो कील ही लगा दिया!' अब हमारे पास एक ही रास्ता था टायर ठीक करवाएँ और उसके बाद आगे बढ़ें। टायर में पंक्चर चलती हुई सड़क पर हुआ था जहाँ आवाजाही थी और गाँव और शहर आने-जाने के लिए बस भी चलती थी तो एक बस रुकवा कर मामा उसमें टायर लेकर शहर गए जो वहाँ से करीब बीस मील दूर था। हम लोग एक पेड़ के नीचे बैठ कर उनके इंतज़ार में ताश खेलने लगे जो अक्सर साथ में होते थे। थोड़ी देर में मामा टायर ठीक करा के आए और हमने शहर जाकर पहले हमने दूसरा टायर ठीक करवाया तब हम लोग आगे बढ़े। मज़े की बात ये थी कि उस साल खरबूज़े की फसल बहुत ज़्यादा हुई थी और सड़क पर चारों तरफ खरबूज़ों के ढेर लगे हुए थे। आपको जानकर आश्चर्य होगा कि दाम था एक रुपए में पच्चीस किलो और कहीं-कहीं तो चालीस किलो भी मिल रहे थे! अच्छे दिन थे वे!

अध्याय 13

हरिद्वार में बिताए हसीं दिन और कुछ यादें

जो पल तुझको है मिला, समझ उसे वरदान
जी ले पूरी तरह तो, है पल सदी समान

अलीगढ़ यूनिवर्सिटी से 1974 अपनी इंजीनियरिंग करने के बाद मैं करीब एक साल तक बेकार रहा जिसकी वजह से मन में अवसाद था और घर वाले भी थोड़ा परेशान थे पर मैंने वो समय परिवार में लोगों से मिलने में बिताया। बीच में बिरला जी से मिलने के बाद मेरा सेंचुरी रेयान कल्याण में अपॉइंटमेंट हो गया पर परिवार में अम्मा तथा दादी नहीं चाहते थे कि मैं घर से इतना दूर जाऊँ तो मैंने वहाँ पर ज्वाइन नहीं किया। फिर थोड़े समय में पापा के किसी परिचित ने जो बरेली की रबर फैक्ट्री में बहुत अच्छे पद पर कार्य कर रहे थे, आश्वासन दिया कि यहाँ पर मेरी नौकरी लगने की काफी संभावना है, इस फैक्ट्री में मेरे दो कज़िन भाई भी काम करते थे तो परिवार वालो को ये सांत्वना थी कि मुझे वहाँ पर अकेलापन का अहसास नहीं होगा और दूसरी बात ये भी थी कि बरेली घर से पास भी था तो मैंने वहाँ पर इंटरव्यू दिया और मेरी नौकरी लग गई। अम्मा और चाची का वहाँ आने का मन था तो जल्दी ही एक मकान किराए पर ले लिया जिसमे मैं एक दोस्त के साथ रहता था। अम्मा और चाची वहाँ पर मेरे साथ रह जाती थीं। सब कुछ ठीक था पर मन में कही कसक थी कि अभी तक दोनों नौकरियाँ मुझे पापा की जान-पहचान की वजह से मिली हैं मेरी योग्यता की वजह से नहीं इसलिए मैं वहाँ से अपनी योग्यता के बल पर नौकरी पाने और वहाँ से निकलने का प्रयास कर रहा था। फिर मैंने अपने और दोस्तों के साथ भेल का टेस्ट दिया और और बरेली में सिर्फ छह महीने नौकरी करने के बाद उसमे सिर्फ मेरे सफल होने के उपरान्त मेरी नौकरी हरिद्वार में लग गई और जनवरी 1976

में मैंने वहाँ पर ज्वाइन कर लिया। यह नौकरी पाने के बाद मन में एक अलग-सा संतोष था कि ये मेरी योग्यता और कॉम्पटीशन के बाद मिली है।

हरिद्वार एक पुराना शहर है जिसके आगे पहाड़ों का सिलसिला शुरू हो जाता है और जिसके आगे बहुत से तीर्थ स्थान हैं शायद इसलिए इसे हरी का द्वार कहा जाता है। हरिद्वार में नौकरी लगने से माँ और चाची बहुत प्रसन्न थीं उनकी खुशी का कारण था हरिद्वार का एक पवित्र नगरी होना। उनको ये विश्वास था कि वो लोग वहाँ जा कर आराम से मेरे पास रह पाएँगी और गंगा में भी जब चाहे तब स्नान कर पाएँगी। गर्मियों में चाचा-चाची, अम्मा करीब एक महीने के लिए हरिद्वार आते थे और पापा करीब दस या पंद्रह दिन के लिए। वे अपने प्रोग्राम इस हिसाब से रखते थे कि सब के यहाँ आ जाने के बाद वो कभी बीच में आ जाते थे और कुछ दिन रुकने के बाद फिर सीधे किसी कवि सम्मेलन में चले जाते थे या सारे लोग एक साथ आ जाते थे और पापा कुछ दिन रुकने के बाद चले जाते थे और बाकी सारे लोग रुक जाते थे। फैक्ट्री जब लगी थी तब कर्मचरियों के लिए मकान बनाए गए थे जिसमें समय-समय पर बढ़ोतरी होती रही थी पर जब मेरी नौकरी लगी थी तब भी भेल की टाउनशिप में इतने मकान नहीं थे कि सारे कर्मचारी वहाँ रह सके तो हरिद्वार में मकान लेके रहना पड़ता था। जहाँ मैं रहता था वो बिलकुल स्टेशन के पास था, इसलिए माँ और चाची कभी-कभी ट्रेन से अकेली भी आ जाती थीं और स्टेशन से पैदल ही घर पर आ जाती थीं। उस घर से गंगा का घाट 100 मीटर से ज़्यादा नहीं था तो वो लोग अक्सर गंगा स्नान के लिए चले जाते थे।

कुछ दिनों के बाद मुझे टाउनशिप में दो कमरों का एक मकान मिल गया और में वहाँ पर शिफ्ट हो गया। मकान छोटा था पर उसके आगे बहुत बड़ा लॉन था जिसके चारों तरफ हेज लगी हुई थी और बाहर से कुछ दिखाई नहीं देता था। उन दिनों हरिद्वार में बहुत ज़्यादा गर्मी नहीं पड़ती थी और शाम को मौसम बहुत ही आनंददायक होता था। जब भी पापा आते थे तो उनको उस लॉन में खाट डाल कर लेटना बहुत अच्छा लगता था। कभी-कभी पापा से मिलने मेरे सीनियर भी आते थे और वो पापा को अपने घर पर बुलाते थे। कुछ के घर काफी बड़े होते थे जबकि रहने वाले पति-पत्नी ही होते थे क्योंकि उनके बच्चे बाहर पढ़ने गए होते थे। तब पापा अक्सर मुझसे पूछते थे कि तुम्हें कब तक ऐसा मकान मिलेगा। मैं बताता था कि अभी तो काफी समय लगेगा। एक बार हम लोग किसी से मिलने गए थे तो पापा ने उनका मकान देखने के बाद कहा कि उनका घर तो बहुत बड़ा है और रहने वाले

कम है और वो लोग जो अभी छोटे पद पर है उनका मकान छोटा है और परिवार बड़ा है, यह क्या विडंबना है? जैसे-जैसे आदमी उन्नति करता जाता है उसका परिवार छोटा होता जाता है मकान बड़ा होता जाता है। उनका कहने का मतलब ये था कि मनुष्य जब सफलता के शिखर पर पहुँचता है तब वो सब संगी-साथियों से दूर होता चला जाता है तथा अकेला पड़ जाता है।

हरिद्वार में नौकरी करते हुए मुझे चौदह साल हो गए थे अब यहाँ का प्राकृतिक वातवरण, आस-पास पर्वत श्रिंखला, सुखद मौसम, गंगा की ठंडी जलधारा तथा भेल में कार्य करने की स्वतंत्रता एवं अच्छी कार्य शैली मन को अच्छी लगने लगी थी और हाल-फिलहाल इस स्थान को छोड़ कर कहीं और जाने का मन नहीं था। हम लोगों को टाउनशिप में मकान तो मिल गया था पर उन दिनों भेल में आवास की काफी समस्या थी तथा ज़्यादातर हम जैसे नए-नए लोगों को टाउनशिप में अपने पद के अनुसार मकान नहीं मिल पा रहे थे। उनको अपनी ज़रुरत के हिसाब से हरिद्वार या ज्वालापुर में रहना पड़ रहा था। इस समस्या को देखते हुए भेल ने आवास विकास वालों से बात करके कुछ ज़मीन पर उनसे मकान बनवा करके भेल के लोगों को ये सुविधा दिलवाई थी। कुछ को प्लाट दिलवाए थे। यह सुनकर पापा ने कहा था कि तुम भी ले लो तो मैंने भी एक प्लाट ले लिया था।

उन दिनों अलीगढ़ में जातीय दंगे बहुत हो रहे थे पापा ने कहा कि तुम वहाँ पर एक मकान बना लो यहाँ पर अगर ज़्यादा परेशानी हुई तो हम वहीं पर रहने आ जाएँगे। मेरे छोटे चाचा-चाची जो मुझे बहुत प्यार करते थे और जिनका काफी समय हमारे साथ ही बीता था, ने भी हरिद्वार में रहने की इच्छा व्यक्त की तो मैंने एक बड़ा-सा मकान बनाना शुरू कर दिया जिससे सब की आवश्यकता पूरी हो जाए। कुछ पैसा जमा था, कुछ पापा से लिया मगर अभी भी कमी थी तो बैंक से लोन भी लिया। पापा ने जब मकान बनाया था तो उसके बाद इनकम टैक्स का नोटिस आया था तो पापा ने मुझसे कहा कि जो भी सामान ख़रीदो उसकी रसीदें सारी अपने पास संभाल के रखना तथा काम में जल्दी नहीं करना। जैसे-जैसे लोन मिलता जाए वैसे-वैसे ही बनाना। ये 1992 की बात है जब मेरा मकान जो मैंने 1990 में बनाना शुरू किया था बन कर तैयार हो गया था और अब हम लोग उसमे शिफ्ट करना चाह रहे थे। पंडितों से बात करके पापा की सुविधानुसार जब वो आ सकते है 16 मई का शुभ मुहूर्त निकाला गया और सब रिश्तेदारों को इसके बाबत सूचना दे कर आमंत्रित किया गया।

उन दिनों पापा के गॉल ब्लैडर में स्टोन था जिसकी वजह से उनको दर्द रहता था जो कभी-कभी बहुत बढ़ जाता था। काफी दवाएँ ली पर कोई ख़ास फायदा नहीं हुआ था। अब एक ही रास्ता था की ऑपरेशन किया जाए। मैंने पापा से कहा था की ऑपरेशन या तो हरिद्वार में करा लो या वहाँ जब भी करना हो तो मुझे बता देना मैं वहाँ पर आ जाऊँगा। पापा की इच्छाशक्ति और उनके आत्मविश्वास की तारीफ करनी पड़ेगी कि वे अकेले ही ऑपरेशन कराने चले गए और मुझे तो बताया ही नहीं! उन्हें पता था, हरिद्वार में मेरे घर का गृहप्रवेश होना है। पापा अपना ऑपरेशन करवाने के बाद तीसरे दिन ही मेरे पास हरिद्वार आ गए और फिर बताया कि मैंने ऑपरेशन करा लिया है। बहुत ही बुरा लगा लेकिन क्या कर सकता था संतोष ये था कि भगवान की कृपा से ऑपरेशन सफल था और पेट पर सिर्फ एक छोटा-सा छेद था जो कुछ दिनों ड्रेसिंग करने के बाद ठीक हो गया। अम्मा और पापा के साथ-साथ मेरा छोटा साला और भतीजा भी गृहप्रवेश के कुछ दिन पहले ही आ गए थे, उस समय हम भेल के क्वार्टर में रहते थे।

हमारे घर के पास ही करीब 100 मीटर की दूरी पर हफ़्ते में दो दिन एक बाज़ार लगता था जिसको पैठ न बोल कर पीठ बोलते है जिसमे सब्ज़ी, फल और घर में प्रयोग होने वाले सारे सामान आसानी से मिल जाते थे। हम वहाँ से जाकर पूरे तीन दिन का सामान ला कर फ्रिज में रख लेते थे जिसके बाद हमको बाजार जाने की जरुरत नहीं पड़ती थी। एक बार की बात है कि पापा को तरबूज़ खाने का मन किया तो उन्होंने मेरे साले को जिसका नाम संजू है कहा जाओ और पीठ से एक बहुत अच्छा-सा तरबूज़ ले आओ। संजू और मेरा भतीजा दोनों गए और थोड़ी देर में एक तरबूज़ ले कर आए पापा ने कहा कि टांकी लगवाई थी कि नहीं? ये कहने पर हाँ, उन्होंने कहा दिखाओ और देखने के बाद कहा कि ये एक दम लाल नहीं है और थोड़ा कच्चा है इसको बदल करके दूसरा ले कर आओ तथा टांकी बड़ी लगवाना जिससे उसके लाल रंग का पता ठीक से चल जाएगा और अगर हो सके तो चख कर देख लेना। जैसे आजकल के बच्चे इन छोटी-मोटी चीज़ों पर ध्यान नहीं देते है ये लोग भी उसी श्रेणी में आते थे इसलिए ये बात उनको रास नहीं आई पर मना कर नहीं सकते थे इसलिए वो दोनों थोड़ी देर में वापस चले गए। करीब आधे घंटे के बाद वो दोनों वापस आए और तरबूज़ पापा के सामने रखा। पापा ने देखा और शाबाशी दी कि देखो ये तरबूज़ कितना अच्छा है और नसीहत दी कि ऐसे ही देख कर लेना चाहिए। रात को जब हम लोग सब छत पर सोने के लिए गए तो संजू ने मुझसे कहा

कि उसे एक बात बतानी है। फिर उसने बताया कि जब तक हमलोग पीठ पहुँचे वो दुकानदार अपना सारा सामान बेच कर चला गया था। अब हमारी समझ में नहीं आ रहा था कि हम क्या करें। तो सबसे पहले हमने वहाँ बैठ कर गन्ने का रस पिया। फिर सोचा कि क्या किया जाए। हमने एक दूसरे फल वाले से एक चक्कू लेकर टांकी को बड़ा किया और वही तरबूज़ लेकर हम वापस आ गए और हमने अंकल से झूठ बोला कि हम बदल कर लाए हैं। मैंने कहा, 'तुमको झूठ नहीं बोलना चाहिए था, सच बात बता देना चाहिए था, पापा कुछ नहीं कहते। चलो कोई बात नहीं एक-दो दिन में बता देना।' दो दिन बाद फिर तरबूज़ लाने की बात हुई तो पापा ने कहा संजू ही ले कर आएगा, वो पिछली बार अच्छा लाया, तब संजू ने पूरी बात सच-सच बता दी। पापा, जैसा मुझे अनुमान था, सुन कर खूब हँसे और उन्होंने संजू से बस इतना कहा कि जब भी तरबूज़ या खरबूज़ा लो तो कटवा कर देखो कि उसके अंदर कि रंगत कैसी है उससे उसकी मिठास के बारे में थोड़ा अनुमान हो जाता है।

इस घटना का उल्लेख मैंने यहाँ इसलिए किया कि इसके माध्यम से मैं पाठकों को यह बताने का प्रयास कर रहा हूँ कि नीरज जी का मन बहुत ही सरल था और यह जानते हुए भी की दूसरा व्यक्ति उनसे छल कर रहा है, उनके मन में कोई दुर्भावना नहीं रहती थी। वे हरेक घटनाओं को बच्चों का बचपना मानकर माफ कर देते थे। ये बड़प्पन उन्होंने जीवनभर निभाया।

गृहप्रवेश के बाद सब लोग चले गए और नए घर में पापा और अम्मा सहित हम छह प्राणी रह गए। मेरा जन्मदिन आने वाला था तो पापा हरिद्वार ही रुक गए। ये पहला मौका था कि पापा इतने दिन हमारे पास थे। जन्मदिन वाले दिन ये तय हुआ आज घर पे खाना नहीं खाएँगे, हम सब को बाहर खाना खिलाने ले जाएँगे। पापा ने कहा ठीक है और हम लोग बिना किसी विशेष तैयारी के जैसे बैठे थे वैसे ही चल दिए कि आस-पास कहीं भी खाना खा लेंगे। पापा ने कुर्ता पहना और जो चप्पलें पहने बैठे थे वैसे ही चल दिए। आस-पास टाउनशिप में जो भी खाने के स्थान थे वे सब बहुत छोटे थे एक कमरा जिसमें बीस लोग बैठ सकते है और बाहर खुले में इंतज़ार करने के लिए कुछ कुर्सियाँ। संयोग से सभी भरे हुए थे और उनमे बैठेने का स्थान भी नहीं था। साथ ही गर्मी भी बहुत थी। पापा को वैसे भी इंतज़ार करने की आदत नहीं थी तो सब सोचने लगे कि क्या किया जाए। दो ही रास्ते थे। घर जा कर खाया जाए या हरिद्वार में जाया जाए। रंजना, मेरी पत्नी और अम्मा ने कहा कि जब घर से निकल लिए हैं तो बाहर ही खा कर चलेंगे नहीं

तो घर पहुँच कर खाना बनाने में बहुत टाइम लग जाएगा। बच्चे भी बाहर ही जाना चाहते थे। पापा को सब की बात माननी पड़ी। हम उस समय का जो हरिद्वार का सबसे अच्छा होटल, होटल सरप्राइज़ था और जो हमारे घर के सबसे पास था, वहाँ पहुँच गए। होटल को देख कर पापा को लगा कि शायद उन्होंने होटल के अनुरूप सही कपड़े पहने नहीं थे और ये भी मन में शंका थी कि कहीं जेब में रखे रुपए कम न पड़ जाएँ। मन की शंका से मुझे अवगत कराया, तो मैंने बताया कि यह इतना महँगा होटल नहीं है और यह यहाँ पर सब तरह के लोग आते-जाते हैं तो कोई चिंता की बात नहीं है। हम लोग अंदर गए और टेबल पर बैठ कर आर्डर देने लगे। वहाँ हॉल के अंदर एक छोटा-सा स्टेज बना हुआ था, जिस पर उस समय एक ग्रुप, जो देहरादून से आया था, उनमें से एक गाना गा रहा था। ज़्यादातर गाने फिल्मी थे। शायद उनमें से किसी ने पापा को पहचान लिया और उसने पापा की फिल्मों के गाने गाने शुरू कर दिए। एक गाना सुन कर लगा कि संयोग होगा पर जब लगातार पापा के ही गाने सुनाने लगे तब लगा कि उसे पता चल गया है और उसकी पुष्टि तब हुई जब उसने पापा के पास आकर ऑटोग्राफ़ माँगा। पापा को उसका गाना अच्छा लगा तो उन्होंने उसको ऑटोग्राफ़ तो दिया ही साथ ही उसे आशीर्वाद भी दिया।

हरिद्वार में आप पाएँगे कि गर्मियों के दिनों में, सड़क के दोनों तरफ आम वाले लाइन से बैठे रहते है और जिस तरह से वो आम को रखते है उसको देख कर ज़्यादातर लोग वहाँ रुक जाते हैं। पापा को आम का बहुत ज़्यादा शौक था अगर अच्छे आम होते थे, तो उन्हें रोटी की जरुरत नहीं पड़ती थी, वे आम और दूध पीकर ही अपना पेट भर लेते थे। जब पापा हरिद्वार आते थे उनकी गाड़ी आमों से भरी हुई होती थी। कम से तीन-चार तरह की किस्मों के आम जैसे गुलाब, दशहरी, लंगड़ा और देसी और बीस से चालीस किलो तक लाते थे। फ्रिज में सब जगह खाली कर दी जाती थी और उसमें आम ही आम भर दिए जाते थे। दोपहर और रात के खाने से पहले काफी सारे आम फ्रिज़ से निकालकर एक पानी भरी बाल्टी में डाल दिए जाते थे और खाने के बाद आम खाने का कार्यक्रम शुरू होता था। रंजना कुछ आम काट कर प्लेट में रख देती थी पर पापा को उसमें मज़ा नहीं आता था। उन्हें बाल्टी से आम निकाल कर उसको दबा-दबा कर ढीला करना और फिर उसको चूसना ज़्यादा पसंद था। शुरू के कुछ दिनों के बाद ही रंजना को ये बात समझ में आ गई तो प्लेट में आम कटने बंद हो गए और पूरी बाल्टी ही पास में रख

दी जाती थी। पापा को जितना आम खाने का शौक था उतना ही खिलाने का भी। खुद तो खाते ही थे सबको बाल्टी में से निकाल-निकाल कर ज़बरदस्ती भी खिलाते थे। एक आम निकालते थे, उसको सूंघते थे और अगर खुशबू अच्छी हुई तो दबा करके ढीला करते फिर किसी को देते कि 'खाओ बहुत अच्छा है।' इस तरीके से सबको दो-दो, तीन-तीन आम खिला देते थे फिर कहते 'अब इसके ऊपर दूध पी लो नही तो कब्ज़ हो जाएगा।'

एक बार रंजना का भतीजा जो आजकल अमेरिका में कार्यरत है, अपनी इंजीनियरिंग की पढ़ाई के दौरान यहाँ पर भेल में एक महीने के लिए गर्मियों में ट्रेनिंग के लिए आया और हमारे पास हमारे घर में ही रुका। अम्मा तथा चाची एवं चाचा जो हर साल गर्मियों में हमारे पास आते थे, उस समय हमारे पास आए हुए थे। कुछ समय बाद पापा भी हरिद्वार आ गए। हम सब एक साथ डाइनिंग टेबल पर नहीं बैठ सकते थे तो ज़मीन पर चादर बिछा कर खाना लगाया जाता था और सब नीचे बैठ कर खाना खाया करते थे। यह उसके लिए बिलकुल ही नया अनुभव था। क्योंकि उसके पिता जी यानी मेरे साढू उस समय मिलिट्री में कर्नल थे जिनके रहन-सहन एवं खाने पीने के तरीके हम सिविलियन से बिलकुल अलग ही होते है और उनके यहाँ खाना डाइनिंग टेबल पर ही खाया जाता था। खाने के बाद आम खाने का कार्यक्रम शुरू होता था। भतीजे को भी पापा ने खूब मनुहार कर-करके खूब आम खिलाए वह मना नही कर पाता था, तो उसने भी काफी आम खाए। जब वह वापस अपने घर गया तो वहाँ जाकर बोला कि इस बार मैंने मौसी के यहाँ इतने आम खा लिए हैं कि अभी तक ज़िंदगी में कभी नहीं खाए और इस सीज़न का तो मेरा कोटा पूरा हो गया और अब मैं इस सीजन में तो आम नहीं खाऊँगा। ऐसा था पापा का आम की तरफ प्रेम।

***

पापा ने मकान बनने से पहले मुझसे कहा था कि सारे सामान की रसीदें अपने पास रखना और खर्च का हिसाब और वो पैसा कहाँ से आया है इसका पूरा विवरण तुम्हारे पास होना चाहिए क्योंकि उनको अंदेशा था कि जैसा उनके साथ हुआ है वैसा मेरे साथ भी हो सकता है और इनकम टैक्स वाले मुझे नोटिस भेज सकते हैं। उनका अंदेशा बिलकुल सही निकला और दो साल बाद मेरे पास इनकम टैक्स से नोटिस आ गया कि आप अपने नक़्शे के साथ ऑफिस में आ कर मिलें। मैं पहले तो बहुत

घबराया कि न जाने क्या हो क्योंकि जो लोग नियम कानून का पालन करते हैं वो लोग उससे डरते भी है बाकी जो इन कामों में लगे होते हैं उनको उससे निकलने के सारे रास्ते मालूम होते हैं। उनकी सब जगह जान-पहचान भी होती है। बाद में मुझे लगा कि मुझे तो कोई परेशानी नहीं होगी क्योंकि पापा के बताए अनुसार मेरे पास सारे कागज़ थे, पर यह मेरी भूल थी।

नियत समय पर सारे कागजों के साथ ऑफिस गया तो पहली कमी ये बताई गई कि नक्शा आपको उनके अप्रूव्ड नक्शा नवीस से बनवाना पड़ेगा। जो हमारा नक्शा था वो हमारे भेल में सिविल विभाग में काम करने वाले सज्जन ने बनाया था और वो नगर पालिका से अप्रूव्ड भी था मगर ऑफिस वाले उसको नहीं मान रहे थे। मैंने एक नया नक्शा बनवाया और लेकर गया। इसी बीच ऑफिसर को पता चल गया था कि नीरज जी का बेटा हूँ तो उसने पापा के बारे में बात की और मुझसे पूछा कि क्या मेरे पास पापा की कविताओं की कोई किताब है? मेरे हाँ कहने पर उसने कहा कि मुझे पढ़ने के लिए दीजिएगा, मेरे पास हरिद्वार में दो किताबें थी, वो मैंने उसे दे दीं। मुझे पता था कि ये मुझे अब वापस नहीं मिलेगीं। मैंने उन सज्जन से पूछा कि मेरा ही नाम क्यों आया जबकि मेरे सारे दोस्तों ने मकान बनाए हैं तो उसने बताया कि नोटिस के लिए नाम एट रैंडम निकाले जाते हैं किसी विशेष के नहीं। जब मैंने पूछा कि हमारे हरिद्वार में जो नेता हैं जिनकी बहुत सारी ज़मीन-जायदाद है, उनके नाम क्यों नहीं आते? हम नौकरीपेशा लोगों के ही क्यों आते हैं? जबकि हम लोग टैक्स भी देते हैं। इसका उसके पास कोई जबाब नहीं था। मैंने कहा कि मेरे पास सारी रसीदें हैं जो मै आपको दिखा सकता हूँ। तो उनका जवाब था कि अगर हम देखने पर आए तो आप सारे कागज़ नहीं दिखा पाएँगे इसलिए अच्छा है कि आप कुछ रुपए देकर मामले को यहीं ख़त्म कर दें। मैं यह जान गया कि बिना कुछ दिए काम नहीं चलेगा। मन ही मन बहुत दुःखी हुआ पर मुझमे पापा जितनी इच्छाशक्ति एवं लड़ने की ताकत नहीं थी। यहाँ ये घटना इसलिए बताना चाह रहा हूँ, कि लोग कहते है कि साँच को आँच नहीं वो आज के परिपेक्ष में सही नहीं है क्योंकि कि सब जगह भ्रष्टाचार ने इतनी गहरी जड़े जमा ली हैं, कि उन जड़ों को उखाड़ना आसान काम नहीं है। ऑफिसरों को भी अपने मातहतों पर अंकुश लगाने में मुश्किल का सामना करना पड़ता है।

अध्याय 14

गर्मियों में पहाड़ के मज़े

कहाँ रे हिमालय ऐसा कहाँ ऐसा पानी
यहीं वो ज़मीं जिसकी दुनिया दिवानी
सुंदरी न कोई जैसी है धरती हमारी
प्रेम के पुजारी . . .

भारत में शायद ही कोई ऐसा बड़ा शहर होगा जहाँ पर नीरज जी का कार्यक्रम न हुआ हो, अपने काव्यपाठ की इस यात्रा में नीरज जी ने न जाने कितना सफर अपनी चिरस्थायी संगिनी एक सूटकेस और कुछ साथी कवियों के संग किया है। न जाने जीवन के कितने दिन बस, टैक्सी, कार और ट्रेन, जिनकी हालत आज से कुछ साल पहले बहुत अच्छी नहीं थी के साथ किया होगा। शायद वो सुख जो परिवार के साथ सफर करने और उनके साथ कुछ अवकाश के पल बिताने का मन जो हर एक मनुष्य की कामना होती है उससे नीरज जी वंचित ही रहते थे। बचपन से ही अपने परिवार से विछोह तथा घर से दूर रह कर पढ़ाई करना उस समय की आवश्यकता थी क्योंकि उस समय जीवन में कुछ बनना था पर अब जब सबकुछ पा लिया था और जीवन में एक अच्छा मुकाम हासिल कर लिया था तब कवि सम्मेलनों में अपनी व्यस्तता के चलते उनके पास समय नहीं था इसलिए जब भी मौका मिलता था तो वो चाहते थे कि कुछ दिन कहीं जा कर हम लोगों के साथ बिताएँ। उनको अपने दायित्यों का पूरा ज्ञान था, स्वयं उन्होंने पूरा भारत घूमा हुआ था पर परिवार के साथ किसी रमणीक स्थान पर जाना, जिससे हम लोग भी उनके साथ कुछ ज़्यादा समय बिता सके उन्हें पसंद था। इन यात्राओं में उनका कुछ दूसरा ही रूप देखने को मिलता था। ज़िंदगी की आपा-धापी भरी व्यस्त दिनचर्या में आदमी सबकी और

अपनी ज़रुरतों को पूरा करने में इतना मशगूल हो जाता है कि अपने परिवार को उचित समय नहीं दे पता जिसके वो हक़दार होते हैं। पापा भी सफलता की सीढ़ियाँ चढ़ रहे थे तो व्यस्तता बहुत ज़्यादा थी जिसके कारण उनका ज़्यादातर समय बाहर ही निकलता था। पर गर्मियों में प्रोग्राम थोड़े कम होते थे तो उनको इतना समय मिल जाता कि जो वो हमारे साथ गुज़ार ले। हम सब लोग इसका बहुत बेसब्री से इंतज़ार करते अक्सर चाचा और उनके बच्चे ही अलीगढ़ आ जाते थे, कभी-कभी ऐसा होता था कि हम सब लोग कहीं बाहर चले जाते थे। उस समय भारत में घर के बाहर छुट्टियाँ बिताने जाना बहुत ही कम होता था जबकि विदेश में ज़्यादातर लोग कुछ दिन ज़रुर बाहर निकलते हैं जिससे मन तरोताज़ा हो जाता है और काम करने में नई ऊर्जा आ जाती है। आजकल लोग इस बात के समझने लगे हैं और लोगों का अपने परिवार के साथ घूमना बढ़ता जा रहा है। पहले विदेश जाना बहुत बड़ी बात होती थी पर अब तो विदेश घूमने जाना आम बात हो गई है।

गर्मियों की छुट्टियाँ थीं। शायद 1960 की बात है। मैं उस समय सात या आठ साल का था। जैसा कि अक्सर गर्मियों कि छुट्टी में होता था मेरे दोनों चाचा एवं उनके परिवार, सब लोग अलीगढ़ आए हुए थे। कश्मीर जाने का प्रोग्राम बना। मैं, अम्मा, पापा और दोनों चाचा साथ में चले। बड़े चाचा ने अपने परिवार को साथ नहीं लिया था क्योंकि वो दो साल पहले वहाँ हो आए थे। उस समय जम्मू से श्रीनगर का रास्ता बहुत लम्बा और घुमावदार था जिसको तय करने में पूरा दिन निकल जाता था, जिसमें शायद अब कुछ सुधार हुआ है। बहरहाल, रास्ते में सब दर्शनीय स्थल देखते हुए हम लोग शाम को श्रीनगर पहुँचे। रास्ते में माँ और छोटे चाचा की तबियत थोड़ी ख़राब हुई। पर आलूबुखारे के साथ काले नमक और नींबू के सेवन से काफी फायदा हुआ।

अब हमारे पास दो विकल्प थे कि हम किसी होटल में रुकें या हाउस बोट में। जब हम पिछली बार आए थे तो चाचा ने वहाँ पर एक मकान पंद्रह दिन के लिए किराए पर ले लिया था, तो इस बार सबका कहीं और रुकने का मन था। संयोग से, बस स्टैंड पर ही एक हाउस बोटवाला मिल गया और हम लोग उसके साथ उसकी हाउस बोट देखने चल दिए। उसकी हाउस बोट काफी अच्छी थी तथा किराया भी ठीक था तो हम लोग उस हाउस बोट में रुक गए। बोट वाले का एक लड़का मेरी ही उम्र का था। वो मेरा दोस्त बन गया और खाली समय में हम दोनों साथ में खेला करते थे। एक दिन सब लोग बाहर जाने के लिए तैयार हो रहे थे जबकि मैं तैयार हो चुका था या यह कहना चाहिए कि कर दिया गया था। 'मैं अपने नए दोस्त के पास खेलने गया पर वो अपने अब्बा

के साथ रोटियाँ बना रहा था तो मैं अकेले ही हाउस बोट के बाहर खेलने लगा। अगर आपने कोई हाउस बोट देखी हो तो आपको याद होगा कि उसके चारों और एक चार इंच की पट्टी होती है जो बाकी बोट के तल से छह इंच ऊँची उठी होती है। मैंने उसके ऊपर चलाना शुरू कर दिया पर मैं अपना बैलेंस नहीं बना पाया और डल लेक के अंदर गिर गया। घर के सब लोग अंदर थे इसलिए किसी को पता नहीं चला। मैं डल लेक की गहराईयों में जाने लगा। मुझे तैरना बिलकुल नहीं आता था इसलिए बाहर निकलने का कोई प्रश्न ही नहीं था। शुक्र है कि हाउस बोट में रोटी बना रहे उसके मालिक ने मुझे देख लिया। उसके पास उस समय किसी को आगाह करने का समय ही नहीं था, वो रोटी बनाना छोड़ कर भागा और पानी में कूद गया और मुझे बाहर निकाल आया। उसके बाद उसने सबको आवाज़ दी। सब बाहर निकल कर आए तो देखा कि मैं बोट की सतह पर पानी से तर-बतर लेटा हुआ था। कुछ पानी मेरे पेट में भी चला गया था जिसको उसने मेरा पेट दबाकर निकाल दिया और मैं होश में आ रहा था। सबकी हालत बहुत ही ख़राब हो गई। जैसा अमूमन होता है पापा ने मेरी माँ को दोष देना शुरू कर दिया कि एक बच्चे को भी नहीं संभाल सकतीं अगर कुछ हो जाता तो? बोटवाला बोला 'बाबुजी दोष सबका है, पर आप इसको भूल जाएँ क्योंकि बच्चे को कुछ नहीं हुआ है और आप ऊपर वाले का शुक्र मनाएँ कि मैंने उसको गिरते हुए देख लिया नहीं तो कुछ भी हो सकता था। झील में बहुत लम्बी-लम्बी घास है और अगर उसमे कोई आदमी फंस जाए तो निकालना बहुत मुश्किल हो जाता है।' घर वालों ने उसको काफी कुछ देना चाहा पर उसने लेने से इंनकार कर दिया। वह बोला कि ये मेरे बच्चे की तरह से है, क्या मैं अपने बच्चे की जान नहीं बचाता! उस समय तो मेरी समझ में नहीं आया पर आज सोचकर लगता है कि मेरी जान किसी की दी हुई है और आदमी अपनी सोच से बड़ा होता है धन दौलत से नहीं। आजकल कश्मीर और देश के हालात देखकर लगता है कि क्या ऐसे लोग अब कहीं नहीं हैं जो सबको प्यार की नज़र से देखते थे जिनके लिए इंसानियत सबसे बड़ी चीज़ होती थी न कि कोई मजहब या कोई कौम। बहरहाल, उसके बाद मुझे सख़्त ताकीद दी गई कि तुम पानी के पास नहीं जाओगे। उसका परिणाम यह है कि मैं कभी तैरना नहीं सीख पाया, जबकि हमारे घर में सब अच्छे तैराक हैं।

***

सन 1964 मैं तब 8वीं क्लास में राजकीय इंटर कॉलेज में पढ़ता था, गर्मियों की छुट्टियाँ थी अक्सर मैं और माँ, नाना के पास कन्नोज चले जाया करते थे और सारी

छुट्टियाँ वहीं बिता कर आते थे। लेकिन इस बार पापा, नारायन चाचा, ताऊ, माँ, जिया और मामा के साथ अल्मोड़ा जाने का प्रोग्राम बना। चाचा के परिवार में पाँच बच्चे हैं दो लड़कियाँ और तीन बेटे। चाचा को घूमने का बहुत ही शौक था इसलिए कभी-कभी वो अकेले ही निकल पड़ते थे जबकि ताऊ घर को छोड़ कर कहीं नहीं जाते थे। ताऊ का परिवार भी बहुत भरा-पूरा परिवार है उनकी पाँच लड़कियाँ और तीन लड़के हैं जो उस समय काफी छोटे थे और वो उसी में रमे हुए थे। पापा के काफी समझाने और ये बताने पर कि जिया भी साथ में चल रही हैं, वो चलने को राज़ी हुए। अभी हम लोग अल्मोड़ा के पास तक पहुँचे ही थे की ताऊ को घर की याद सताने लगी और वो वापस जाने की बात करने लगे पर उन्हें फिर समझा-बुझा कर शांत करा लिया गया। हम लोग वहाँ के अम्बैसिडर होटल में ठहरे। शाम को अम्मा और दादी को कमरे में ही छोड़ कर हम लोग मैं, पापा, दोनों चाचा, ताऊ और मामा दिशा मैदान के बहाने काफी दूर तक जंगलों में चले जाते थे और प्राक्रतिक वातावरण और सुंदर दृश्यों का अवलोकन किया करते थे। ताऊ ने कुछ दिनों तक ग्वालियर के जंगलातों में काम किया था तो वे हम सब को शिकार के किस्से सुनाया करते थे। हमारे पास जिम कॉर्बेट की *मेन ईटर्स ऑफ़ कुमाऊ* किताब थी। पैदल चलते हुए किसी जगह की तलाश में टाइम पास करने के लिए शिकार के और उस किताब के किस्से जिसमें से कुछ ताऊ को याद थे, सुनाए जाते थे। पाँच-छह किलोमीटर का आना-जाना हो जाता था, पर हमें कोई जानवर नहीं मिला। एक-दो बार लोमड़ी जरुर दिखाई दी। हम सब पिंडारी ग्लेशियर भी जाना चाहते थे, पर किसी कारणवश जा नहीं पाए।

अल्मोड़ा से हम लोग सुमित्रा नंदन पंत जी के शहर कौसानी गए पर एक दिन ही रुके। उसके बाद गरूण जाने का प्रोग्राम बना जो की पैदल रास्ते से सात किलोमीटर था और बस के रास्ते से शायद बाइस किलोमीटर। माँ, जिया और मामा को सामान के साथ बस में चढ़ा दिया गया और हम लोग पैदल ही चल दिए। बहुत-ही सुंदर रास्ता था—चारों तरफ चिनार के पेड़, छोटे-छोटे झरने तथा कहीं-कहीं पानी इकठ्ठा हो कर एक छोटा-सा पोखर बन गया था। रंग-बिरंगी तितलियाँ एवं पक्षी, सब लोग प्रकृति के सौंदर्य से अभिभूत थे। मौसम ठंडा था तथा चारों तरफ प्रकृति की सुंदरता बिखरी हुई थी इसलिए कोई थकान ही नहीं हुई। हम लोगों को रास्ते का पता ही नहीं चला। बातें करते-करते और प्राक्रर्तिक दृश्यों को निहारते-निहारते हम लोग तीन घंटे में गरुण पहुँच गए। माँ और मामा बस स्टैंड पर हमारा

इंतज़ार कर रहे थे। मुझे इस बात का दुःख हुआ कि बस में जाने की वजह से, माँ और मामा उस सौंदर्य का रसास्वादन उस तरह नही कर पाए जैसा हमने किया। वहाँ से आगे जागेश्वर जाना था पर ताऊ को फिर घर की याद सताने लगी और वो कहने लगे की मैं तो वापिस जाऊँगा। वे उनको बहुत समझाने की कोशिश की गई पर वे रुकने को तैयार ही नहीं हो रहे थे। नारायन चाचा जागेश्वर या धरमशाला जाने की बात कर रहे थे और ताऊ गाज़ियाबाद वापस जाने की।

पहले समय में बाहर जाने के लिए अपने बिस्तरे साथ ले जाया करते थे, और उनको एक होल्डॉल में बाँध कर ले जाया जाता था। हमारे साथ भी ऐसा था। दो होल्डॉल में सबके लिए गद्दे और लिहाफ़ बंधे हुए थे। पहले यह तय हुआ की ताऊ और मामा वापस चले जाते हैं तो दो बिस्तरों को अलग निकाल दिया गया। तब पापा को लगा की जब सबलोग साथ आए हैं तो ताऊ को अकेले न जाने दिया जाए, सारे लोग वापस चलें, फिर सारे बिस्तरे बाँध दिए गए। लेकिन अब चाचा अड़ गए की मैं छुट्टी लेकर आया हूँ मैं अपनी छुट्टी बर्बाद नहीं करूँगा। फिर से बिस्तर खोल कर सिर्फ उनके लिए गद्दे और बिस्तर निकाले गए। ताऊ अड़े हुए थे कि मैं आगे नहीं जाऊँगा और चाचा कि मैं आगे जाऊँगा। माँ, जिया और मामा इस नाटक के मूक दर्शक बने हुए थे। पापा ताऊ को पहली बार अकेला लेकर आए थे तो उन्हें लगा कि ये उनका कर्तव्य बनता है कि या तो वो ताऊ को राजी करें या फिर उनके साथ ही वापिस जाएँ। बहुत कोशिश की पर बात नहीं बनी। इस चक्कर में बिस्तर तीन बार खुले और तीन या चार बार बांधे गए। पापा और हम सबका बहुत मन था कि आगे चला जाए पर पापा कर्तव्य की डोर से बंधे थे। इसलिए, आखिर में सिर्फ चाचा को छोड़ कर हम सब लोग वापिस आए और हमारे प्रोग्राम की ऐसी की तैसी हो गई। मन को बहुत बुरा लगा पर बड़ों के सामने अपनी इच्छा को ज़ाहिर करने का रिवाज़ ही नहीं था। घर पर आकर कुछ दिनों तक तो मन नहीं लगा पर बाद में यह घटना एक मनोविनोद का कारण बन गई। सब बच्चे कहते की दादा क्या हुआ था : जब 'बिस्तर खुल-खुल जाए और बंध-बंध जाए!'

***

1968 में मैंने इंटरमीडिएट की परीक्षा दी थी। गर्मियों के दिन थे और रिज़ल्ट का इंतज़ार हो रहा था। नीरज जी को एक कवि सम्मेलन जो की शिमला में हो रहा था, का निमंत्रण आया। हम लोगों ने पापा को इसको स्वीकृति देने के लिए कहा और

उन्हें मना लिया की हम लोग भी साथ चलेंगे। इसी बहाने शिमला घूमना हो जाएगा तथा गर्मी से भी निजात मिलेगी। जाने का प्रोग्राम बना लिया गया। यह तय हुआ कि मैं, पापा, अम्मा, चाचा, मामा और ड्राईवर के साथ अपनी कार से चलेंगे। अब एक समस्या थी कार स्टैण्डर्ड हेराल्ड थी जिसमे पांच ही सीटें होती हैं और हम लोग छह हो रहे थे। हल यह निकला गया कि आगे की दो सीटों के बीच में जो गैप होता है और जहाँ पर हैंड-ब्रेक होता है उसमें तकिया रख कर मैं बैठ जाऊँगा क्योंकि अपने यहाँ हैंड ब्रेक को इस्तेमाल करने की विशेष ज़रुरत नहीं पड़ती (हम ये भूल गए कि पहाड़ों पर चढ़ते समय हैंड ब्रेक की बहुत आवश्यकता होती है)। मामा उन दिनों मेरे बड़े मामा से मिलने दिल्ली गए हुए थे तो उनको वहाँ से लेकर जाने का प्रोग्राम बना। हम लोग दोपहर से पहले घर से निकले की शाम तक आराम से दिल्ली पहुँच जाएँगे। रास्ते में खुर्जा में बस स्टैंड के पास एक होटल़ था वहाँ हमने खाना खाया। हम सब लोग तो नॉन वेज खा लेते थे पर अम्मा शुद्ध शाकाहारी थी। फिर हम चंडीगढ़ के लिए निकल दिए और वहाँ रात में एक होटल में जा कर रुक गए।

सुबह उठ कर सबसे पहले कार को वर्क शॉप में ले गए और नई कमानी डलवाई गई पर जब कमानी लगाने के बाद टायर कसा जा रहा था तो एक स्टड और टूट गया (पहला स्टड मामा के पास दिल्ली पहुँचने पर ही टूट गया था), अब व्हील में दो स्टड ही रह गए थे। नए हब को ढूँढ़ने की कोशिश हुई पर नहीं मिला और स्टड भी चेंज नहीं हो पाया। यह ग़नीमत थी की दोनों स्टड आमने सामने के थे तो अगर वो पूरी तरह टाइट रहते और उनके बीच में स्प्रिंग वॉशर था तो नट खुलने की संभावना काफी कम थी जिसकी वजह से कोई खतरा नहीं था। पर दिक्क़त ये थी कि कार ज़्यादा स्पीड नहीं पकड़ सकती थी। और सावधानी बरतनी थी। सही विकल्प था कि पापा अकेले बस से चले जाएँ और हम वहीं रुके रहें और ड्राईवर के साथ दूसरे दिन कार ठीक करा कर ही शिमला पहुँचें। पापा का शिमला पहुँचना उस दिन बहुत ज़रुरी था क्योंकि उसी रात को कवि सम्मेलन होना था। पापा अक्सर बस में सफर नहीं करते थे और हम लोग भी चंडीगढ़ नहीं रुकना चाहते थे तो मैकेनिक के कहने पर कि 'आप आराम से कार चलाओ तो कोई दिक्क़त नहीं आएगी' तो सब लोगों ने भगवान का नाम लेकर सब ने चलने का निर्णय लिया। शाम तक पहुँचने के लिए ज़रुरी था की बारह बजे तक चंडीगढ़ छोड़ दिया जाए पर यह सारा काम होते, होते एक बज गया और काम अभी भी अधुरा था। चुनाँनचे हम लोग दोपहर का खाना खाकर शिमला की तरफ चल दिए।

गाड़ी ड्राईवर चला रहा था, कालका से चढ़ाई वाला रास्ता शुरू होता है। जाने जल्दी पहुचने के हड़बड़ी या पहाड़ों पर कार न चलाने का अनुभव न होने की वजह से ड्राईवर ने कार को इतनी रेज़ दी की इंजन से धुआँ निकलना शुरू हो गया। कार को रोका गया और बोनेट खोला गया तो रेडियेटर से बहुत तेज धुआँ निकल रहा था। जैसे ही उसकी कैप हटाई गई तो वो उछलकर बहुत दूर जा कर गिरी तथा पानी सारा भाप बन कर उड़ गया गनीमत यह रही की होज़ पाइप नहीं फटा था। जबसे हम अलीगढ़ से चले थे यह तीसरी घटना थी जिसमे ड्राईवर की लापरवाही की वजह पहले गड्ढे में कार डालने की वजह से कमानी टूटी उसके बाद ज़्यादा टाइट करने के चक्कर में स्टड टूटा और अब ज़्यादा रेज़ देने की वजह से होज़ पाइप फटते-फटते बचा। पापा का दबा हुआ गुस्सा फूट पड़ा और ड्राईवर पर निकलना शुरू हुआ। पापा ने ड्राईवर से कहा की अगर उसको पहाड़ पर कार चलाने का अनुभव नहीं था तो पहले मना कर देता तो कोई दूसरा ड्राईवर ले लिया जाता पर ऐसी परिस्थिति तो नहीं बनती। पापा अभी ड्राईवर को डाँट और समझा रहे थे की चाचा ड्राईवर के पक्ष में बोलने लगे और पापा से कहा की आपको ड्राईवर को ऐसे नहीं डाँटना चाहिए। बड़ी ही अजीब-सी स्थिति हो गई एक तरफ पापा और एक तरफ चाचा। पापा बहुत ही अपमानित महसूस कर रहे थे की उनका भाई गलत बात का साथ दे रहा है, जबकि यह बात शांति पूर्ण ढंग से भी यह कहकर की 'दादा ड्राईवर से गलती हो गई, जाने दो' कह कर निपटाई जा सकती थी। बहरहाल, पास से पानी का इंतज़ाम किया गया और रेडियेटर में डाल कर कार स्टार्ट की गई, भगवान की कृपा से कार बिना किसी दिक्कत के स्टार्ट हो गई। ड्राईवर ने कार चलानी चाही पर पापा ने कहा की कार अब मैं चलाऊँगा और जिस तरह लुँगी और स्वेटर में कार में बैठे थे वैसे ही ड्राइविंग सीट पर बैठ गए। वैसे पापा को भी पहाड़ पर कार चलाने का अनुभव नहीं था परंतु बिना किसी परेशानी और किसी रुकावट के वे कार को शिमला तक ड्राइव करके ले गए। जब हम लोग शिमला पहुँचने वाले थे तब वहाँ पर कोई चेकिंग हो रही थी। पुलिस वाले ने कहा की गाड़ी साइड में लगा दो तो पापा ने कहा 'भाई मैं कवि नीरज हूँ। यहाँ पर कवि सम्मेलन में आया हूँ और मुझे जल्दी पहुँचना है।' तब तक पापा के फिल्मों के गीत कवि पॉपुलर हो चुके थे और उनको ये लग रहा था कि कवि सम्मेलन की पब्लिसिटी भी शिमला में हुई होगी तो परिचय देने से काम चल जाएगा। उसको पापा की वेशभुषा देखकर और ड्राइविंग सीट पर बैठा देख कर लगा कि ये व्यक्ति गलत बोल रहा है। उसने बात नहीं मानी फिर पापा ने अपना ड्राइविंग

लाइसेंस दिखाया की मैं सचमुच में नीरज हूँ, तब उसने जाने दिया। रास्ते में बोले कि देखा कि आदमी के पहनावे से कितना फर्क पड़ता है।

पूरे दिन की ड्राइविंग के बाद बिना आराम किए फिर रात को कवि सम्मेलन किया जो रात को काफी देर तक चला। हम लोग शिमला में एक दिन और रुके और और वहाँ के दर्शनीय स्थल देखे। इसके बाद हम अगले दिन अलीगढ़ के लिए वापस चल दिए। हम लोग कंडा घाट पर पहुँच कर चाय पीकर कार में बैठे। अभी तक कार में कई बार प्रॉब्लम्स आ चुकी थीं इसलिए कार स्टार्ट करने के बाद सारे सिस्टम चेक करने का एक नियम बना लिया था। कार को आगे बढ़ाया और टेस्टिंग के लिए ब्रेक दबाया तो पता चला कि ब्रेक फ्री हो गया है। कार अभी दस कदम भी नहीं चली थी। ढाल पर होते हुए भी स्पीड बहुत कम थी, इसलिए साइड में एक बड़े पत्थर से टकरा कर रोक दिया। पास में ही मोटर मैकेनिक था बुला कर बोनेट खोल कर देखा तो पता चला की ब्रेक की स्प्रिंग दबी रह गई थी। निकाल कर दुबारा लगाया तो ब्रेक काम करने लगे। इसके बाद भगवान की कृपा से कोई हादसा नहीं हुआ और हम लोग चंडीगढ़ आ गए और वहाँ पर कार के नए स्टड पड़वाकर खुर्जा सकुशल आ गए। इसके बाद हम लोग जब अलीगढ़ आए तो यहाँ पर आकर जब हमने अपनी यात्रा के बारे में बताया तो लोगों ने कहा की आपकी कार लम्बे सफर के लिए सही नहीं है। पर हम लोगों का मानना था कार नई नहीं है और इसमें काफी कमियाँ हैं पर लकी है, क्योंकि कार जब भी ख़राब हुई उसको ठीक करने वाला सौ गज के घेरे में ही मिल जाता था।

मैं तब इंजीनियरिंग के आखरी साल में था जब मेरे सबसे छोटे मामा की शादी लखनऊ में तय हुई, बारात कन्नौज (जहाँ मेरे नाना रहते थे जो एक नामी स्वतंत्रता सेनानी थे) से लखनऊ जानी थी। पापा का कोई प्रोग्राम था इसलिए वे शादी से एक दिन पहले ही पहुँच सकते थे और मेरी भी क्लासेज़ चल रही थी तो परिस्थिति को देखते हुए अम्मा तो पहले चली गईं और मेरा और पापा का अपनी कार से जाने का प्रोग्राम बना। हम लोग दोपहर को अलीगढ़ से चले की रात तक कन्नौज पहुँच जाएँगे, जब हम लोग भोगाँव पहुँचे तो शाम हो रही थी। यहाँ पर मेरे बड़े मामा नेशनल डिग्री कॉलेज में प्रोफेसर थे तो हम लोग जब कभी भी यहाँ आते थे वो एक होटल का नाम लिया करते थे कि वहाँ का नॉन वेज बहुत अच्छा होता है। हमेशा घर पर ही रुकना होता था तो कभी होटल का खाना नहीं खाया था। जब हम उस तरफ से पास हो रहे थे तो देखा कि वो तो होटल रोड पर ही था

मेरी दादी और नीरज जी की
माताजी सुख देवी

मेरी अम्मा और नीरज जी की
पत्नी सावित्री देवी

एटा में नीरज जी (दाएँ से प्रथम) अपने भाइयों के साथ
बचपन की एक तस्वीर

मेरे माता-पिता, नीरज जी और सावित्री देवी

कवि सम्मेलन, नेपाल, 1962

हरिवंश राय बच्चन (दाएँ से दूसरे), शिवमंगल सिंह सुमन और काका हाथरसी (दाएँ से चौथे) के साथ काविता पाठ। बाएँ से पहले नीरज जी

मोरारजी देसाई के साथ पापा

सैफ़ई महोत्सव, 2014। साथ में उत्तर प्रदेश के पूर्व मुख्यमंत्री मुलायम सिंह यादव (केंद्र में), उनके पास छड़ी लेकर नीरज जी, अमिताभ बच्चन और जया बच्चन (दाएँ से प्रथम) और अमर सिंह (बाएँ से तीसरे) व अन्य

अलीगढ़ में हमारा पूरा परिवार पापा, अम्मा, रंजना, मैं, लवि और आकांक्षा

दस साल की उम्र में कानपुर में मेरा कविता पाठ। 1962 की एक तस्वीर

आशा भोंसले और एसडी बर्मन के साथ *शर्मीली* की रिकॉर्डिंग पर

शत्रुघ्न सिन्हा के साथ नीरज जी (दाएँ से प्रथम)

किशोर कुमार, एसडी बर्मन, देवानंद और लता मंगेशकर के साथ नीरज जी (क्रमशः दाएँ से बाएँ)

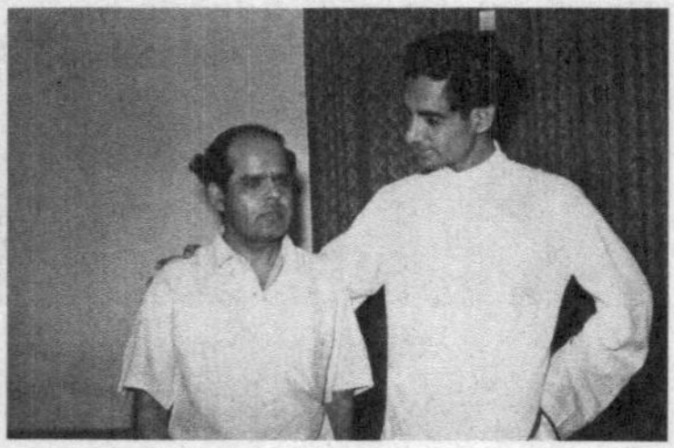

संगीतकार रोशन के साथ

एसडी बर्मन के साथ पापा

हरिद्वार में अम्मा-पापा, 1988 की एक तस्वीर

पापा, पौत्र लवि के जन्मदिन पर हरिद्वार, 1981 में

1989 में दिवाली पर परिवार के साथ दामोदर चाचा, अम्मा, पापा की गोद में पोती आकांक्षा, सोनू (मामा का बेटा), लवि, रंजना, मैं और पड़ोस के बच्चे

1967 में होली के अवसर पर अलीगढ़ में अपने चचेरे भाई-बहनों यानी नारायण चाचा के बच्चों के साथ। बाएँ से रश्मि, पापा की गोद में अरुण, चाचा नारायण दास की गोद में योगेश, मैं, चाचा दामोदर दास, आगे राकेश, अम्मा, बड़ी चाची, छोटी चाची और सुषमा

1977 में मेरी शादी की एक तस्वीर। साथ में पापा और ताऊजी कृष्ण दास(मेरे और रंजना के बीच में) खड़े हैं

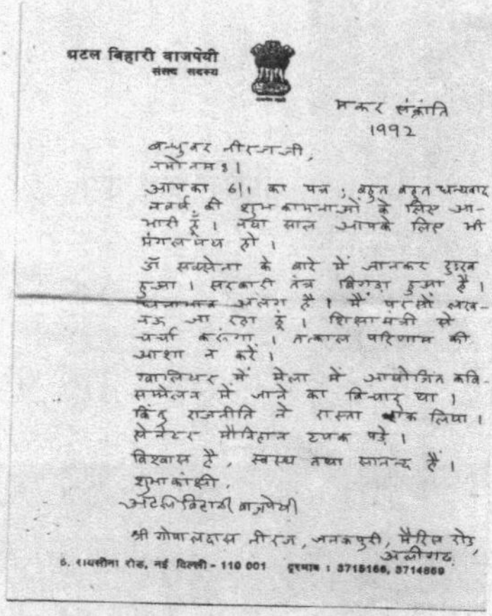
अटल बिहारी वाजपेयी
संसद सदस्य

मकर संक्रांति
1992

बन्धुवर नीरजजी,
नमोनमः।

आपका 6।1 का पत्र; बहुत बहुत धन्यवाद। नववर्ष की शुभकामनाओं के लिए आभारी हूँ। नया साल आपके लिए भी मंगलमय हो।

डॉ सक्सेना के बारे में जानकर दुःख हुआ। सरकारी तंत्र बिगड़ा हुआ है। [illegible] अलग है। मैं परसों लखनऊ जा रहा हूं। शिक्षामंत्री से चर्चा करूंगा। तत्काल परिणाम की आशा न करें।

ग्वालियर में मेला में आयोजित कवि-सम्मेलन में जाने का विचार था। किंतु राजनीति ने रास्ता रोक लिया। सेनेटर मौबिहान टपक पड़े।

विश्वास है, स्वस्थ तथा सानन्द हैं।

शुभाकांक्षी,
अटलबिहारी वाजपेयी

श्री गोपालदास नीरज, जनकपुरी, मैरिस रोड, अलीगढ़

6, रायसीना रोड, नई दिल्ली - 110 001 दूरभाष : 3715166, 3714869

भूतपूर्व प्रधानमंत्री स्वर्गीय अटल बिहारी वाजपेयी जी का पापा को लिखा एक पत्र

शिक्षकों की माँग के समर्थन में अलीगढ़ में एक अनशन, जिसमें पापा भी शामिल हुए थे

ओशो के साथ पापा

पापा के 90वें और निवान (मेरा पोता, दाएँ से प्रथम, गोद में) के चौथे जन्मदिन के अवसर पर

राज्यपाल श्री राम नाईक के साथ 2017 में पापा

तो सोचा की खाना यहीं खा लें सो हम लोगों ने उसके यहाँ खाना खाया जो सचमुच में बहुत स्वादिष्ट था। अब खाना खाते-खाते रात होने लगी थी पर चिंता की कोई बात नहीं थी क्योंकि अब सफर सिर्फ एक-डेढ़ घंटे का ही रह गया था। कार स्टार्ट करके आगे चले और रोशनी के लिए हेड लाइट जलाई कुछ देर तक तो ठीक रहा, पर उसके बाद हेड लैंप जलना बंद हो गए। थोड़े हिलाने-डुलाने से रोशनी आ गई तो हम कुछ आगे चले पर इस बार तार जलने की बदबू आ रही थी, रोशनी कभी होती थी कभी बुझ जाती थी। पापा ने गाड़ी मोड़ी और हम लोग अहसानुल्ला के ढाबे में वापस आ गए। उसको अपनी मुश्किल बताई और मामा का नाम बताया। भोगाँव एक बहुत ही छोटा-सा क़स्बा है, और ज़्यादातर लोग एक दूसरे को जानते हैं तो उसने मामा को पहचान लिया और कहने लगा कि इस समय कुछ भी नहीं हो सकता सवेरे जो पास में एलेक्ट्रिशियन हो उसको बुला लेंगे। अब आप लोग जो खाटें बाहर पड़ी हैं उन पर सो जाइए। मन एकदम मानने को तैयार नहीं हुआ, सर के उपर सितारों से भरा खुला आसमान, दूर-दूर तक खेत जिनके बाद कुछ घर जिनसे कहीं-कहीं रोशनी दिखाई दे रही थी। ढाबे के बगल में रोड जिस पर लगातार ट्रक आ-जा रहे थे, कुछ वहाँ खाना खाने के लिए रूक भी रहे थे। घर के अंदर कमरों में सोने वाले हम लोगों के लिए ये वातवरण बिल्कुल ही अलग था। ढाबे के मालिक ने हमसे कहा कि आप बिलकुल चिंता नहीं कीजिए और आराम से सो जाइए यहाँ पर किसी बात का डर नहीं है और आप का कोई भी नुकसान नहीं होगा। सड़क के किनारे इस तरह खुले मे सोने का ये मेरा पहला और आखरी अवसर था। ठंडी-ठंडी हवा चल रही थी तो ही थोड़ी ही देर में हमको नींद आ गई और सूरज की रोशनी की पहली किरण के साथ ही हम लोगों की आँखें भी खुल गईं। कार को बिना हेड लाइट जलाए स्टार्ट कर के देखा तो कार में कोई खराबी नहीं थी, कोई बदबू नहीं थी। हाँ हेड लाइट के तार कुछ जले हुए थे। पर अब हमको बाकी का सफर दिन में ही करना था इसलिए हम लोग ढाबे के मालिक को धन्यवाद देकर चल पड़े की अब कार की मरम्मत वहीं जा कर करा लेंगे। चलने के थोड़ी देर बाद हम लोग सकुशल कन्नौज पहुँच गए। रात को घर न पहुँचने की वजह से सभी लोग बहुत चिंतित थे क्योंकि उस समय फोन की इतनी अच्छी सुविधा नहीं थी और हम अपने बारे में कोई भी सुचना नहीं दे पाए थे। यह सफ़र मुझे इस लिए याद आता है क्योंकि ये यात्रा थी तो बहुत छोटी-सी पर इस यात्रा के दौरान बहुत से भिन्न-भिन्न अनुभव हुए मामा को खाने ओर खिलाने का बहुत

शौक़ था इसलिए वो घर पर खूब आवभगत करते थे। पर बाहर से खाना नहीं आता इसलिए इस बार उनके वहाँ न होने पर हमने ढाबे में जा कर स्वादिष्ट खाना खाने का अनुभव लिया। फिर, रोमांच के वो पल थे जब मैनपुरी के पास रात को कार का ख़राब होना और फिर किसी तरह ढाबे में वापस आकर चैन की साँस लेना और इसके बाद रात को ढाबे में पड़ी चारपाई पर रात गुज़ारते हुए प्रकृति का आनंद लेना। वो क्षण अभी भी याद करते हैं तो रोमांच होता है।

यह 1978 की बात है जब मैंने भेल के हरिद्वार प्रभाग में काम करना शुरू कर दिया था और हम लोग ज्वालापुर में एक दो कमरे के किराए के मकान में रहा करते थे। अम्मा और चाची का मन हुआ कि जब गुंजन हरिद्वार में है तो बद्रीनाथ के दर्शन कर लिए जाएँ। पापा से बात हुई तो पापा भी चलने को तैयार हो गए। गर्मियों के दिन में अम्मा और चाची को तो आना ही था तो उस साल पापा, अम्मा, मामा, चाचा और चाची का बद्रीनाथ जाने का प्रोग्राम बना। मुझे हरिद्वार आए दो साल से ज़्यादा हो चुके थे और मैं इस बीच में अपनी शादी से पहले सितंबर 1977 में अपने हॉस्टल के दोस्तों के साथ वैली ऑफ़ फ्लावर्स और बद्रीनाथ हो आया था। इसलिए मुझे चारों धाम यात्रा के बारे में पता था कि गढ़वाल मंडल और प्राइवेट ट्रेवल एजेंट्स की बसें तथा टैक्सी चलती हैं। बस में रात को पीपल कोटी रुक कर दूसरे दिन बद्रीनाथ पहुँचते जबकि टैक्सी में उसी दिन पहुँचा जा सकता है और पूरा ट्रिप तीन दिन में समाप्त किया जा सकता है जबकि बस से चार या पाँच दिन लगते हैं। पापा को टाइम की हमेशा कमी रहती थी तो यही उचित लगा की टैक्सी कर ली जाए। मैंने उनके आने से पहले एक टैक्सी को वहाँ के लिए बुक कर लिया तथा एडवांस भी दे दिया। उन दिनों ज़्यादातर टैक्सी एंबेसेडर हुआ करती थी जिसमें ड्राईवर को मिला कर छह लोग बैठ सकते थे। चाची उस समय लखनऊ में अपनी माँ के पास थी और मामा कन्नौज में नाना के पास थे और इन लोगों को जाने से एक दिन पहले हरिद्वार पहुँचना था। जबकि चाचा, अम्मा और पापा को हरिद्वार में पहले रुकना था तो वो तीन दिन पहले आ गए थे। चलने से एक दिन पहले मामा तथा चाची का तार आ गया कि उनका आना अभी नहीं हो पा रहा है क्योंकि तबीयत ठीक नहीं है। प्रोगाम को आगे भी नहीं बढ़ाया जा सकता था क्योंकि इसके बाद पापा को एक कवि सम्मेलन में जाना था। सभी धर्म स्थानों के बारे में कहा जाता है कि भगवान के दर्शन तभी होते है जब ईश्वर आप को कराना चाहता है नहीं तो आप चाहते हुए भी उन तक पहुँच नहीं पाते। टैक्सी

में दो सीटें खाली थीं। अम्मा ने कहा 'जब वो लोग नहीं आ रहे हैं तो तुम लोग चलो शायद ईश्वर यही चाहता है।' मेरी पत्नी रंजना उन दिनों गर्भवती थी। मैंने उससे उसकी राय जाननी चाही कि क्या वो इस समय सफर करने योग्य है? जब ऊपर वाला चाहता है तो वो मनुष्य में बहुत शक्ति भर देता है, मेरी पत्नी बहुत पूजा-पाठ करती है तो उसको लगा कि शायद ईश्वर की मर्ज़ी है कि वो दर्शन को आए नहीं तो जिनको जाना था उनके साथ ऐसी परिस्थिति क्यों बनती कि वो न जा पाएँ तो उसने हाँ कर दी और अगले दिन हम लोग बद्रीनाथ के लिए निकल पड़े।

पहाड़ों पर अक्सर ही कुछ लोगों का छोटे से सफर में ही जी मिचलाना शुरू हो जाता है और कभी-कभी उल्टियाँ भी होनी शुरू हो जाती हैं। बद्रीनाथ का रास्ता और पहाड़ी स्थानों से ज़्यादा जटिल, लम्बा और घुमावदार है; उस पर अक्सर ही लोगों को उल्टियाँ होना शुरू हो जाती हैं। जैसा मैंने बताया मेरी पत्नी उस समय गर्भवती थी तो उसको रास्ते का कुछ ज़्यादा ही असर पड़ा और उसको उल्टियाँ होना शुरू हो गईं। उसकी हालत देख कर अम्मा और चाचा को लगा कि कही रंजना को लाकर कोई गलती नहीं हो गई? वे लोग बहुत चिंतित हो गए। ड्राईवर से कहा की गाड़ी थोड़ी धीरे चलाओ पर उसने स्पीड कम नहीं की। बार-बार मोड़ पर ब्रेक लगते थे और फिर स्पीड तेज हो जाती थी। इसे झटके भी बहुत लग रहे थे पर उसके कान पर जूँ नहीं रेंगी वो गाड़ी दौड़ाए जा रहा था। पापा ने उसको बहुत डाँटा पर उस पर कोई असर नहीं हुआ। जब पानी सर से ऊपर जाने लगा तो पापा ने कहा कि गाड़ी रोको और गाड़ी रुकने के बाद खुद नीचे उतर गए और उससे जब ये कहा कि अगर ऐसे ही चलना हो तो हम आगे नहीं जाएँगे हमको यहीं उतार दो, तब कहीं जा कर उसने स्पीड थोड़ी कम की। किसी तरह शाम तक हम लोग बद्रीनाथ पहुँचे तथा वहाँ एक होटल में रुक गए, मंदिर में दर्शन के बारे में पता किया तो मालूम पड़ा अब सवेरे ही दर्शन हो पाएँगे।

सवेरे हम सब तैयार होकर मंदिर पहुँचे तो वहाँ पर बहुत लम्बी लाइन लगी हुई थी। साथ में एक छोटी लाइन भी थी जिसमें कुछ ज़्यादा पैसे देकर आप जल्दी दर्शन कर सकते थे। चाचा ने कहा की चलो हम इस लाइन में लग जाते हैं पर पापा ने मना कर दिया, 'पैसे देकर मैं भगवान के दर्शन नहीं करूँगा। तुम लोगों को करने हो तो कर लो।' लाइन बहुत लम्बी थी कम से कम तीन घंटे के बाद हमारा मंदिर में प्रवेश करने का नंबर आता तो सब लोग इतनी देर लाइन में लग नहीं सकते। छोटी लाइन में पापा जाने को तैयार नहीं थे तो बस एक ही विकल्प था की हम वापस लौट जाएँ। पापा बहुत धार्मिक नहीं थे वो कर्मकांड और पूजा

के रीति-रिवाज़ों को ज़्यादा नहीं मानते थे और कर्म में विश्वास रखते थे। तो पापा ने कहा की अगर भगवान चाहेगा तो हमको वैसे ही दर्शन होंगे नहीं तो हम लोग ऐसे ही वापिस चले चलेंगे और हम लोग वापस चल दिए। क्योंकि पापा के कहने के बाद कोई भी दलील देने का फायदा नहीं था। हम लोग अभी होटल में वापस पहुँचे ही थे कि दरवाज़े पर दस्तक हुई, दो लोग बाहर खड़े हुए थे अंदर आने कि अनुमति माँगी और वह मिलने के बाद अंदर आ गए। उसमें से एक ने बिना कोई भूमिका बांधे सीधा सवाल किया कि क्या आप कवि नीरज हैं? पापा नाराज़ तो बैठे ही थे बोले अगर हूँ तो? वो सज्जन बोले की मैनें आपको बाज़ार में देखा था। मुझे लगा कि आप कवि नीरज हैं। वैसे तो मैंने आपको सिर्फ टीवी पर देखा है तो एकदम पहचान नहीं पाया। गुस्सा अब तक शांत हो चुका था तो पापा ने बताया की मैं ही नीरज हूँ और यहाँ पर मंदिर में दर्शन के लिए आया था पर लाइन बहुत लम्बी थी इसलिए वापस आ गया। उन्होंने कहा कि पूजा को भी लोगों ने व्यवसाय बना लिया है और पैसे लेकर भगवान के दर्शन करा रहे हैं। क्या गरीब आदमी को भगवान के दर्शन करने का अधिकार नहीं है? पैसे दे कर भगवान के दर्शन करने के मैं खिलाफ हूँ इसलिए बिना दर्शन किए चला आया। वे सज्जन बोले आप यहाँ तक आए हैं तो दर्शन कर के जाईए, हम आपको दर्शन कराएँगे। बस आप हम पर ये कृपा कीजिएगा कि हम कुछ लोग शाम को आप के पास आएँगे तो हमको अपनी कुछ कविताएँ सुना दीजिएगा।

पापा ने कहा ठीक है हम सब लोग वापस से मंदिर की ओर गए। मंदिर के पास ही एक धर्मशाला थी जिसके अंदर से एक द्वार था जो मंदिर के प्रांगण में खुलता था। हमलोग बिलकुल मूर्ति के सामने जा कर खड़े हो गए। सब लोगों ने अच्छी तरह से पूजा अर्चना की और लौट कर वापिस होटल आ गए। शाम को वही सज्जन दस या बारह लोगों को लेकर आए और एक घंटे तक कविता-पाठ का दौर चला। चलते-चलते उन्होंने फिर हमसे कहा कि आप लोग सुबह तैयार रहिएगा आपसे मंदिर में भगवान जी को तिलक लगवाएँगे। हम लोग सुबह फिर गए और बद्रीनाथ जी के दर्शन किए, पूजा अर्चना की, तिलक लगाया। पुजारी जी ने हमसब लोगों को तिलक लगाया और रात के अंग वस्त्र एवं मालाएँ जो रात को चढ़ाई गई थीं वो हमको लाकर दी।

मुझे लगा अगर सच्चे मन से भगवान को पुकारा जाए तो आपको कहीं न कहीं से जहाँ से आपको कोई उम्मीद न हो मदद मिलती ही मिलती है। भारत के

एक कोने में बसा बद्रीनाथ जो चाइना बॉर्डर से बहुत ज़्यादा दूर नहीं तथा जहाँ आधुनिक सुविधाएँ बहुत ज़्यादा नहीं हैं। वहाँ पर किसी का मिलना जो टीवी पर दिखाए गए किसी प्रोग्राम में एक चेहरे को बाज़ार में पहचान ले और फिर दर्शन करने का ज़रिया बने, किसी चमत्कार से कम नहीं।

वापस चलते समय ड्राईवर को बहुत सख़्त हिदायत दे दी गई थी की गाड़ी की रफ़्तार तेज नहीं होगी नहीं तो ट्रेवल एजेंट से शिकायत कर दी जाएगी तो उसने इस बात को ध्यान में रखा और हम लोग सकुशल वापिस हरिद्वार आ गए।

कहते हैं ईश्वर जिसको चाहता है उसी को दर्शन देता है। क्योंकि लौट कर आने के एक दिन बाद चाची भी हरिद्वार आ गईं अगर वो पहले आ रही होती तो मेरे या रंजना में से एक ही जा पाता। जिसमें रंजना का जाना ज़्यादा मुश्किल होता पर भगवान की मर्ज़ी थी कि रंजना दर्शन करे तो चाची नहीं आ पाईं। चाची को यात्रा और दर्शन करने का पूरा वर्णन सुनाया तो उनको बहुत अफसोस हुआ कि साथ जाते तो अच्छी तरह से दर्शन हो जाते इसी को भगवान की मर्ज़ी मान कर संतोष किया कि ईश्वर अगर चाहेगा तो अवश्य बुलावा आएगा, पर ऐसा हुआ नहीं और वो अपने इस जीवन काल में बद्रीनाथ नहीं जा पाईं।

अध्याय 15

एक कवि का ज्योतिष ज्ञान

ज्योतिष एक संकेत है, है भविष्य अनुमान
यह प्रज्ञा की ज्योति का है, आध्यात्मिक ज्ञान
पूर्व जन्म के कर्म का है, सब भाग्य विधान
और इसी प्रारब्ध का, ज्योतिष है विज्ञान

नीरज जी के व्यक्तित्व की एक खासियत थी, वो थी उनकी अदभुत स्मरण शक्ति एवं किसी भी नई विद्या को जानने, सीखने की उत्कंठा और उसमें महारत हासिल करने की भरपूर कोशिश। जब किसी चीज़ को पाने की चाह हो और उसके लिए सतत प्रयास करना कोई सीखना चाहे तो पापा उसके रोल मॉडल बन सकते थे। पापा को ज्योतिष पर बहुत विश्वास था क्योंकि उनकी जन्मकुंडली में जो जो लिखा था वो सब सत्य होता जा रहा था। पापा ने एक नई विद्या सीखने के लिए मन बनाया और कुछ ही दिनों में इसमें महारत हासिल कर ली। जब कोई मनुष्य कोई नई चीज़ सीखता है तो वो अपने ज्ञान को परखना चाहता है इसलिए पापा भी लोगों की पत्रियाँ देखते रहते थे। दो-तीन घटनाएँ उनकी इस विशेषता और सही आकलन के बारे यहाँ बताना चाहूँगा।

हमारे घर के ऊपर एक किरायेदार श्री सिंह रहा करते थे जो अलीगढ़ मुस्लिम यूनिवर्सिटी में संस्कृत पढ़ाया करते थे और कभी-कभी पापा के साथ बैठ कर हिंदी साहित्य पर चर्चा किया करते थे। जब उनको पापा के ज्योतिष ज्ञान के बारे में पता चला तो ऐसे ही बातों-बातों में उन्होंने कहा कि मेरे बारे में कुछ बताएँ। कुंडली बना कर कुछ ग्रहों की स्थिति देखने और गणना करने के थोड़ी देर बाद पापा ने कहा कि इस महीने में आप के यहाँ चोरी का योग बन रहा है। कोई बड़ी घटना नहीं है

पर आपका कुछ धन अवश्य चोरी होगा। वे एकदम अचंभित हो गए और कहने लगे कि 'आप बिलकुल सही कह रहे हैं। ये घटना मेरे साथ हो चुकी है और ये बात तो मैनें अपनी बीवी को भी नहीं बताई। अभी कुछ दिन पहले जब में अकेला एक सेमिनार से लौट रहा था तो ट्रेन के सफर में मेरा पर्स एक जेबकतरे ने गायब कर दिया था और आपकी ये बात भी सही है कि उसमें ज़्यादा रुपए नहीं थे तथा मेरा ज़्यादा नुकसान नहीं हुआ।'

दूसरा किस्सा कुछ इस तरह है; हमारे एक पड़ोसी थे, डॉ कुमार जो अलीगढ़ मेडिकल कॉलेज में हेड ऑफ़ दि डिपार्टमेंट थे शायद सर्जरी या किसी और के, ये मुझे याद नहीं है। बड़े अच्छे पड़ोसी थे, मिलनसार सबकी हेल्प करने वाले। जैसा अक्सर पड़ोस में डॉक्टर होने पर सारे पड़ोसी किसी भी बीमारी में उनसे सलाह लेते हैं, वैसे ही यहाँ पर भी सब लोग रोगों और दवाओं के बारे में जानने के लिए उनसे सलाह भी लेते थे। लोग वक्त-बेवक्त उनका दरवाज़ा खटखटा देते थे और वो बिना नाराज़ हुए सबकी मदद करने को तत्पर रहते थे; बहुत ही मृदुभाषी और बहुत ही सज्जन पुरुष। उनकी पत्नी भी बहुत ही घरेलू महिला थी जो अम्मा की बहुत अच्छी सहेली थीं और सबका हमारे यहाँ बहुत आना-जाना था। एक बार वे घर आए तो बहुत ही उदास थे। सबने उनकी उदासी का कारण पूछा तो पहले तो वो टालते रहे पर बाद में उनकी पत्नी के सब्र का बाँध टूट ही गया था। बहुत ही दुःख भरे स्वर में उन्होंने बताया कि डॉ. साहब की तबियत काफी दिनों से ठीक नहीं चल रही थी तो मेडिकल चेक-अप कराया था जिसकी रिपोर्ट सही नहीं आई है। बार-बार पूछने में रिपोर्ट क्या आई है और क्या बीमारी है, बड़े रोते हुए बताया कि डॉक्टर्स ने इनको कैंसर बताया है। हम सब लोग भी सुन कर स्तब्ध रह गए और उनको सांत्वना देने लगे। कुमार साहब जो खुद ही डॉक्टर थे और मेडिकल कॉलेज में उनको सहयोगियों ने सारे टेस्ट किए थे, तो शक की कोई भी गुंजाईश नहीं थी। किसी अपने जानने वाले को इतनी गंभीर बीमारी में ग्रसित देख कर वातावरण बहुत ग़मग़ीन हो गया था पापा ने धीरे से कहा, 'बहुत बुरा हुआ है पर क्या आप मुझे अपनी जन्मकुंडली दिखाएँगे?' डॉ. साहब विज्ञान के आदमी थे और इन चीजों पर विशवास नहीं करते थे इसलिए उन्होंने इस पर ज़्यादा ध्यान नहीं दिया और कहा 'नीरज जी टेस्ट हुए हैं और ये रिपोर्ट उसके बाद आई।' पर उनकी पत्नी को लगा कि कुंडली दिखाने में तो कोई दिक्कत नहीं है तो घर से डॉ. साहब की कुंडली ले आईं। पापा ने बस इतना कहा 'अब आप लोग जाईए मैं इसका अध्ययन करूँगा और कल आप लोग फिर आईए।'

पूरे दिन उस कुंडली का हरेक पद्धति से अध्ययन किया गया। दूसरे दिन डॉ. साहब अपनी पत्नी के साथ रिज़ल्ट जानने के लिए जब आए तो पापा ने पूरे आत्मविश्वाश के साथ बताया कि आपको ऐसी कोई भी बीमारी नहीं है। इस पर डॉ. साहब कहने लगे, 'आपसे कोई गलती हो गई होगी क्योंकि मेरी रिपोर्ट तो यही आई है।' पापा ने फिर कहा, 'अगर आपकी कुंडली सही बनी हुई है तो मेरी गणना के हिसाब से ऐसा हो ही नहीं सकता, और आपकी ये रिपोर्ट गलत है।' मेरी बात पर भरोसा करने के लिए आप दुबारा ये टेस्ट करवाएँ। 'अगर मेरी बात गलत निकली तो आज के बाद मै कुंडली देखना छोड़ दूँगा।' डॉ. साहब नई आशा के साथ दुबारा टेस्ट करवाने गए और तीन दिन बाद घर आए, बहुत ही प्रसन्न, क्योंकि इस बार रिपोर्ट नेगेटिव आई थी और वो बिलकुल ठीक थे। वे बताने लगे कि किसी की गलती की वजह से लैब में सैंपल बदल गया था और किसी और की रिपोर्ट मेरे नाम से जारी हो गई थी। उन्होंने कहा, 'मैं आपका आभारी हूँ कि आपने मुझे नई ऊर्जा दी नहीं तो पूरे घर का माहौल पहली रिपोर्ट आने के बाद इतना बोझिल हो गया था कि किसी भी काम को करने की इच्छा ही नहीं होती थी। मुझे अपनी ज़िंदगी बोझ लगने लगी थी। मगर आपके शब्दों ने फिर से लड़ने की शक्ति दी और मैंने जल्दी दुबारा टेस्ट करा लिया नहीं तो मैं जब तक डॉक्टर के कहने तक दुबारा और टेस्ट नहीं करवाता तब तक इसी पीड़ा को सहता रहता और किसी और बीमारी से ग्रसित हो जाता।'

कुछ और भी किस्से हैं : मैनें 1976 में भारत हैवी एल्क्ट्रिकल के हरिद्वार प्रभाग में ज्वाइन कर लिया था और मैं हॉस्टल में रह रहा था ये मेरा हॉस्टल में रहने का पहला अनुभव था। इसी बीच अलीगढ़ में पापा ने मेरे लिए एक स्कूटर ले लिया था तो अगली बार जब मैं अलीगढ़ गया तो मैं वो स्कूटर अपने साथ ले कर आया। अब मेरे पास स्कूटर था, नए-नए दोस्त थे साथ में पैसा भी था तो अक्सर हम लोग घुमने चले जाया करते थे। पापा ने स्कूटर मुझे दे तो दिया था पर वो शंकित रहते थे कि मेरे साथ कोई अनहोनी न हो जाए। वे मेरी ग्रहदशा देखते रहते थे। उन दिनों लैंड लाइन ही होते थे और हमारे हॉस्टल में कोई फोन नहीं था तो हाल-चाल जानने का साधन सिर्फ पत्र व्यवहार होता था। एक दिन मुझे पापा का पत्र मिला कि तुम्हारी ग्रहदशा खराब चल रही है तुमको पानी से खतरा है तथा तुम्हारा रोड एक्सीडेंट भी हो सकता है, इसलिए बहुत संभल कर रहना। ख़त को लिखे हुए पाँच दिन हो चुके थे और इन पाँच दिनों के अंदर मेरे साथ दोनों ही घटनाएँ हो चुकी थीं। हरिद्वार में

रहते हुए हम लोगों का ये शगल होता था कि संडे शाम को जब हमारी मेस बंद होती थी तब हम सब दोस्त हर की पौड़ी पर डुबकी लगाने चले जाते थे और फिर रात को वहीं कहीं से खाना खा कर आते थे। ऐसे ही एक बार हर की पौड़ी गए थे। मुझे तैरना नहीं आता था तो मैं सीढ़ियों पर ही बैठा रहा बाकी लोग पानी में तैर रहे थे। फिर मुझे लगा कि जंज़ीर तो लगी ही है और मैं उसको पकड़ कर थोड़ा और आगे जा सकता हूँ तो मैं सीढ़ियों से नीचे उतर गया मगर दुर्भाग्यवश न जाने क्या हुआ कि मेरे हाथ से जंज़ीर छूट गई। पानी ज़्यादा गहरा नहीं था पर बहाव बहुत तेज़ था। शायद नहर में पानी छोड़ा गया था। मैं उस बहाव में बहने लगा। वहाँ पर जो गंगा माँ का मंदिर है उसमें एक पीपल के पेड़ की जड़ निकल रही थी मैं उसको पकड़ कर लटक गया और लोगों को आवाज़ें देने लगा। मैं इतना डर गया था कि अपने आप बाहर निकलने की हिम्मत नहीं जुटा पा रहा था। वहाँ पर कटाव था तथा बहाव तेज़ था तो कोई अकेला आदमी भी तैर कर वहाँ तक नहीं आ पा रहा था। फिर कुछ लोग और मेरे साथ गए दोस्तों ने ह्यूमन चेन बना कर मुझे वहाँ से बाहर निकाला।

उसके दूसरे दिन मेरे एक दोस्त की सालगिरह थी तो हम सब लोग चोटी वाला होटल में जो शहर में है, खाना खाने गए और उसके बाद अपने हॉस्टल लौट रहे थे हमारा हॉस्टल बीएचईएल टाऊनशिप में था और टाऊनशिप शहर से बाहर था, यहाँ पर भीड़-भाड़ नहीं होती थी। रात के दस बज रहे थे, अंदर आते ही जैसे ही मैंने बैरियर पार किया तो खाली सड़क देख कर मैंने और मेरे दोस्त ने जो दूसरे स्कूटर पर था दोनों ने ही स्कूटर का एक्सेलरेटर बढ़ा दिया। अभी स्पीड ज़्यादा नहीं हुई थी कि बगल की झाड़ियों से एक कुत्ते ने सड़क क्रॉस की और मेरे बगल वाले स्कूटर, जो मेरे उलटे हाथ पर था, उससे तो वो बच गया पर मुझे न तो दिखाई दिया, न ही मुझे इतना समय ही मिला कि मैं ब्रेक मार सकूँ, तो मैं उससे सीधा टकराया। मैं और मेरा दोस्त जो मेरे पीछे बैठा था, सीधे सड़क पर गिर गए, मगर कहते है न "जाको राखे साइयाँ, मार सके न कोय," हमें जरा-सी खरोंच आ गई पर कोई भी गंभीर चोट नहीं आई। केवल पैंट फट गई। मैनें अगले दिन टेलीफोन एक्सचेंज में जा कर पापा को बताया कि दोनों ही घटनाएँ हो चुकी हैं इसलिए अब चिंता की कोई बात नहीं है पर पापा ने हिदायत दी कि तुम हमेशा अपनी सेहत का ध्यान रखना जो कि हर एक माँ-बाप का चिंता का विषय होता है।

पापा ज्योतिष की नई-नई पद्धति का अध्ययन करते रहे और होररी एस्ट्रोलॉजी में महारत हासिल कर ली। इसमें आप कोई प्रश्न अपने मन में सोच

लो आपसे 1 से 249 तक नम्बर पूछा जाएगा और आपके नंबर बताने पर कैलकुलेशन करने के बाद आपको उस प्रश्न का उत्तर मिल जाएगा वे इतने पारंगत थे।

इसी से जुड़ा एक किस्सा है मुझे हरिद्वार में आए बहुत दिन हो गए थे मैं अपने एक दोस्त के साथ बात कर रहा था, उसका बेटा अमेरिका में काफी दिनों से नौकरी कर रहा था और अब इंडिया वापस आने की बात कर रहा था। मेरे मित्र के मन में बहुत असमंजस था कि क्या होगा क्या नहीं। मैंने कभी पापा के बारे में बताया था कि पापा ज्योतिष भी जानते हैं। उसने मुझे अपनी दुविधा बताई और पूछा कि क्या पापा को कुंडली भेज कर पूछा जाए? मैं उसके साथ बैठा हुआ चाय पी रहा था तो मैंने वहीं से फोन मिलाया और पापा को बताया कि मेरे दोस्त आपसे कुछ पूछना चाहती हैं और फोन अपने मित्र को दे दिया। उसने एक नंबर बताया और अपना प्रश्न और हमने फोन रख दिया। फोन रखने के तुरंत बाद में शायद पाँच मिनट बाद में मेरे मित्र ने कहा 'यार मैं एक चीज़ बताना भूल गया,' तो दुबारा फोन मिलाया गया, पर इस बीच में पापा मन ही मन अपनी कैलकुलेशन कर चुके थे और उसकी बात सुनने से पहले ही पापा ने कहा, 'आपका बेटा इस तारीख तक इंडिया आ जाएगा पर यहाँ पर ज़्यादा रुकेगा नहीं और दो साल के बाद वापस चला जाएगा और वहीं रहेगा।' मेरे मित्र ने मुझे बाद में बताया कि उसके बेटे ने अपनी नौकरी से इस्तीफ़ा दे दिया है और आने की टिकट भी बुक करा रखी है। इसके बाद वो लड़का यहाँ इंडिया आया और दो साल के भीतर ही वापस चला गया। अब अमेरिका में ही सेटल हो गया है तथा उसने अपने भाई और माता-पिता को भी वहीं बुला लिया है। पापा की बात पूरी तरह से सच साबित हुई।

कभी-कभी बड़े-बड़े लोग जो लोगों के हरेक काम, परेशानी को दुर करने का दावा करते हैं, खुद ज्योतिष के अच्छे ज्ञाता होते हैं और जिनका बहुत नाम होता है, जब खुद किसी परेशानी में पड़ते हैं तो अपने भविष्य को जानने के लिए दूसरों का सहारा लेते हैं। यहाँ मैं किसी को नीचा दिखाने या किसी को बड़ा बताने की कोशिश नहीं कर रहा हूँ, वरन एक मानव-मन की दुर्बलता को बताना चाह रहा हूँ जब मनुष्य का अपने ऊपर से विश्वास कम होता जाता है और वो दूसरों का सहारा लेता है। चंद्रास्वामी को कौन नहीं जानता जो काफी नेताओं के गुरु थे और उनका राजनीति में भी काफी दखल था। वे खुद एक बड़े तांत्रिक थे और

उनके नाम का डंका बजता था। ये उन दिनों की बात जब वे लछु भाई के केस में फँसे हुए थे और उनके ऊपर कई और केस भी चल रहे थे। उनको इसके लिए जेल भी जाना पड़ा था और वो बेल पर चल रहे थे। उनको उनके भक्तों द्वारा कहीं नीरज जी के बारे में पता चला होगा कि वो जन्मपत्री भी देखते हैं तो उन्होंने पापा को अपने बारे में जानने के लिए दिल्ली बुलाया और अपनी जन्मपत्री देखने को कहा। पापा ने सारी गणना करने के बाद कहा की अभी तो आपका समय ख़राब चल रहा है, तथा कुछ समय तक ऐसा ही चलेगा पर अंततः आप सारे मुकदमों से बरी हो जाएँगे और कोई सज़ा नहीं होगी। जो कहा था वही हुआ और आखिरकार सबूतों के अभाव में चंद्रास्वामी सब मुकदमों से बरी हो गए।

अटल जी से जुड़ी एक विशेष घटना है जो पापा के ज्योतिष ज्ञान को भी दर्शाती है। जब अटल जी घुटनों के दर्द से परेशान थे और उनके ऑपरेशन के लिए अमेरिका से डॉक्टर आए थे और उनके जॉइंट्स बदले गए थे, पापा के पैर में भी दर्द रहता था तो अपनी और अटल जी की कुंडली देख कर गणना की कि हमारी शनि की महादशा चल रही है इसलिए हम दोनों ही पैर के रोग से ग्रसित रहेंगे चाहे वो ऑपरेशन करा लें पर पूरी तरह ठीक नहीं होंगे पर हम दोनों का यश और मान-सम्मान बढ़ेगा। पापा की बात बिल्कुल ठीक निकली और अटल जी पूरी तरह से चलने में सक्षम नहीं हुए। अटल जी का स्वास्थ 2004 के बाद ख़राब होता गया। ये उस समय की बात है जब अटल जी बहुत ज़्यादा बीमार पड़ गए थे। बातचीत करने में भी कष्ट होता था, चलना-फिरना भी कम होता जा रहा था। फिर उनका घर से बाहर निकलना बिलकुल ही बंद हो गया था और उनकी ज़िंदगी घर की चारदीवारी में कैद हो कर रह गई थी। जब भी कोई समाचार आता था या फोटो आती थी उसके साथ कोई वक्तव्य नहीं आता था सबको ये लग रहा था कि अटल जी की हालत काफी गंभीर है। उनके बारे में कोई समाचार भी बहुत ज़्यादा स्पष्ट नहीं आते थे न उनका कोई इंटरव्यू आता था, न कोई फोटो ही छपता था–बस ये पता चलता था कि वो बिस्तर पर हैं और ज़्यादा बोलने में भी असमर्थ हैं। किसी पत्रकार ने जो पापा और अटल जी के संबंधों के बारे में जानता था पापा से उसने अटल जी के बारे में कहा, 'नीरज जी वो तो बहुत बीमार चल रहे हैं, उनका क्या होगा?' पापा ने कहा 'उनको कुछ नहीं होगा उनकी तबियत ऐसे ही ख़राब ही रहेगी परंतु मृत्यु उनको छू नहीं पाएगी मेरी भी तबियत ऐसे ही ख़राब रहेगी पर मैं बिस्तर पर नहीं लेटूँगा।' उसने फिर कुरेदा और पूछा कि अटल जी और आप की तबियत का क्या

संबंध है? तब पापा ने बताया कि हमारी कुंडली काफी हद तक एक-सी है और ये भी बताया कि अटल जी और मेरी मृत्यु के बीच में एक महीने का ही अंतर रहेगा। ये बात पापा ने मुझे भी बताई थी पर किसी अपने के मृत्यु के बारे सोचना ही बहुत अकल्पनीय एवं दुखदाई होता है तो मैंने इसके बारे में कभी विचार ही नहीं किया और ये बात आई गई हो गई। पापा के इस संसार को छोड़ने के एक महीने के अंदर ही जब अटल जी भी इस नश्वर दुनिया को छोड़ कर चले गए तब भी दिमाग में ये बात नहीं आई। पर जिस पत्रकार ने पापा का इंटरव्यू लिया था, जिस पेपर में पापा ने ये भविष्यवाणी की थी, उसी समाचार पत्र में यह लेख छापा तो दिमाग में बहुत दिन पहले कही हुई उनकी बात एकदम से याद आई कि पापा ने कितने साल पहले ही कितनी सटीक भविष्यवाणी कर दी थी।

अध्याय 16

होली और दिवाली पर परिवार को इकट्ठा करना

मैं उन सबका हूँ कि नहीं कोई जिनका संसार में,
एक नहीं, दो नहीं, हज़ारों साझी मेरे प्यार में।

सबसे बड़े न होते हुए भी पापा बचपन से ही घर की सारी ज़िम्मेदारियों को अपने कोमल कंधे पर संभाल रहे थे जब आय के साधन इतने ज़्यादा नहीं थे। लेकिन अब जबकि उनपर लक्ष्मी और सरस्वती दोनों की कृपा होनी शुरू हो गई थी, तो उनका मन करता था कि होली और दिवाली दोनों त्योहारों पर पूरा परिवार इकट्ठा हो और ये त्योहार सब लोग मिलकर मनाएँ। शायद ये उनके बचपन में जो उनको आर्थिक अभाव एवं परिवार का साथ न मिलने की कमी थी जो वे अब पूरी करना चाहते थे। पापा अपनी माँ यानी मेरी दादी को बहुत प्यार करते थे और अपने बनने का सारा श्रेय अपनी माँ को देते थे। वे कहते थे कि यह उनकी परवरिश तथा आशीर्वाद है जिसने उनको इस मुकाम पर पहुँचा दिया है। दादी को भी हमारे यहाँ आराम मिलता था। वे मुझसे भी बहुत प्यार करती थीं इसलिए दादी ज़्यादातर हमारे साथ ही रहतीं थीं। हमारे घर में उनका अलग से एक कमरा था जिसमें उनका मंदिर था, घूमने के लिए बड़ा आँगन और बाहर खुला हुआ स्थान। वे ज़्यादातर कमरे में न रह कर बाहर खुले में ही रहती थीं।

अभी पापा के और भाईयों ने अपने मकान नहीं बनाए थे तो दादी अलीगढ़ से बाहर और बेटों के पास कम ही जाती थीं और वे यही चाहती थीं कि सारे लोग अलीगढ़ ही आ जाएँ जिससे उनका सबसे मिलना हो जाए, तो पापा सबको बुला लेते थे। जब तक बच्चे बड़े नहीं हुए थे और उनकी पढ़ाई में कोई व्यवधान नहीं था, तो परिवार के और सब लोग होली पर भी आते थे मगर जैसे-जैसे पढाई

बढ़ती गई, होली पर आना कम होता गया पर दिवाली पर आना काफी साल तक चलता रहा।

त्योहार का माहौल बनना काफी दिन पहले से ही शुरू हो जाता था। हमारा घर शहर से काफी दूर था और अच्छे नमकीन और देसी घी की मिठाई की नामी दुकानें सब शहर के बाज़ार में थीं, तो सब सामान लेने के लिए शहर जाना पड़ता था। दिवाली के दिन बाज़ार में बहुत भीड़ हो जाती थी, इसलिए साइकिल या कार से नहीं जा सकते थे तो रिक्शे पर जाना पड़ता था। इसलिए, दिवाली से दो दिन पहले हम लोग मैं और छोटे चाचा जो अक्सर सबसे पहले बाज़ार जाते थे, या कभी-कभी मामा बाज़ार जाते। पापा का अक्सर दिवाली से पहले कहीं न कहीं प्रोग्राम होता था इसलिए वे दिवाली वाले दिन पहुँचते थे। हम लोगों को ही ये सारी व्यवस्था करनी पड़ती थी। बाज़ार जाकर वहाँ से अच्छी से अच्छी तीन-चार जोड़ी ताश की गड्डियाँ, सिगरेट के पैकेट्स, बहुत सारा नमकीन, मिठाई तथा चार या पाँच व्हिस्की की बॉटल्स लेकर आते थे। हमारे यहाँ दिवाली पर दिए नहीं जलाए जाते हैं, तो मोमबत्ती लाई जाती थी तथा साथ में खील-बताशे, और लक्ष्मी और गणेश जी की मूर्ति कितना उत्साह होता था! न जाने क्यों आजकल वो उमंग और वो त्योहार मानाने का उत्साह जाने कहाँ खो गया है। मुझे लगता है, आजकल हम त्योहार के नाम पर सिर्फ रस्म अदायगी ही करते हैं। हम बच्चों को नमकीन-मिठाई से ज़्यादा पटाखे छुड़ाने का चाव होता था तो उस सस्ते ज़माने में 300 से 400 रुपए के पटाखे आ जाते थे जो एक अलग कमरे में अलमारी में रख दिए जाते थे और उसकी चाबी छोटे चाचा के पास होती थी।

हमारे हिन्दू धर्म में मान्यता है कि दिवाली के दिन देवी लक्ष्मी अपने वाहन उल्लू पर बैठ कर निकलती हैं और लोगों के घर में प्रवेश करती हैं, जिससे उस घर में धन-धान्य की वर्षा होती है। इसलिए सब घरों में खूब साफ-सफाई होती है और घर के मुख्य दरवाज़े को खुला रखकर तथा घर को रोशनी से सजा कर पूरी रात उनका इंतज़ार किया जाता है। जब रात भर जागना है और दरवाज़े भी खुले रखने हैं, तो कोई ऐसा कार्य करना ज़रुरी है कि सब लोग जागते रहें इसीलिए शायद दिवाली वाले दिन जुआ खेलने की प्रथा शुरू हुई होगी, तभी इस दिन खेलने को कोई बुरा नहीं मानता। हमारे यहाँ भी उसी मान्यता को मानते हुए एक बहुत ही अच्छे माहौल में जिसमें हार-जीत के लिए नहीं वरन समय बिताने के लिए खेल होता था, इसलिए लोग हमारे यहाँ खेलने आना पसंद करते थे। पापा हम सब लोगों के साथ भी खेलते

थे तभी उन्होंने हम सबको एक बहुत बड़ी सीख दी थी कि तुम लोग खेलो मगर सिर्फ जीतने के लिए नहीं क्योंकि खेल में हार और जीत दोनों संभव है। और दूसरी, अपनी एक सीमा बना लो जितना हारने पर तुमको कोई दुःख न हो और तुम सुखी मन से खेल से उठ सको। जब तुम्हारी सीमा आ गई तो खेल से उठ जाओ नहीं तो अक्सर हारे हुए धन को जीतने के लिए आदमी और खोता जाता है और अंत में कुछ ज़्यादा ही हार जाता है और फिर पछताता है कि मैं और क्यों खेला।

तब मोबाइल का ज़माना तो था नहीं तो पापा अपने सारे दोस्तों को फोन करके दिवाली वाले दिन आने के लिए आमंत्रण देते थे और अपने साथ किसी और खेलने वाले को लाने के लिए भी खुला निमंत्रण होता था। दिवाली वाले दिन दो कमरों में फड (एक ग्रुप जिसमें ज़्यादा से ज़्यादा आठ या नौ लोग होते हैं) ज़माने के लिए गद्दे बिछते थे उसके उपर सफ़ेद चादर बिछाई जाती थी, कुछ तकिए और कुछ मसनद जगह-जगह रख दिए जाते थे। दो प्लेट्स में मिष्ठान और दो प्लेट में नमकीन लगा कर कमरे में रख दिया जाता था। ये सारा इंतज़ाम करने के बाद हम बच्चों का काम होता था कि हम पूरे घर में मोमबत्तियाँ लगाएँ तो सब भाई-बहन इस काम में लग जाते थे। कोई ऊपर छत पर लगा रहा होता, कोई वरांडे की जाली पर और कोई बाउंड्री पर। सब लोग ये काम बहुत उमंग के साथ करते थे और अँधेरा होने से पहले ये काम हो जाता था। अब हमारा इंतज़ार शुरू होता था पूजा शुरू होने का क्योंकि पटाखे चलाने और मोमबतियाँ जलाने का काम उसके बाद शुरू होता था।

हम बच्चे पूजा का इंतज़ार इसलिए करते थे क्योंकि पूजा के बाद हम सब बच्चों को अपने बुज़ुर्गों के पैर छू कर आशीर्वाद लेने के बाद मिठाई खाने को मिलती थी। उस समय पापा, चाचा और ताऊ हम सब बच्चों तथा अपने से छोटे लोगों को खेलने के लिए कुछ रुपए देते थे कि या तो हम खेल लें या अपनी किसी चीज़ खरीदने में खर्च कर लें। हम सभी बच्चे लोग वो पैसे खेलने में ही खर्च करते थे क्योंकि मन में लालच होता था कि खेलने पर हो सकता है हमारे जीतने पर रुपए में बढ़ोतरी हो जाए।

दिवाली की पूजा पापा बहुत मनोयोग से करते थे और उनकी देखा-देखी हम भी बहुत श्रद्धा से किया करते थे। पूजा के बाद परिवार के लोग बाहर वाले दालान की गोलाई पर बैठ जाते थे जिससे आसपास का दृश्य साफ दिखाई देता था और अब कार्यक्रम शुरू होता था पटाखे बाँटने का। हम सबको बराबर-बराबर पटाखे दिए जाते थे। हाँ जो बहनें थीं उनको महताब, फुलझड़ी और अनार मिलते थे और हम लड़कों को इनके साथ बॉम्स। अपने-अपने पटाखे छुटाकर हम फिर चाचा के

पास जाकर, जो हम सबको बहुत प्यार तो करते थे पर हम सब पर बहुत अनुशासन रखते थे, उनसे और पटाखों की डिमांडड करते थे जिसको वो अक्सर मान लेते थे और उसके बाद फिर गिन-गिन कर हम सबको कुछ और पटाखे मिल जाया करते थे। जब कुछ थोड़े से रह जाते थे तो चाचा फुलस्टॉप लगा देते थे कि अब दिवाली के दूसरे दिन चलाना, पर पापा की सिफारिश–जिनको मनाना बहुत आसन होता था और जो चाचा से कहते 'दामोदर दे दो। अगर ख़त्म हो गए तो कल फिर आ जाएँगे' और हमको थोड़े से पटाखे और मिल जाते थे।

घर के बाकी सदस्य सब बरामदे में कुर्सियों पर बैठे रहते और हम सबको दिशा निर्देश देते रहते। पापा को भी पटाखे चलाने का शौक था और उनकी पसंददीदा पटाखा था अनार और राकेट। पापा लाइन से तीन चार अनार लगा देते और फिर फुलझड़ी से सबमें एक साथ आग लगाते तो बहुत अच्छा लगता था। उसके बाद बोतल में रख कर राकेट छुड़ाए जाते और हरेक बार पापा के मुँह से निकलता 'वो गया!' पटाखे छुड़ाने में पापा हम बच्चों का पूरा साथ देते थे और पूरी उमंग के साथ शामिल होते थे। जैसे ज़्यादातर परिवारों में त्योहार के दिन पक्का खाना तथा कुछ विशेष ही बनता है, तो हमारे घर भी इसका अपवाद नहीं था। माँ गोभी-मटर का स्टू और मूँग की दाल की गोलियाँ बनाती थी जिसे जो भी खाता था बिना तारीफ़ किए रह ही नहीं सकता था। स्टू में टमाटर और पानी का इतना सही अनुपात होता था कि गोभी और मटर पूरे पक जाते थे पर बिखरते नहीं थे और टमाटर की खटास एक विशिष्ट स्वाद दे जाती थी तथा मूँग की गोलियाँ चाहे कितने दिन रख लो खराब नहीं होती थीं। पापा को ये दोनों चीज़े बहुत ही पसंद थीं, हमने माँ की मृत्यु के बाद, मेरी पत्नी और कई लोगों ने दोनों चीजों को बनाने की कोशिश की, पर पापा को स्टू तो तब भी थोड़ा ठीक लगा पर मूँग की दाल की गोलियाँ कभी उतनी पसंद नहीं आईं और वो यही कहते थे कि ये दोनों चीज़े बनाने की कला तो सावित्री के साथ ही चली गई और इनको सावित्री जैसी कोई नहीं बना सकता। वो बताते थे कि एक बार ताऊ जो एटा में रहते थे और जहाँ पापा रहकर पढ़े थे, वो द्वारकापुरी वाले मकान में आए तो स्टू बनने की खुशबू आ रही थी। उस दिन मंगलवार था तो वे बोले गोपाल आज घर में मीट कैसे बन रहा है? हम लोग मंगलवार को नॉन वेज नहीं खाते। पापा ने बताया कि 'दादा मीट नहीं सावित्री गोभी का स्टू बना रही है।' कहने का मतलब ये कि माँ को खाना बनाने में महारत हासिल थी उनके बनाए हुए खाने का स्मरण करते ही आज भी मुँह में पानी आ जाता है।

अब वापिस दिवाली पर आते हैं। सब खेलने वाले लोग अपने घर पर पूजा करके आते थे तो खेल देर से ही शुरू होता था इस बीच में घर के लोग पापा, चाचा, ताऊ और बच्चे जल्दी खाना खा कर कमरे में बिछी हुई चादरों पर बैठ जाते थे और सबसे पहले कौड़ियाँ खेली जाती थीं। पापा का कहना था कि शुरुआत इससे ही करेंगे क्योंकि ये सबसे पुराना खेल है। इस खेल में चार लोग खेलते हैं और सबको एक नंबर 6 से 9 तक दे दिया जाता है और कौड़ियाँ फेंकी जाती हैं। अगर फेंकने वाले को जो नंबर दिया जाता है और वो आ जाता है तो सब लोगों के लगाए गए दाँव के पैसे उसको मिल जाते हैं और अगर किसी दूसरे का नंबर आ जाता है तो उस नंबर वाले खिलाड़ी को उसके दाँव पर लगाए गए पैसे फेंकने वाले को देना होता है। इसे खेलते तो चार लोग ही होते हैं पर बाकी लोग जो प्रत्यक्ष रूप से नहीं खेल रहे हैं वो किसी भी नंबर पर पैसा लगा सकते हैं, और वो नंबर आने पर फेंकने वाले को उनको उतना पैसा देना पड़ता है। यह खेल बड़े लोग खेलते थे और हम लोग किसी भी नंबर पर पैसा लगाया करते थे। पापा हमेशा 9 नंबर ही लेते थे। कभी हम लोग जीत जाते थे तो जाकर उसकी चाट खा लिया करते थे और अगर हारते थे तो किसी भी जीतने वाले से अपने पैसे की भरपाई कर लेते थे। इस बीच में लोगों का आना शुरू हो जाता था और ये खेल बंद करके ताश का गेम शुरू हो जाता था। कभी-कभी इतने लोग हो जाते थे कि आठ-आठ लोगों की तीन ग्रुप बनाने पड़ते थे खेल बहुत देर चलता था। मेरा काम होता था मिठाई और नमकीन की प्लेटो को भरते रहना।

दूसरे जैसा मैंने पहले बताया कि पापा कोशिश करते थे कि सारे चाचा और ताऊ और उनके बच्चे अलीगढ़ आ कर ये दोनों त्योहार मनाएँ तो जब तक मेरे कजिन भाई बहन बड़ी क्लासेज़ में नहीं आए तब तक सब लोग होली पर भी अलीगढ़ आ जाया करते थे जो उसके बाद होली पर उनका आना बंद हो गया पर दिवाली पर अलीगढ़ आने का क्रम बहुत सालों तक जारी रहा। सबके आ जाने से त्योहार का मज़ा और बढ़ जाता था। होली के पहले कहीं न कहीं महामुर्ख सम्मलेन हुआ करता था। वैसे तो शुद्ध हास्य का उसमें वर्चस्व होता था मगर बाकी कवि भी उसमें आमंत्रित होते थे। इसलिए पापा भी उसमें जाया करते थे। वे होली के अक्सर दो दिन पहले ही घर पर होते थे। रंग लगाने का पापा को ज़्यादा शौक नहीं था पर टेसू का रंग बहुत पसंद था तो टेसू के फूल लाए जाते थे और उनको पानी में डाल कर उबलने के बाद आँगन में रखे एक टब में एक-दो दिन पहले डाल दिया जाता था जिससे उसका रंग गाढ़ा हो जाए। एक हफ्ते पहले से पकवान बनने शुरू हो जाते थे।

अम्मा, चाची और आस-पड़ोस की कुछ स्त्रियाँ इस काम में हाथ बँटाने आ जाती थीं और साथ बैठ कर गप्पे मारते हुए सारा काम कर लेती थीं। गुजिया, मैदा की शाखें, समोसे, बेसन के सेव, मीठी मठरी, नमकीन और न जाने कितनी और चीजें बनाई जाती थीं। जब तक दादी और अम्मा रहीं तब तक दस दिन पहले से गेहूँ के दाने एक गमले में बोए जाते थे जिसमें होली आने तक कोपलें आ जाती थीं, गोबर की छोटी-छोटी छेद वाली कंडिया बनाई जाती थीं जिनको एक धागे से बाँध कर माला बनाई जाती थी।

होली के लिए बहुत सारी लकड़ी की ज़रुरत होती थी तो हम सब लोग मोहल्ले वालों से चंदा इकठ्ठा किया करते थे जिसके लिए कोई भी मना नहीं करता था मगर वो इतना नहीं होता था कि बहुत ज़्यादा लकड़ी आ पाए। इसलिए मोहल्ले के सारे लड़के काफी दिन पहले से पेड़ों से टहनियाँ काट-काट कर लाते थे और एक जगह इक्कठा करते रहते थे कि वो होली के आने तक सूख जाएँ। हमारे घर के पास आबादी बहुत ज़्यादा नहीं थी और थोड़ा आगे जाकर गाँव शुरू हो जाते थे तो पेड़ों की बहुतायत थी और कोई रोकने वाला भी नहीं था इसलिए हमारे काम में कोई बाधा नहीं आती थी। बाकी सब तो ठीक था पर घर के सब बड़े यानी माँ, दादी और चाची हमको इस काम के लिए मना करते थे पर यहाँ पर पापा की तारीफ करनी पड़ेगी कि हम सबको उनका साथ मिलता था और उन्होंने हमको इसके लिए कभी नहीं रोका पर इतना ही कहा कि 'सिर्फ टहनी ही काटना पेड़ नहीं, दूसरे संभाल कर काटना जिससे किसी का नुकसान न हो न ही तुम लोगों को चोट लगे।' शायद उनको अपना बचपन याद आता होगा कि जब वे अपने भाइयों के साथ तथा अपने दोस्तों के साथ हुड़दंग मचाया करते थे और एटा जाने के बाद उससे वंचित रह गए थे।

होलिका दहन हमारे घर के पास ही होता था तो पापा सहित हम सब लोग वहाँ जाते थे। होलिका पूजन होता था घर में बनी सारे चीजें, गोबर की कंडियों इत्यादि भोग के रूप में वहाँ चढ़ाई जाती थीं। हम सब बच्चे चाहे जलाने का कोई भी मुहूर्त हो हमेशा सवेरे पाँच या छह बजे के आस-पास ही जलाते थे उसका भी एक कारण था वो ये कि हम सब मोहल्ले के बच्चे रात का खाना खाने के बाद रात भर बाहर ही रहते थे और होली के पास ही एक घर की चादरों से छोटा-सा टेंट बना लेते थे और उसके अंदर रह कर होलिका की रखवाली किया करते थे, क्योंकि एक बार हमारी होलिका को एक दिन पहले ही किसी ने जला दिया था। घर में सबके विरोध के बाद भी रात में बाहर रहने के लिए भी हमको पापा की रज़ामंदी मिल जाती थी।

सवेरे हम घर-घर जा कर होली जलने की सूचना देते थे। बाद में तो हमने एक माइक किराए पर लेना शुरू कर दिया था और हम लोग उसके द्वारा सबको होली के जलने की सूचना दे देते थे। रात के वक्त ऐसा होता था तो सारे लोग तो नहीं आते थे, पर काफी लोग आते थे। मुझे याद नहीं कि पापा कभी आए हों। मान्यता थी कि उस होली की आग से घर की होली जलेगी तो हम थोड़ी-सी जलती हुई लकड़ी घर ले जाते थे। घर के सारे लोग जिसमें पापा भी शामिल थे, घर में जो छोटी-सी होलिका बनाई जाती थी उसके जलने पर उसमें सम्मिलित होते थे। सवेरे सब लोग साफ मगर पुराने कपड़े पहन कर तैयार हो जाते थे। थोडा-सा रंग, घर के बने हुए सारे पकवान बाहर दालान में, रख दिए जाते थे और पापा और चाचा वहाँ बैठ जाया करते थे और फिर लोगों का आना शुरू हो जाता था। मोहल्ले के सारे लोग घर आते थे और एक दूसरे को मुबारकबाद देते थे, गले मिलते थे और थोड़ा बहुत पकवान चख कर चले जाते थे। ये सिलसिला दो घंटे चलता था और उसके बाद पापा और चाचा वगैरह मोहल्ले से बाहर के लोगों से मिलने बाहर निकलते थे। एक घर से दूसरे घर होते हुए लोग चलते थे धीरे-धीरे काफी लोग इक्कठे हो जाते थे। सबके यहाँ थोड़ा-थोड़ा चख कर ये काफिला बढ़ता जाता था। पापा कभी-कभी गले में ढोलक भी डाल लेते थे, साथ में मोहल्ले वाले भी होते थे। अब ये काफिला गाते-बजाते दूसरे मोहल्ले में जाता था। जिन घरों में लॉन की सुविधा थी वहाँ पर ज़मीन पर बैठ कर गाना बजाना होता था और कहीं रसिया, कहीं ब्रज के होली के गाने, कहीं एक छोटी सी कवि-गोष्ठि भी हो जाया करती थी, साथ में थोड़ा खाना-पीना भी होता रहता था। अब वो सब लोग वो रीति-रिवाजों से जुड़े रहने की भावना, वो त्योहार को पूरे विधि विधान से मनाने का जज़्बा न जाने कहाँ ख़त्म हो गया है ! अब हमारे पास न वो भावना है और न वो उमंग जबकि आज हम पुराने समय से ज़्यादा संपन्न हैं, पर कहीं पर कुछ कमी है।

अध्याय 17

बहू पसंद करने का फिल्मी अंदाज़

नारी नर की शक्ति है, ममता की प्रतिमूर्ति
नहीं किसी भी यज्ञ की, हो इसके बिन पूर्ति

मैंने अपनी इंजीनियरिंग समाप्त कर ली थी और उसके बाद कुछ दिन बरेली में नौकरी करने के बाद 1976 जनवरी में भारत हैवी इलेक्ट्रिकल लिमिटेड हरिद्वार में मेरी नौकरी लग गई थी। घर में एकमात्र पुत्र होने की वजह से माँ और दादी का बहुत दबाव था कि अब तुम शादी कर लो। तब दादी की उम्र करीब 82 साल थी और उनका कहना था, 'अब तुम जल्दी शादी कर लो पता नहीं मैं कब चली जाऊँ।' नौकरी भी अच्छी थी तथा हरिद्वार जगह अच्छी थी और हाल-फिलहाल मेरा कहीं और जाने का विचार भी नहीं था, तो मैंने घर वालों को लड़की पसंद करने के लिए हाँ कह दिया।

अब मेरी हाँ होने के बाद घर के लिए बहू को तलाशने का काम शुरू हो गया। परिचित लोगों से बातचीत और लोगों से पत्र व्यवहार शुरू हो गया।

होली से दो एक दिन पहले की बात है कि 1976 में पापा एक साथी कवि के साथ एक प्रोग्राम के लिए अलीगढ़ से आगरा जा रहे थे। उन्हें बस स्टैंड पर एक लड़की दिखी, जो अपनी बड़ी बहिन (बाद में पता लगा) और बच्चों के साथ उसी बस में चढ़ी। बस में काफी भीड़ थी पर इन लोगों के पास वाली सीट अभी खाली थी। आपने अक्सर देखा होगा कि आप जब किसी से पहली बार मिलते हैं तो अगर आपकी वाइब्रेशन उससे मैच कर गई तो आप अनायास ही उसको पसंद करने लगते हैं, और अगर मैच नहीं हुआ तो आपको उससे बात करने का भी मन नहीं होता। पापा को वो लड़की मेरे लिए बहू के रूप में पसंद आ गई। साथी कवि से पूछा, उनको

भी वो लड़की मेरे लिए उपुयक्त लगी। भाग्यवश वो लड़की खाली सीट देख कर पापा के पास आई और पूछा कि क्या सीट खाली है? पापा ने कहा हाँ बेटा और वो वहाँ बैठ गई। पापा ने पूछा कि क्या पढ़ रही हो तो उसने बताया कि वो बीए में है और महरानी कॉलेज जयपुर में पढ़ रही है। पापा के हाथ में एक फिल्मी मैगज़ीन थी। उसने पापा से मैगज़ीन माँगी और बातों का सिलसला शुरू हो गया। बात करने पर पता चला की वे लोग अलीगढ़ अपनी ननिहाल एक शादी में आए हुए थे और अब अपने घर जयपुर जा रहे हैं उसने यह भी बताया कि वो पाँच बहनें हैं और उनके पिताजी जयपुर में वकील हैं। पापा ने भी बताया कि मेरी मौसी (मेरी माँ की बहिन) भी महारानी कॉलेज में इंग्लिश की प्रोफेसर थीं। उनकी बातें होने लगी। पापा ने अपने बारे में बताया कि में कविता लिखता हूँ और बातों-बातों में उस से घर का एड्रेस ले लिया कि कभी जयपुर आया तो तुम्हारे पिता जी से मिलूँगा।

होली वाले दिन हम सब मोहल्ले के लड़के शाम से ही ढोलक लेकर बाहर घूमते रहते थे और शैतानी में जिसका जो सामान बाहर रह जाता था उसे होलिका में डाल देते थे। रात के करीब नौ बजे होंगे की पापा हमारे लड़कों के ग्रुप में आकर मिल गए और साथ घूमने लगे और बताया 'मैं तुम्हारे लिए लड़की देख आया हूँ, बहुत ही सुंदर है, उसकी आँखे बहुत ही बड़ी-बड़ी हैं, मुहावरे में जो कहते हैं एक-एक आँख एक लाख की वैसी हैं, अब तुम हाँ कर दो।' मैंने कहा 'पापा अभी आप जाएँ सवेरे बात करेंगे पर वो काफी देर तक हमारे साथ घूमते रहे और मेरे दोस्तों पर ज़ोर डालते रहे कि गुंजन को राज़ी करो वरना ऐसी लड़की नहीं मिलेगी।'

दूसरे दिन सवेरे से ही पापा ने फिर कहना शुरू कर दिया और घर में बिना बताए वकील साहब को उनकी बेटी के लिए मेरा प्रपोज़ल की चिट्ठी डाल दी। उसमें अपनी बस यात्रा का ज़िक्र किया तथा उनकी लड़की से मिलने के बारे में बताया। संयोगवश वे लोग भी कायस्थ ही निकले। मेरी पत्नी बताती है कि उनके परिवार में किसी को साहित्य में रुचि नहीं थी, इसलिए वो पापा के नाम नीरज से उनकी शख़्सियत समझ नहीं पाए। उनके यहाँ एक आंटी आती थीं, जिनको साहित्य में रुचि थी। उनसे जब ज़िक्र हुआ तो उन्होंने बताया की नीरज जी तो बहुत बड़े कवि हैं, जिनका *नई उमर की नई फसल* फिल्म का *गीत* 'कारवाँ गुजर गया' और फिल्म *प्रेम पुजारी* का 'फूलो के रंग से' गीत बहुत मशहूर है। तब भी बात आगे नहीं बढ़ी क्योंकि वकील साहब अभी अपनी बेटी की शादी करने को इच्छुक नहीं थे तो कोई जबाब नहीं आया। पापा को बस वाली लड़की मेरे लिए बहुत पसंद आ गई थी तो वो जब एक प्रोग्राम में जयपुर

गए तो उनके पास बस में मिली लड़की का बताया पता मौजूद था। वे उन लोगों को बिना बताए सीधे उनके घर पहुँच गए। घर के बाहर बोर्ड लगा था "जय बिहारी लाल सक्सेना, अधिवक्ता" ये जानकर और भी साहस बढ़ा कि चलो ये हमारी ही तरह कायस्थ हैं। वैसे पापा को इस बात से कोई फर्क नहीं पड़ता था कि लड़की की कास्ट क्या है क्योंकि उनका मन बन चुका था कि इसी लड़की को अपने घर की बहू बनाना है। मेरे होने वाले ससुर ने वकालत में अच्छा नाम कमाया था और वो जयपुर के काफी छोटे-छोटे राजाओं जिनको ठिकाने बोला जाता है के वकील थे। घर बहुत बड़ा और जयपुर के पॉश इलाके सी-स्कीम में बिलकुल सड़क के किनारे बना हुआ है। पापा जब मेन गेट से अंदर घुसे तो देखा कि बहुत बड़ा घर है साथ में ही घर के सामने बहुत बड़ा लॉन है तथा मेरी होने वाली पत्नी अपने भतीजों के साथ बाहर लॉन में उनके साथ कोई गेम खेल रही थी। उसने तुरंत पापा को पहचान लिया और बाहर लॉन में बिछी कुर्सियों पर बैठने को कहा फिर अंदर अपने पिताजी को जा कर बताया कि वो बस में जो मिले थे वो वाले सज्जन आए हैं।

रंजना के पिताजी बाहर निकल कर आए तो पापा ने उनको अपने बारे में बताया कि मैं कवि नीरज हूँ और फिल्मों में भी गीत लिखता हूँ; अलीगढ़ में रहता हूँ और मेरे बारे में बताना शुरू किया कि मेरा एक ही बेटा है जो इंजीनियरिंग करने के बाद हरिद्वार में भेल में नौकरी कर रहा है और उसकी शादी मैं आपकी बेटी से करवाना चाहता हूँ। वकील साहब ने बताया की अभी वे शादी करने की स्थिति में नहीं हैं क्योंकि उनकी पाँच बेटियों में से तीसरे नंबर की बेटी की शादी की बात चल रही है जो लगभग तय ही हो गई है और वे दो शादियाँ एक साथ नहीं कर सकते हैं। इस पर पापा ने कहा कि उसकी आप कुछ भी चिंता नहीं करिए क्योंकि हमें आपसे कुछ भी नहीं चाहिए । फिर भी वकील साहब अभी शादी करना नहीं चाहते थे तो उन्होंने कहा रंजना अभी बीए फ़ाइनल इयर में पढ़ रही है और अभी उसकी पढ़ाई बाकी है। बिना पढ़ाई पूरी किए वो शादी के पक्ष में नहीं हैं। लेकिन पापा तो यहाँ शादी करवाने का पूरा मन ही बना चुके थे तो पापा ने कहा कोई बात नहीं एक साल की ही तो बात है वो पढ़ाई पूरा होने तक इंतज़ार कर लेंगे। वकील साहब ने अपना आखरी दाँव चला कि अभी तक लड़के और लड़की ने एक दूसरे को तो देखा नहीं है और ये जमाना ऐसा नहीं है कि दोनों की रज़ामंदी के बिना शादी तय कर दी जाए। इसलिए पहले एक बार दोनों एक दूसरे को देख लें तब ही बात आगे बढ़ाएँगे। इस पर पापा ने जवाब दिया कि वो उनकी बात से पूरी तरह सहमत हैं क्योंकि आज के

युग में दोनों को एक दूसरे को देखना और पसंद करना ज़रूरी है। इसलिए वे बोले 'अब जबकि मैंने तो आप का घर देख लिया है और आपके परिवार से मिल भी लिया हूँ तो अब आप लड़की को लेकर अलीगढ़ आ जाएँ तो घर भी देख लेंगे और लड़के को भी।' इस बात को वकील साहब ने मान लिया और कहा कि वो घर पर परामर्श करके आने की डेट बता देंगे।

कुछ दिनों बाद पत्र आया कि वे लोग अगस्त में हमारे घर आएँगे। वे लोग अलीगढ़ में, जैसा मैंने पहले बताया की रंजना का ननिहाल भी अलीगढ़ ही है, तो अपने ननिहाल में आए और दस तारीख को हमारे यहाँ उनका आना तय हुआ। अजीब संयोग था कि उस दिन रक्षाबंधन का दिन था। मैं अपने दोस्तों के साथ क्रिकेट खेलने रोज़ाना की तरह गया और अपने दोस्तों को बताया कि हमारे यहाँ उल्टा हो रहा है कि लड़की देखने जाने के बजाय जयपुर से लड़की मुझे देखने आ रही है वो भी रक्षाबंधन के दिन! इस पर दोस्तों ने मेरी टाँग भी खींची। शाम को मेरे दो दोस्त भी घर आ गए थे जो हमारे परिवार की तरह से ही थे, रंजना अपने परिवार के साथ घर पर आई और हम लोगों ने यानी मेरी माँ, चाची एवं दादी ने रंजना को देखा तथा मैंने तथा रंजना ने एक दूसरे को पहली बार देखा और ये देखने की प्रक्रिया भी पूरी हुई। तभी पता चला की आज रंजना का बर्थडे भी है। सबने रंजना को अपनी शुभकामनाएँ दी और माँ ने जन्मदिन के उपलक्ष में रंजना को कुछ रुपए शगुन के रूप में दिए और दोनों परिवारों ने ये तय किया कि अब दोनों ने एक दूसरे को देख लिया है तथा घर भी देख लिया है तो कुछ दिनों में पूरे परिवार के साथ विचार-विमर्श करके बताएँगे कि आगे क्या करना है।

कुछ दिनों के बाद जयपुर जाकर विचार-विमर्श हुआ होगा और उनको हमारा परिवार ठीक लगा होगा तो वहाँ से भी रज़ामंदी का पत्र आ गया। अब ये तो तय हो गया की शादी यहीं होनी है पर उस समय नहीं क्योंकि वकील साहब पहले ही कह चुके थे की अपनी बड़ी बेटी की शादी के बाद ही वो अगली शादी के बारे में सोचेंगे। पापा ने कहा 'ठीक है आप सगाई अभी कर लो शादी के बारे में अगले साल सोचेंगे और एक साल बाद करेंगे।' ये सुझाव वकील साहब और उनके परिवार को ठीक लगा तो सगाई की डेट फिक्स की गई और जयपुर में 24 नवंबर 1976 को वकील साहब के मकान के लॉन में सगाई का फंक्शन किया गया जिसमें मैं हरिद्वार से और हमारी तरफ से माँ सहित परिवार की काफी स्त्रियाँ जयपुर गईं और गोद भराई की रस्म को भी पूरा किया।

धीरे-धीरे एक साल भी निकल गया और शादी की तारीख जो 27 नवंबर तय की गई थी वो भी नज़दीक आ गई। शादी से तीन दिन पहले रंजना के भाई शगुन लेकर आए, एक छोटा-सा फंक्शन किया गया। पहले जब शादियाँ होती थीं वो शादी कम लोगों से मिलने-जुलने का एक माध्यम तथा साथ में कुछ वक्त बिताने का एक ज़रिया होती थीं। लोगों के पास समय बहुत होता था, आने-जाने की इतनी अच्छी सुविधा नहीं होती थी तो भी लोग आते थे और पूरे एक हफ्ते पहले से शादी का जश्न शुरू हो जाता था। घर में बड़ी-बड़ी दरियाँ बिछा दी जाती थीं, उस पर गद्दे और चाँदनी (सफेद चादर) और दिन भर खाना-पीना तथा ताश खेलने में ही टाइम निकल जाता था और शादी एक उत्सव बन जाती थी। हमारे घर में यह पहली शादी थी जो पच्चीस साल बाद हो रही थी तो सब रिश्तेदारों को, जो माँ या पापा के दूर के भी रिश्तेदार थे, उन सबको निमंत्रण दिए गए और ये उन सबका का प्यार था कि ज़्यादातर लोगों ने आने की हामी भी भर दी। उस समय लोग साथ-साथ बैठना और इकट्ठे रहना ज़्यादा पसंद करते थे और साथ रहना पहली प्राथमिकता थी न कि खुद की सुविधा।

घर में मेहमानों का ताँता लगा हुआ था अच्छा ये था की ठंड का मौसम था तो एक साथ घुस कर सोने में परेशानी नहीं थी बल्कि दूसरे के लिहाफ़ में घुसने में मज़ा आता था। उसका भी भरपूर इंतज़ाम किया गया था। पापा को मालूम था कि घर की पहली और इस परिवार में इस पीढ़ी की आखिरी शादी है तो रिश्तेदार बहुत ज़्यादा आएँगे। वे इस शादी को यादगार बनाना चाहते थे।

दो बसों में सवेरे-सवेरे बारात जयपुर के लिए निकल पड़ी बहुत से बारातियों को जयपुर में ही मिलना था। बस को रोकते-रुकाते शाम को हम लोग जयपुर पहुँचे और जनवासे में जाकर ठहर गए।

जयपुर का इतिहास बहुत पुराना है और यहाँ पर देखने लायक बहुत सारे दर्शनीय स्थान हैं जिनका वर्णन बहुर सारी किताबों और लेखों में मिलता है इसके बारे में हम लोगों ने काफी सुन रखा था। हमारे साथ आए बहुत सारे बारातियों का जयपुर आने का ये पहला मौका था इसलिए पापा ने वकील साहब से दो बातें कही थीं। एक तो बारातियों का स्वागत बहुत अच्छा हो और बारात दो दिन रुकेगी (जिससे लोग चाहे तो जयपुर घूम लें) जिसको वकील साहब ने सहर्ष मान लिया था। इसलिए जनवासे के लिए एक बहुत ही अच्छा स्थान अचरोल पैलेस में बारातियों के दो दिन ठहरने का इंतज़ाम था। जैसा कि मैंने पहले बताया था कि पापा जब छह

वर्ष के ही थे तब बाबा की अकाल मृत्यु हो गई थी जिसके कारण घर की आर्थिक स्थिति भी खराब हो गई थी। जब पापा की शादी हुई थी तो परिवार की आर्थिक हालात में कोई बहुत ज़्यादा सुधार नहीं हुआ था और जब 17 नवंबर 1945 को मेरी माँ के साथ शादी सम्पन हुई तो बहुत ही साधरण तरीके से, कोई बहुत ताम-झाम नहीं था। हरेक मनुष्य के मन में कुछ सपने होते हैं अपने बारे में अपने भविष्य के बारे में। क्योंकि सपनों पर कोई अंकुश नहीं होता कुछ अरमान होते हैं पर समय और हालात कभी उसको पूरा होने देते कभी नहीं, उस समय न बाजा न कोई बारात कुछ लोग गए और शादी होकर आ गई। अब ये घर की पहली शादी थी अब पापा ने साहित्य में एक स्थान पा लिया था आर्थिक रूप से भी संपन्नता आ गई थी तो वो सारी अतृप्त आकांक्षाओ को फलीभूत करने का समय आ गया था। पापा और अम्मा को बेटे की शादी का बहुत ही शौक था तो बारात में चलने के लिए घोड़ा, ऊँट, हाथी तथा रोल्स रोइस गाड़ी सभी था। हाथी पर बैठने को कोई तैयार नहीं था तो मेरे नाना उस पर चढ़ कर बैठ गए। उसी दिन पापा का रात में कवि सम्मेलन था। इसलिए बहुत सारे कवि भी शादी में उपस्थित थे जिसमें श्री बाल कवि-बैरागी जी का आशीर्वाद हमें मिला। जयमाला के बाद पापा तो अपने कवि सम्मेलन में चले गए, वकील साहब ने बारात के खाने के लिए बहुत अच्छा इंतज़ाम किया था। पापा के कहे अनुसार कायस्थों की पसंद का विभिन्न तरीकों का नॉन वेज बनवाया था। उन्होंने पापा से खाने के लिए बहुत इसरार किया आप चल कर देख तो लें कि हमने कैसा इंतज़ाम किया है पर पापा का नियम था कि वे सम्मलेन से पहले कुछ नहीं खाते थे और उसकी समाप्ति के बाद उनको जो भी मिल जाए वह वो खा लेते थे और वो भी बहुत स्वाद के साथ। तो पापा खाने कि टेबल तक गए और एक दो चीज़ें चखी और तारीफ करके चले गए। दूसरे दिन सारे लोग जयपुर घूमने चले गए और उसके अगले दिन सारे लोग अलीगढ़ वापस आए।

लोग कहते हैं कि जोड़ियाँ ऊपर से बनती है इस पर मेरा विशवास और भी बढ़ गया क्योंकि ये संयोग देखिए की रंजना और पापा का बस मिलना और फिर उसी से शादी होना बिलकुल फिल्मी स्टाइल में, इसको आप क्या कहेंगे!

अध्याय 18

अकेलेपन का दर्द तथा माँ की मृत्यु

घरनी बिन घर भूतन डेरा
रात ही रात रहे जीवन भर
होए न कभी सवेरा

पापा जब सफलता के उच्च शिखर पर आसीन थे तब उनका ज़्यादातर समय बाहर कवि सम्मेलनों में, फिल्मी गानों को लिखने और उनकी रिकॉर्डिंग के समय मुंबई में ही बीतता था। वे त्योहारों पर या विशेष अवसरों पर घर आते थे पर जल्दी ही उनको वापस जाना पड़ जाता था। इसलिए वो परिवार में ज़्यादा समय नहीं दे पाते थे। हमारे समाज में नारी को वो दर्जा नहीं मिल पाया जिसकी वो हक़दार होती है। हमारे वेदों में, धर्मग्रंथों में नारी की महिमा के बारे में बहुत कुछ लिखा गया है, उसको देवी का दर्जा दिया गिया है। उसको शक्ति का रूप माना गया है। जगह-जगह उसके मंदिर बनाए गए जिसमें देवी दर्शन के लिए भीड़ लगी रहती है, यहाँ तक कहा गया:

यत्र नार्यस्तु पूज्यन्ते रमन्ते तत्र देवताः ।
यत्रैतास्तु न पूज्यन्ते सर्वास्तत्राफलाः क्रियाः

पर क्या हमारा समाज नारी को वो सम्मान देता है जो उसको मिलना चाहिए? क्या हमारा समाज अब तक उसको हेय दृष्टि से नहीं देखता है? क्या स्त्री को बराबर अधिकार मिल पाए हैं? हमारे घर में भी स्थिति कुछ अलग नहीं थी। मुझे ऐसा लगता है मेरी माँ को वो श्रेय जिस हिसाब से वे काम करती थीं, और जिसकी वो हक़दार थीं, कभी भी नहीं मिला। कहावत भी है कि भगवान सब जगह नहीं हो सकते इसलिए उन्होंने माँ बनाई। मेरी माँ मुझे भी बहुत प्यार

करती थीं। वैसे संसार की सभी माँएं अपने बच्चों को बहुत प्यार करती हैं जो की बहुत ही स्वाभाविक है; पर मेरी माँ का मुझसे विशेष अनुराग था शायद मैं उनका इकलोता पुत्र था इसलिए दूसरा उनको अपने पति से वो स्नेह, आदर एवं अपनापन जो हरेक स्त्री की एकमात्र धरोहर होती है जिसके सहारे वो किसी विपदा-आपदा का सामना करने को तैयार होती है। उन्हें वैसे नहीं मिला जैसा मिलना चाहिए था। उनकी आशाओं एवं आकांक्षाओं का केंद्र बिंदु सिर्फ मैं था। कवि को बाहर इतना प्यार व सम्मान मिल रहा था, रोजाना ही कोई न कोई कार्यक्रम जिसकी वजह से घर से बाहर रहना, नित नए प्रशंसकों में बढोत्तरी जिसमें महिलाओं की संख्या ज़्यादा होती थी की वजह से परिवार की तरफ वो अटेंशन, जिसके वो अधिकारी थी नहीं मिल पा रही थी। जब मनुष्य को यश मिल रहा हो तथा सफलता उसके कदम चूम रही हो तो अक्सर उस सफल मनुष्य के आगे पीछे अवसरवादी लोग जो किसी की सफलता को सीढ़ी की तरह इस्तेमाल करके अपने आपको स्थापित करना चाहते हैं की भीड़ बढ़ती जाती है जिसको पहचानने में अक्सर लोग गलती कर जाते हैं और अपनों की कही हुई सही बात को भी गलत मानना शुरू कर देते हैं।

कवि बिहारी ने कहा है,

कनक-कनक ते सौ गुनी मादकता अधिकाय।
वा खाए बौराय जग या पाए बौराय॥

जब मनुष्य सफल होना शुरू होता है तो उसके आस-पास बहुत से लोग स्त्री एवं पुरुष जमा होना शुरू हो जाते हैं। कुछ हितेषी भी होते पर अधिकतर चाटुकार और अपना मतलब सिद्ध करने वाले। जब सफल मनुष्य के आस-पास चाटुकार ज़्यादा हो जाते हैं तो उनके द्वारा की गई प्रशंसा आदमी को सत्य के धरातल से ऊपर उठा देती है और मनुष्य अपनों से दूर होता चला जाता है। बहुधा देखा गया है कि जब कोई व्यक्ति साहित्य या फिल्मी दुनिया में सफलता की सीढ़ियाँ चढ़ रहा हो तो उसके आसपास महत्वाकांक्षी पुरुष एवं महिलाओं का जमावड़ा बढ़ता जाता है जो उस व्यक्ति की सफलता को भुनाना चाहता है। इसका परिणाम ये होता है कि घर के सदस्य और पत्नी को वो समय और प्यार नहीं मिल पाता है।

चाचा के साथ दादी और चाची मैनपुरी के पास भोगाँव में रहने के लिए चली गईं थीं। अब घर में मैं और माँ दो प्राणी रह गए थे। मैं जब हाई स्कूल में था तबसे

और जब इंजीनियरिंग कर रहा था तब तक जब मैं पढ़ने चला जाता था तो घर में सिर्फ माँ इतने बड़े घर में अकेली। दोपहर को हम लोग साथ ही खाना खाते थे और अगर कभी लेट हो जाते थे तो रात का खाना ख़त्म हो जाता था। गर्मियों में तो मेरा सिर्फ दूध की लस्सी पी कर ही रात का खाना हो जाता था। मेरी पढ़ाई ख़त्म होने के बाद जब मैं नौकरी करने लगा तो माँ और भी अकेली हो गईं और उनका खाने-पीने का कार्यक्रम बिलकुल ही गड़बड़ा गया। जब पापा होते थे तब दोपहर और रात का खाना ठीक से बनता था अन्यथा अकेले रहने पर कभी खाना बनता था, कभी नहीं और ये अक्सर होता था; क्योंकि पापा अक्सर ही बाहर रहते थे। इसका असर होना शुरू हो गया सही खाना न खाने की वजह से और अकेलेपन के दंश के चलते माँ को ब्लड प्रेशर रहने लगा। उनके परिवार में ब्लड प्रेशर की बीमारी उनके पिता और भाई को भी थी और इसी वजह से उनकी मृत्यु भी हुई थी। एक दो बार डॉक्टर को भी दिखाया, दवा भी शुरू की पर बहुत ज़्यादा फर्क नहीं पड़ा क्योंकि माँ दवा लेने में बहुत रेगुलर नहीं थीं तथा पापा की तरफ से वो भावनात्मक सहयोग भी नहीं मिला जिसकी शायद उस समय उनको आवश्यकता थी।

जब कोई किसी प्रतिष्ठित, सुखी एवं खाते-पीते परिवार में अकेला बच्चा होता है तो सबको ये भ्रांति रहती है उस बच्चे को जीवन की सारी सुख सुविधाएँ एवं माँ-बाप का भरपूर प्यार मिलता है तो ये शत-प्रतिशत् सही नहीं है। ऐसे बच्चे से बहुत लोग इर्ष्या करते हैं। उसके भाग्य को सराहते हैं, उसकी मिसाल देते हैं पर अच्छे के साथ साथ कुछ त्याग भी शामिल होते हैं। मेरे साथ भी कुछ ऐसा ही था। घर में सबकुछ था हर इच्छा पूरी करने के लिए साधन थे, प्यार करने वाली माँ थी दादी, चाचा-चाची एवं पापा थे पर पापा के पास हमारे लिए समय नहीं था। वे घर से बाहर ही रहते थे तथा जब घर में होते भी थे तो ज़्यादातर समय लिखने व लोगों के साथ गोष्ठी करने में निकल जाता था। मुझे याद नहीं कि पापा कभी भी मेरे किसी स्कूल, कॉलेज या इंजीनियरिंग कॉलेज में अभिवावको के साथ जो मीटिंग होती है उसमें आ पाए हों या मेरे किसी टीचर से मिले हों। जब भी कहीं एडमिशन लेना होता था तो जब तक मामा थे तो वो चले जाते थे और बाद में तो मै स्वयं ही ये सब काम करता था। जब में 10वीं श्रेणी में था तब पापा मुंबई चले गए थे और मेरे इंजीनियरिंग में प्रवेश के बाद वापिस अलीगढ़ आए थे। अलीगढ़ आने के बाद वे एक बार फिर से कवि सम्मेलनों में बिज़ी हो गए। पहले यहाँ न रहने की वजह से नहीं जा पाते थे और अब इतने मसरूफ़ हो गए कि जाने के लिए समय ही नहीं था।

लेकिन ऐसा कुछ अनमोल था जो उन्होंने मुझे विरासत में दिया था। ऐसा ही मेरे साथ भी था जिस तरह पापा को ईश्वर ने सुरीला कंठ और कल्पनाओं के आकाश में उड़ने की कला में पारंगत किया वैसे ही मुझे भी ईश्वर ने बहुत ही सुरीला गला दिया था। मैं किसी भी गाने को बहुत ही जल्दी याद करके उसी तरह गा सकता था। तो मैं यह कह सकता हूँ मैं गाना अच्छा गा लेता था इसलिए स्कूल में कोई भी प्रोग्राम होता था तो मैं उसमें हिस्सा लिया करता था पर ऐसे किसी भी प्रोग्राम में पापा कभी भी नहीं आए। मुझे अपने दोस्तों से बड़ी इर्ष्या होती थी जिनके माँ-बाप ऐसे प्रोग्रैम्स में अपने बच्चों का उस्साहवर्धन करने हमेशा आया करते थे मगर ये शायद एक मशहूर और सफल व्यक्ति के घर जन्म लेने का क़र्ज़ था जो मुझे चुकाना था। मामा के नौकरी पर जाने के बाद तो मैं और माँ दोनों इतने बड़े घर में अकेले ही रह गए। पूरा घर काटने को दोड़ता था। मैं अब जब पुराने वक्त में दृष्टिपात करता हूँ तो मुझे अपनी माँ के बारे में सोच कर मेरा मन दुःख और ग्लानि से भर जाता है कि मेरे नौकरी पर आ जाने के बाद उस घर में उन्होंने अपने दिन कैसे काटे होंगे? मैं तो हरिद्वार आ कर अपने दोस्तों, अपनी नौकरी और अपने परिवार के साथ व्यस्त हो गया, मगर उस उतने बड़े घर में अकेले व्यक्ति का रहना उस व्यक्ति के उपर कितना बड़ा अन्याय होगा सोच-सोच मन व्यथित हो जाता है।

1 जून 2001 को अम्मा और पापा मेरे जन्मदिन पर मुझसे मिलने हरिद्वार आए थे। अक्सर ऐसा होता था की मेरे जन्मदिन पर अम्मा का अलीगढ़ से फोन बधाई देने के लिए आता था अगर पापा होते थे तो वो भी साथ में बधाई दे देते थे और अगर कहीं किसी प्रोग्राम में होते थे तो वहाँ से फोन कर देते थे। इस बार ऐसा मौका था कि कहीं कोई प्रोग्राम नहीं था तो वे लोग मेरे पास आ गए थे। मेरी बेटी ने उसी साल इंटरमीडिएट परीक्षा दी थी और इसके बाद उसको आगे की पढ़ाई के लिए बाहर जाना था। जैसा की आप सब जानते हैं कि आजकल कॉम्पीटीशन का ज़माना है और हरेक क्षेत्र में स्पर्धा बहुत ज़्यादा है और जिसकी वजह से मुझे उसको कॉम्पीटिशन दिलवाने के लिए बहुत-सी जगह ले कर जाना था। पहली बार मेरी बर्थडे पर पापा और अम्मा जब हरिद्वार में थे, तब घर का गृहप्रवेश हुआ था और ये दूसरा मौका था कि अम्मा और पापा हरिद्वार में मेरे जन्मदिन पर आए हुए थे; पर मुझे उसी रात को बेटी को लेकर बाहर जाना था। दुःख इस बात का था कि जब तक मैं वापस लौट कर आता तब उनसे मुलाकात नहीं होगी क्योंकि मेरे पीछे अम्मा और पापा को वापस अलीगढ़ लौट जाना था। पापा का कहीं प्रोग्राम था इसलिए उनको

तो जाना ही था, अम्मा रुक सकती थीं पर उन्हें लग रहा था की प्रोग्राम के बाद पापा को अलीगढ़ ही रुकना होगा तो उनके खाने का प्रबंध कौन करेगा। इसलिए वो भी साथ ही जा रही थीं, मुझे बहुत दुःख हो रहा था कि मैं जा रहा हूँ पर मैं कुछ कर नहीं सकता था। ये मेरी माँ से आखिरी मुलाकात थी। इसके बाद मेरी माँ से मुलाकात ही नहीं हो पाई। हरिद्वार वापस आने के बाद एक बार मन हुआ कि मैं एक दो दिन के लिए अम्मा से अलीगढ़ जा कर मिल आऊँ पर बेटी के एडमिशन का काम अभी तक हुआ नहीं था, तो मैंने काम ख़त्म होने के बाद जाने का प्रोग्राम बनाया। मगर ऐसा हो नहीं पाया जिसके लिए हमेशा पछताता रहूँगा। वो कहते हैं न "होइहि सोइ जो राम रचि राखा।" शायद विधाता की यही मर्ज़ी थी कि मैं उनसे दुबारा न मिलूँ।

माँ बहुत तनाव में रहती थीं, जिसकी वजह से उनका ब्लड प्रेशर हमेशा ज़्यादा रहता था जिसकी वो अभ्यस्त हो गई थीं। जब वह बहुत ज़्यादा बढ़ जाता था तब ही उनको महसूस होता था। एक बार उनको हरिद्वार में थोडी-सी सिरदर्द की शिकायत हुई। हॉस्पिटल में दिखाने पर ब्लड प्रेशर बहुत बढ़ा हुआ निकला और डॉक्टर को आश्चर्य हुआ था कि उन्हें ज़्यादा परेशानी क्यों महसूस नहीं हो रही है! डॉक्टर्स ने इसके लिए दवाई भी दी; मगर वे उसको नियमित रूप से नही लेती थीं क्योंकि उनमें ज़िंदगी जीने की लालसा ही नहीं बची थी। अपने आख़िरी रक्षाबंधन पर माँ अपने भाई से मिलने मैनपुरी गई थीं। जाने से पहले मुझे बताया था कि वो मैनपुरी जा रही हैं। बात करने से ऐसा लगा कि बहुत दुखी हैं। मैनपुरी जाते समय भी रिक्शे पर बैठते-बैठते उन्होंने अपने पड़ोस में रह रहे लोगों से यह कहा कि, 'अब शायद ही मिलना हो' और ऐसा ही हुआ।

5 अगस्त को मैंने माँ से फोन पर बात करने के लिए एकबार फोन मिलाया पर फोन मिला नहीं। मैंने बहुत ज़्यादा कोशिश नहीं की कि कल बात कर लेंगे। इस बात का मुझे ज़िंदगी भर अफसोस रहेगा क्योंकि 6 अगस्त 2001 को जब मैं ऑफिस में था, तब सवेरे-सवेरे मेरे पास मेरी पत्नी का फोन आया, 'मामा का फोन आया है कि जीजी की तबियत बहुत ख़राब है और तुम एकदम आ जाओ।' मुझे लगा कि मामा ज़्यादा घबरा गए। मैं अपने बेटे के साथ कार से मैनपुरी के लिए निकल पड़ा, रास्ते में हम लोग बात करते जा रहे थे कि अम्मा को इस बार हरिद्वार ले आएँगे जिससे उनकी ज़िंदगी थोड़ी व्यवस्थित हो जाए। हम लोग अभी कुरावली के पास पहुँचे ही थे कि उधर से पापा एक कार में अलीगढ़ की तरफ लौट रहे थे। रोककर देखा तो अम्मा का निर्जीव शरीर गाड़ी के पीछे की सीट पर रखा था। रात में अम्मा

का ब्रेन हेम्रेज हो गया था। दूसरे कमरे में सोने की वजह से घरवालों को पता ही नहीं चला और सवेरे जब उनको चाय देने के लिए गए तो मालूम पड़ा कि वो बेहोश पड़ी हैं। मैनपुरी में मेडिकल की सुविधा उतनी अच्छी तो थी नहीं, इसलिए उनको समय पर इलाज़ नहीं मिल पाया। सवेरे तक बहुत देर हो चुकी थी। मैनपुरी हॉस्पिटल ले जाने की कोशिश की मगर रास्ते में देवी के मंदिर के सामने वो चिर निंद्रा में लीन हो गईं। माँ हमेशा मुझसे यही कहती थीं, 'जब मेरी मौत आएगी तब न तो तुम मेरे पास होगे न ही पापा, क्योंकि उनका कोई न कोई प्रोग्राम हो रहा होगा और तुम हरिद्वार में होगे।' सचमुच में ऐसा ही हुआ। उनकी इच्छा जो वो मुझे बताया करती थी, वह यह थी कि उनकी मृत्यु के बाद उनको अलीगढ़ में चंदनिया जहाँ अंत्येष्ठी की जाती है न ले जाकर गंगाजी ले जाएँ। पापा चाहते थे कि सारा काम यहीं अलीगढ़ में कर लिया जाए, पर अम्मा की अंतिम इच्छा पूरी करने के लिए मुझे पापा से असहमत होना पड़ा। मुझे लग रहा था कि ज़िंदगी में अम्मा ने कुछ भी नहीं माँगा तो उनकी अंतिम इच्छा तो पूरी की जाए। वक्त की नज़ाकत को देखते हुए पापा को मेरी बात माननी पड़ी। इसके बाद हम लोग एक बस करके अलीगढ़ के पास राजघाट गए और राजघाट पर उनकी अंत्येष्ठी कर दी गई।

अम्मा के स्वर्गवास के दो दिन बाद समाजवादी पार्टी सुप्रीमो श्री मुलायम सिंह यादव जो पापा को बहुत प्यार करते थे, सम्मान देते थे और अपना गुरु भी मानते थे वे हमारे घर अलीगढ़ अपनी सवेंदना प्रगट करने आए। जैसा की नेताओं के साथ होता है, उनके आने की ख़बर अख़बार में आ गई थी। वे जब मिलने आए तो अलीगढ़ में उनकी पार्टी के बहुत से लोग और उनके साथ समर्थकों की भीड़ भी घर आ गई। जैसे ही मुलायम सिंह घर के पास पहुँचे उनके समर्थकों ने जोश में आकर उनके सामने उनके जिंदाबाद के नारे लगाने शुरू कर दिए। सबको बड़ा ही अजीब सा लग रहा था। मुलायम सिंह रुके और लोगों से कहा, 'क्या यहाँ कोई रैली हो रही है जो तुम लोग नारे लगा रहे हो? क्या तुम लोगों को मालूम नहीं कि मैं यहाँ क्यों आया हूँ? कुछ इस पल की गरिमा रखो मैं यहाँ किसी के दुःख में शरीक होने आया हूँ। इसलिए सब लोग शांत रहो।' लोगों पर उनकी बात का असर हुआ और सारा हुजूम शांत हो गया। वे कुछ देर पापा के पास बैठे और सांत्वना देकर वापिस चले गए।

पापा के साथ अम्मा ने बहुत कम ही सफर किया है। बहुत जगह पापा का सम्मान हुआ पर अम्मा शायद एक या दो जगह पर पापा के साथ जा पाईं। उनके मन में इस बात की बहुत पीड़ा थी कि पचास साल के विवाहित जीवन में अगर कोई और होता तो

वो पूरा भारत तो कई बार देख चुकी होती, पर वो कहीं नहीं जा पाईं। पापा विदेश भी कई बार गए पर माँ घर की चारदीवारी में ही कैद रहीं और कहीं भी नहीं जा पाईं। मेरे एक चाचा काफ़ी साल पहले अमेरिका जा कर बस गए थे। उन्होंने कई बार अमेरिका बुलाया और माँ का मन भी था पर उनका पासपोर्ट बना ही रह गया।

छोटे वाले चाचा मैनपुरी में रहते थे और एक ताऊ एटा में। जब हम लोग थे तो हम लोग कार से चले जाते थे पर उसके बाद पापा कार लेकर अकेले नहीं जाते। पापा का जब कभी मन होता तो दोनों जगह पर स्कूटर से ही चले जाते। पापा अगर कहीं साथ चलने के लिए कहते थे तो माँ एकदम तैयार हो जाती थीं जैसे उनको कारू का ख़जाना मिल गया हो। अब जब वो स्कूटर से जाने की कहते तो माँ पापा का साथ देने के लिए अपनी छोटी-सी अटेची लेके पीछे बैठ जाती थी। जबकि ये सफर काफी कष्टकारी होता था। माँ उस उमर में भी बहुत फुर्ती से काम करती थीं। पापा खाना कमरे में खाते थे और हमारी रसोई एक दूसरे कोने में आँगन पार करके थी। उस समय खाना बैठ कर बनाने का सिस्टम होता था। वो ज़मीन पर बैठ कर खाना बनाती थी। एक-एक रोटी बना कर कमरे में देकर आती थीं वो भी दौड़-दौड़कर कि कहीं इंतज़ार न करना पड़े। माँ और पापा दोनों में ही इच्छा-शक्ति कमाल की थी, क्योंकि उस उमर में स्कूटर पर 140 किलोमीटर का सफर कोई आसन काम नहीं था। रास्ते में कहीं किसी जगह रूक कर साथ का खाना खाते या खरबूज़ों के मौसम में वे खाते और शाम तक मैनपुरी पहुँच जाते। लौटने के बाद हमको बताते थे कि हम भोगाँव हो कर आ गए हैं। हमको आश्चर्य होता था और दोस्तों को बताते हुए गर्व भी महसूस होता था कि इस उमर में भी पापा और अम्मा इतने मोबाइल हैं।

बहुत सी ऐसी घटनाएँ हो जाती हैं जो आपके दिलो-दिमाग पर अमिट छाप छोड़ जाती हैं और आप रिश्तों के मायने तलाश करते रह जाते हैं। पापा ने अम्मा को सम्मान जिसकी वो अधिकारी थी वो कभी नहीं दिया और मृत्यु के बाद तो उनको बिल्कुल ही भुला ही दिया। जब माँ की मृत्यु हुई तो पापा ने सब पत्रकारों से कहा कि 'मुझे अंदर से बहुत ग्लानि है कि मैं सावित्री से माफी नहीं माँग पाया। वो जीवन में बहुत दुःख सह कर गईं', मगर मुझे लगता है कि वो सारी बातें सिर्फ कहने भर के लिए ही थी क्योंकि इसके बाद भी माँ को वो सम्मान नहीं मिला।

अलीगढ़ में एक इंटरमीडिएट स्कूल है जिसका नाम है कायस्थ पाठशाला, अम्मा उस स्कूल से जुडी हुई थीं और उसके लिए कुछ करना चाहती थीं। अपनी मृत्यु से पहले उन्होंने वहाँ के प्रबंधक से बात की थी कि वो वहाँ पर एक कमरा

बनवाने में सहयोग करना चाहती हैं और इसके लिए जो कुछ उन्होंने बचा के रखा है उसमें से कुछ दान देना चाहती है। कुछ दान उन्होंने दे दिया था। अचानक ही उनकी मृत्यु हो गई और वो पूरा खर्च नहीं दे पाईं जिस कारण निर्माण शुरू नही हो पाया था। उनके स्वर्गवास के बाद जब उनका सामान देखा जा रहा था तो उनकी डायरी मिली जिसमें एक जगह लिखा हुआ था कि वो उस स्कूल के लिए कुछ करना चाहती हैं। साथ ही साथ उनकी अलमारी में बहुत सारे कागज़ थे जिनके अंदर बहुत सारे रुपए भी थे। उनकी अंतिम इच्छा को सर्वोपरि मानते हुए वो सारा पैसा, जो एक कमरे के निर्माण के लिए काफी था, उस स्कूल को दान दे दिया गया और वहाँ उनके नाम का एक कमरा बन गया। स्कूल के प्रबंधक माँ की याद में हरेक साल उनकी पुण्यतिथि मनाते हैं और हवन करवाते हैं। मेरी कोशिश रहती है कि मैं उसमे शामिल होऊँ मगर आज तक ऐसा नहीं हुआ कि पापा उसमें कभी शामिल हुए हों। पिछली बार मैंने पापा से कहा कि आज तो आप यहीं पर हैं तो आप भी चलें तो उन्होंने वही बहाना बनाया था 'मेरी तबियत ठीक नहीं है तुम ही चलो जाओ।' जबकि उससे दो दिन पहले वो एक प्रोग्राम करके आए थे। बहुत मन दुखी हुआ पर लड़ने-झगड़ने का कोई औचित्य नहीं था। इसलिए मैं अपनी पत्नी के साथ चला गया पर मन में एक फाँस सी गड़ गई कि मेरी माँ को मौत के बाद भी वो सम्मान पापा से नहीं मिला जो उनको मिलना चाहिए था।

अध्याय 19

अटल जी से खास संबंध

सृजन शांति के वास्ते है जरुरी
कि हर द्वार पर रोशनी गीत गाए,
तभी मुक्ति का यज्ञ यह पूर्ण होगा
कि जब प्यार तलवार से जीत जाए,

पापा के संबंध समाज के बहुत सारे प्रतिष्ठित लोगों से, चाहे वो राजनेता हों, उच्च अधिकारी हों, बड़े उद्योगपति हों या फिल्म से जुड़े बड़े नाम हों, पर उन्होंने उसका इस्तमाल नहीं किया। उनका कहना था, जो मज़ा अपने द्वारा किसी मुकाम पर पहुँचने पर होता है वो किसी की सहयता प्राप्त करके हासिल करने में नहीं है। उनका मानना था कि कोई भी चीज़ जीवन में फ्री में नहीं मिलती, बहुत कम लोग ही ऐसे होंगे कि जो किसी की मदद बिना स्वार्थ के करते हैं।

बहुत कम लोग जानते हैं कि भारत के पूर्व प्रधानमंत्री श्री अटल बिहारी वाजपेयी और पापा के बीच में बहुत अच्छे संबंध थे। पापा तथा अटल जी एक साथ डीएवी कॉलेज कानपुर में पढ़ते थे और संयोग ये था कि हॉस्टल में अगल-बगल वाले रूम में ही रहते थे। पापा बताते थे कि दोनों को ही कविता लिखने का रोग लग गया था और दोनों ही एक दूसरे को कविता सुनाया करते थे तथा प्रोग्रैम्स में भी साथ-साथ जाया करते थे। पापा और अटल जी के जन्मदिन में सिर्फ दस दिन का अंतर था। अटल जी का जन्म 25 दिसम्बर 1924 था और पापा का 4 जनवरी 1925। दोनों के ग्रह भी एक जैसे ही थे। दोनों को ही माँ सरस्वती से वाणी का वरदान मिला हुआ था। पापा कविता के क्षेत्र में सर्वोच्च शिखर पर पहुँचे और अटल जी अपनी वाक-पटुता, आकर्षक व्यक्तित्व तथा असाधारण भाषण

कला की वजह से राजनीति के सर्वोच्च शिखर पर आसीन हुए। दोनों ने ही अपनी वाणी के कारण लोगों के दिलों पर राज किया। पापा ने एक मधुर घटना का ज़िक्र किया था : ये उन दिनों की बात है जब दोनों ही कवि सम्मेलनों में साथ-साथ जाया करते थे और दोनों की जेब खाली हुआ करती थी। एक बार दोनों किसी कवि सम्मेलन में ग्वालियर गए। दुर्भाग्यवश इनकी गाड़ी लेट हो गई और जब ये लोग जहाँ पर प्रोग्राम हो रहा था वहाँ पहुँचे, तो प्रोग्राम बिलकुल समाप्ति पर था। इसलिए इन नवोदित कवियों को पढ़ने का अवसर नहीं मिला तथा जो मानदेय इनको मिल सकता था वो भी नहीं मिला। दोनों ने खाना भी नहीं खाया था, और न ही कोई रुकने का ठिकाना; तो सोचने लगे कि क्या किया जाए। अटल जी ने ही बताया कि उनके कोई नज़दीकी रिश्तेदार यहाँ रहते हैं। रात को रुकना भी था क्योंकि सवेरे ही वापसी संभव थी। अब विचार हुआ की उनके यहाँ चला जाए। पापा को जाने में संकोच हो रहा था, रात का वक्त न कोई जान न पहचान, पर अटल जी ने आश्वासन दिया कि जहाँ हम जा रहे है, वहाँ जाने में कोई भी संकोच की बात नहीं और वहाँ इस समय भी जाया जा सकता है। दोनों ही उनके घर गए और सचमुच में ही असमय पहुँचने पर भी उनका खुले दिल से स्वागत हुआ और खाना भी खिलाया गया। ये सब उस समय की बातें हैं जब घर आए मेहमान को विशेष दर्जा दिया जाता था। उनका पूरा आदर सत्कार किया जाता था। अटल जी से संबंध उनके प्रधानमंत्री बनने तक रहे पर नीरज जी ने अपने लिए कभी भी अटल जी से किसी सम्मान के लिए अनुरोध नहीं किया।

बिरला जी से मुलाकात और बम्बई का सफर

मैंने अपनी इंजीनियरिंग की परीक्षा अलीगढ़ मुस्लिम यूनिवर्सिटी से 1974 में पूरी कर ली थी। उसके बाद या तो उस समय मार्किट में इतनी नौकरियाँ नहीं थीं या मैंने सही जगह पर अप्लाई नहीं किया था, या मेरी योग्यता जहाँ पर मैंने अप्लाई किया था उसके अनुकूल नहीं थी। जो भी वजह रही हो पर मुझे नौकरी नहीं मिली थी। इसलिए कॉलेज से निकलने बाद छह महीने तक मैं घर पर ही खाली था। मुझे थोड़ी चिंता होने लगी थी और घर में सबको ज़्यादा चिंता थी। जो होना स्वाभाविक था, क्योंकि अम्मा और चाची के कहने पर मैंने इंजीनियरिंग की थी और अब इंजीनियरिंग करने के बाद भी मेरी नौकरी कहीं नहीं लगी थी। कहीं न कहीं मन में एक प्रश्न चिन्ह था। उन्हें लग रह था की कहीं उन्होंने

मुझे इंजीनियरिंग करा के उन्होंने कोई गलती तो नहीं कर दी। पापा कई बार कलकत्ता और मुंबई में आदित्य विक्रम बिरला जी से कवि सम्मेलन के माध्यम से मिल चुके थे और उनका पापा पर बहुत स्नेह था। जो लोग इस बात से परिचित थे। उन्होंने पापा से कहा, 'कि आप गुंजन की नौकरी की बात बिरला जी से क्यों नहीं करते।' पापा को मेरे बारे में बिरला जी से बात करने में संकोच हो रहा था तो लोगों ने कहा कि गुंजन ने अच्छी यूनिवर्सिटी से और फर्स्ट क्लास में इंजीनियरिंग की है। इसलिए आपका बात करना अनुचित नहीं है, क्योंकि आप किसी अयोग्य व्यक्ति के लिए नहीं कह रहे हैं। सबके समझाने पर पापा ने बिरला जी को पत्र लिखा यह शायद पहली बार था जब पापा ने अपने या अपने परिचित के किसी भी काम के लिए किसी को पत्र लिखा था। इस पत्र का तुरंत ही उनका जबाब आ गया कि 'आ कर मिलो।' पापा का एक प्रोग्राम दिल्ली में था और उसके एक दिन बाद मुंबई में था। उनका रिज़र्वेशन दिल्ली से था। पापा ने मुझसे कहा, 'तुम अलीगढ़ से सीधे मुंबई आ जाओ और वहाँ पर मैं तुम्हारे साथ बिरला जी से मिलने चलूँगा और नौकरी की बात कर लेंगे।'

जैसा अक्सर उन बच्चों को जो अपने ही शहर में रह कर पढ़े हों और जिनको घर में बहुत ज़्यादा प्रोटेक्शन मिला हो, बाहर निकलने का मौका कम ही मिलता है, ऐसा ही मेरे साथ था। अभी तक मैंने कभी अकेले इतना लम्बा सफर नहीं किया था तो घर में दादी और अम्मा को चिंता थी की गुंजन अकेले मुंबई तक कैसे जा पाएगा? मैंने समझाने की कोशिश भी की पर वे लोग नहीं माने पापा भी शायद अंदर से चिंतित थे। उन्होंने मेरे एक दोस्त अजय तिवारी को जो मेरे घर के पास ही रहता था और जिस पर घर के सब सदस्यों को बहुत विश्वास था, को मेरे साथ जाने के लिए तैयार किया और उसके घर वालों से भी बात कर ली (उसके परिवार के लोग भी मुझको अपने घर का सदस्य ही मानते थे)। जो इस प्रस्ताव को सहर्ष मान गए। ये तय हुआ कि हम एक दिन पहले जा कर झाँसी में एक रिश्तेदार के घर रुक जाएँगे और दूसरे दिन पापा दिल्ली से जिस ट्रेन से आएँगे हम दोनों उसी ट्रेन में आगे का सफर उनके साथ करेंगे। नियत समय पर हम लोग झाँसी से ट्रेन में सवार हो गए। पापा का रिज़र्वेशन फर्स्ट क्लास में था और हम लोगों का स्लीपर में। पापा इस रूट पर इतना सफर करते थे की ज़्यादातर टिकेट कलेक्टर उनको जानते थे। जब उन्हें पता चला कि हम लोग भी इसी ट्रेन से सफर कर रहे हैं तो उन लोगों ने हमको भी वहीं बुला लिया। इसका फायदा

हमको ये मिला की दिन का सफर हम लोगों ने पापा के पास ही बैठ कर किया। पैंट्री कार से जब खाने के आर्डर देने की बात आई तो पता चला इस समय उस रूट पर चावल ही मिल रहा था। शायद खाने में रोटी नहीं होती थी। अगर होती है तो शायद एक ही। कठिनाई ये थी कि पापा चावल बिल्कुल ही नहीं खाते थे। ये बात टीसी को बताई गई। उसने कहा, 'कोई बात नहीं आप चिंता न करें। एक स्टेशन पर गाड़ी रुकने दें। वहाँ से बात करने के बाद उसके अगले स्टेशन पर आपको पराठे मँगवा दूँगा' और सचमुच में हम सबको अगले स्टेशन पर परांठे खाने को मिल गए!

मुंबई पहुँचने के बाद हमारा रुकने का प्रोग्राम पापा के किसी दोस्त के फ्लैट पर था। हम सब लोग वहाँ से तैयार हो कर बिरला जी ने जो समय दिया था उससे काफी पहले ही उनसे मिलने के लिए निकल गए। पापा के वहाँ पर काफी मित्र थे जो पापा के प्रशंसक भी थे, इसलिए वहाँ पर सबसे मिलना भी ज़रुरी था। बहुत बड़ी बिल्डिंग थी, जिसमें बहुत सारे ऑफिस थे। पहले ह्यूमन रिसोर्स, उससे अगले फ्लोर पर उच्च अधिकारी और उससे अगले फ्लोर पर बिरला जी का ऑफिस था। वहाँ पापा के मित्र खेतान जी भी थे। उनसे बातचीत करने के बाद बिरला जी से मिलने का समय हो गया। हम लोगों ने जब कमरे में प्रवेश किया तो बिरला जी कुमार मंगलम जी से बात कर रहे थे। अपनी टेबल के पास खड़े हुए पापा ने मेरा परिचय कराया की यह गुंजन है जिसके लिए मैंने आप से बात की थी। मैं आगे बढ़ा और मैंने उनके पैर छुए उन्होंने मुझे आशीर्वाद दिया और मुझसे मेरी योग्यता के बारे में बात की। फिर एक बात कही जो मुझे अभी तक याद है। वे बोले, 'जब तुम नौकरी पर लग जाओ और काम कर रहे हो तो ये भूल जाना की तुम नीरज के बेटे हो। अगर मन लगा कर काम करोगे तो मैं तुमको कहीं से कहीं पहुँचा दूँगा। वरना तुम अपने पिता के भरोसे बहुत आगे नहीं बढ़ पाओगे। ये अच्छी तरह से समझ लो की तुमको पिता की सिफारिश पर नौकरी तो मिल सकती है, मगर आगे बढ़ने के लिए तुमको अपनी मेहनत से अपनी योग्यता को अपने काम की गुणवत्ता से सिद्ध करना पड़ेगा।' कितनी सही बात थी और कहने वाला भी कोई छोटा-मोटा व्यक्ति नहीं था। वह एक ऐसा व्यक्ति जिसको सारा विश्व एक अग्रणी उधोगपति के रूप में जानता है। जिसने एक गरीब परिवार में जन्म लेकर अपनी मेहनत और सूझ-बूझ के बल पर पूरे विश्व में नाम कमाया था। किसी की सहायता से आप कोई स्थान तो ग्रहण कर लेते हैं पर आगे बढ़ने के लिए आपकी मेहनत ही काम आती है। इस

बात को मैंने अपने जीवन का मूलमंत्र बना लिया। इसके बाद बिरला जी ने कहा, 'तुम जाकर कल्याण में सेंचुरी मिल में इंटरव्यू दो इसके बाद तुम्हारा अपॉइंटमेंट वहीं पर होगा।' इतने बड़े आदमी ने मुझसे मुलाकात की, चाहे पापा की वजह से ही, पर मेरे लिए बहुत बड़ी बात थी। थोड़ी देर की मुलाकात पर जो मेरे मानस पटल पर हमेशा अंकित रहेगी और मैं जब भी उस बात को याद करता हूँ तो गौरवांवित महसूस करता हूँ।

अध्याय 20

व्यक्तित्व के विभिन्न रूप

मान पत्र मैं नहीं लिख सका
राजभवन के सम्मानों का
मैं तो आशिक रहा जनम से
सुंदरता के दीवानों का
लेकिन था मालूम नहीं ये
केवल इस गलती के कारण
सारी उम्र भटकने वाला,
मुझको श्राप दिया जाएगा

कोई भी मनुष्य इन चार बुराईयों काम, क्रोध, लोभ तथा मोह से बच नहीं पाता है, पर कुछ बिरले ही होते हैं जो इनमें से बच पाते हैं। कवि का मन निर्मल तथा प्यार और करुणा से भरा होता है और नीरज जी के व्यवहार में बच्चों जैसी सरलता, बाल हठ मन में सब के लिए प्यार और करुणा का अथाह समंदर था। इसके साथ ही विसंगतियों के विरुद्ध आक्रोश प्रचुर मात्र में था जो वे अपनी कविताओं के माध्यम से प्रगट करते रहते थे। उन्होंने अपने बारे में तथा कवि के बारे में लिखा भी है :

बस यही अपराध मैं हर बार करता हूँ
आदमी हूँ आदमी से प्यार करता हूँ

उन्हें अपने कवि होने पर गर्व था क्योंकि उनका मानना था आत्मा के सौन्दर्य का शब्द रूप है काव्य मानव होना भाग्य है कवि होना सौभाग्य।

करुणा

नीरज जी वैसे तो बहुत ही कोमल ह्रदय और दूसरों के प्रति यथा संभव सहायता करने में कभी पीछे नहीं रहते थे। लेकिन अगर उनको कोई बात बुरी लग जाए तो उनको फिर समझाना बहुत ही मुश्किल काम होता था। बिना किसी स्वार्थ के वे न जाने कितने लोगों की आर्थिक रूप से सहायता करते थे। जब मेरी माँ जीवित थी, हमारे घर में एक स्त्री जिसको सब 'राधा की अम्मा' कहते थे काम करती थी। वह अपने परिवार के साथ हमारे घर के बाहर जो हमारा गैराज था उसमें रहती थीं। माँ की मृत्यु के बाद उसने कुछ दिन तो काम किया पर उसके कुछ दिन बाद वे लोग कहीं दूसरी जगह रहने लगे थे। उसने हमारे यहाँ पर बहुत दिन काम किया था। जब कोई आपके साथ काफी दिनों तक रहता है तो उसके साथ एक रिश्ता-सा बन जाता है। पापा ने रिश्तों को हमेशा ही बहुत अहमियत दी थी। जहाँ तक संभव था लोगों में अपना प्यार बिना किसी भेदभाव के खूब बाँटा। अब उसका स्वास्थ भी ठीक नहीं रहता था और घर से दूर भी हो गई थी इसलिए उसने हमारा काम छोड़ दिया था पर उसको पैसे की ज़रुरत तो थी ही। जो इन परिस्थितियों से गुज़र चुका है वो इस स्थिति को अच्छी तरह समझ सकता है। पापा इस दौर से गुज़र चुके थे जब उनके फूफा, दादी को कुछ रुपए हरेक महीने भेजा करते थे जिससे घर का कुछ काम चलता था। उस स्त्री की स्थिति को समझते हुए पापा ने उसकी पेंशन बाँध दी और कहा, 'अब तुम्हें रोज़ाना आने की ज़रुरत नहीं है सिर्फ एक दिन आओ और कुछ काम करके पैसे ले जाओ।' पापा ने उसको हरेक महीने दो सौ रुपए देने शुरू कर दिए थे जो ये क्रम उनकी मृत्यु तक जारी था। वह कभी-कभी तीन या चार महीने के बाद आती थी और अपना पूरा बकाया माँगती थीं। कभी-कभी गलती से ज़्यादा माँगती थी। तब पापा बहुत नाराज़ हो जाते और नहीं देते थे। उनकी समरण शक्ति तो बहुत ही अच्छी थी इसलिए उन्हें याद रहता था। हम लोग बैठे हुए उनकी इस बहस का आनंद लिया करते थे। थोड़ी देर बाद जब गुस्सा थोड़ा शांत होता था तो पूछते थे, 'वो चली तो नहीं गई?' उस स्त्री को भी मालूम था कि बाबूजी थोड़ी देर में खुद बुलाएँगे और जितना उनके हिसाब से बनता है, उसको चुपचाप दे देंगे इसलिए वो चुपचाप बैठी रहती थी। मैंने पापा को गुस्से में बहुत देर रहते नहीं देखा था ज़्यादा से ज़्यादा एक घंटा और उसके बाद बिल्कुल नार्मल। कोई कह ही नहीं सकता कि ये उस व्यक्ति को थोड़ी देर पहले डाँट रहे थे। पापा को कोई भी बहुत आसानी से ठग सकता था।

वो हल्की गर्मी हो या ठंडक दोनों में ही बाहर वरांडे में लेटे रहते थे। सामने सड़क पर फेरी लगाने वाले आवाज़ लगाते तो वो उसको अंदर बुला कर उससे मोल-तोल करके चीज़ें खरीदते थे। ख़ास बात ये होती थी एक चीज़ नहीं खरीदी जाती थी। चादर है तो पाँच या छह, अटेची है तो उसका पूरा सेट और फिर सब को दिखाया जाता कि देखो मैंने कितनी अच्छी चीज़ें कितने सस्ते में खरीदी है। अम्मा विरोध भी करती थीं कि अभी इन सबकी ज़रुरत नहीं है। मैं भी कहता था कि पापा खरीदना ही था तो एक खरीद लेते, क्योंकि मैं जानता था की चीज़ें ज़्यादा टिकाऊ नहीं हैं, और वो भी इस बात को भली-भाँति जानते थे। हमसे कहते थे, 'बेचारा गली-गली मारा-मारा फिर रहा है तो उसकी बिक्री तो होनी चाहिए नहीं तो बेचारा खाएगा कहाँ से!' ये उनके मन में दबे-कुचले लोग जो अपनी रोज़ी रोटी के लिए दर-बदर भटक रहे हैं के प्रति करुणा और प्रेम था जो उनको जानते बूझते ठगे जाने को प्रेरित करता था। होता भी यही था, ली गई अटेचियाँ एक सफर से ज़्यादा नहीं चल पाती थीं पर पापा को इसी में आनंद आता था।

अपनी माँ के प्रति प्यार

पापा अपनी माँ को बहुत ज़्यादा प्यार करते थे और उनके लिए कुछ भी करने को तैयार रहते थे। अपने को पढ़ा-लिखाकर और कविता के क्षेत्र में इस स्थान तक पहुँचने का सारा श्रेय वो दादी और उनके द्वारा सुनाए गए भजनों को देते थे, जो वो बचपन में उनको रात को सोते समय सुनाया करती थीं। तथा उनकी दी हुई शिक्षा और संस्कार जो उनको बचपन में दिए थे। उनकी विचारधारा, लोगों के प्रति करुणा एवं प्यार, दूसरों के लिए कुछ करने की प्रेरणा तथा अपनी क्षमता को पहचानने एवं उसी को आगे बढ़ने के लिए अपना सच्चा दोस्त समझना उनको घुट्टी में मिला था। पापा जब भी प्रोग्राम में जाते थे तो लौटने के बाद दादी को प्रसाद चढ़ाने के लिए सौ रुपए दिया करते थे जो दादी जमा करती रहती थीं और बाद में मिठाई मँगा कर सब में बाँट देती थीं। जाड़े के दिनों में जब दादी बरामदे में लिहाफ़ में लेटी होती थीं तो पापा भी उसमें घुस जाते थे और उन दोनों की काफी देर बातें होती थीं। दादी के साथ लिहाफ़ में लेटने की आदत मुझमें भी आ गई थी क्योंकि दादी का लिहाफ़ काफी गर्म होता था तो उसके अंदर लेटने में सर्दियों में बहुत ही अच्छा लगता था। पापा का पूरा बचपन तो घर परिवार से दूर ही निकला और उसके बाद भी नौकरी के समय भी अपनी माँ से दूर ही रहे इसलिए माँ के हाथ के बने खाने का स्वाद तो याद

रहा पर खाना खाने को कम मिला। पापा को भी दादी के हाथ की बनी दो-तीन चीज़ें बहुत पसंद थीं, जैसे की गुदमा आलू, निमोना (ये हरे चने या हरे मटर को पीस कर उसमे आलू डाल कर बनाया जाता है) और पलोचा (ये दालपीस कर उसकी गुझिया बना कर रस में पकाया जाता है)। इन सारी चीजों की तैयारी तो माँ कर देती थीं पर बनाने का काम दादी का होता था। पापा जब खाने बैठते थे तो फिर जो उसकी प्रशंसा होती थी तो बस पूछिए मत, हरेक कौर पर तारीफ! ये पापा की आदत थी कि चाहे अम्मा बनाए या मेरी पत्नी। जो चीज़ें उन्हें अच्छी लगती उसकी वो बहुत तारीफ करते थे और कुछ दिनों तक बार-बार बनवाते थे और अगर पसंद नहीं आई तो उसको छूते भी नहीं थे।

जीवंत व्यक्तित्व एवं रचनात्मकता

कहीं पढ़ा था कि साहित्य समाज का दर्पण होता है और ये साहित्यकार का कर्तव्य है कि वो समाज की सही तस्वीर लोगों को बताएँ। पापा ने इस दायित्व को हमेशा बखूबी निभाया और समय-समय पर देश-विदेश में होने वाली घटनाओं के ऊपर सारगर्भित कविताएँ लिखी। जब स्वेज़ कैनाल विवाद हुआ और युद्ध के आसार थे तब 'नील के नाम पाती' लिखी :

नील की बेटी न घबराना, समझ से काम लेना,
गर उठे तूफ़ान, हिन्दुस्तान को आवाज़ देना।

जब तीसरे विश्व युद्ध की बात चल रही तब नीरज जी ने लिखा :

मैं सोच रहा हूँ अगर तीसरा युद्ध हुआ तो,
इस नई सुबह की नई फसल का क्या होगा।
मैं सोच रहा हूँ गर जमीं पर उगा खून,
इस रंगमहल की चहल-पहल का क्या होगा॥

तेनजिंग नॉरगे ने बहुत सारी असफलताओं के बाद एवरेस्ट चढ़ने का गौरव प्राप्त किया तो नीरज जी लिखा :

आखिर मुट्ठी भर धूल पहुँच गई वहाँ जा सके न पाँव जहाँ इतिहास पुरानों के
आखिर धरती के बेटे ने गूंथ ही दिए बर्फीले बाल पहाड़ों के चट्टानों के

बाद में मंचों पर पढ़े जाने वाली कविताओं और उनमें प्रयोग होने वाली भाषा से नीरज जी काफी दुखी रहते थे। वे कहते थे, पहले जैसे न तो कवि हैं न वैसे श्रोता। इस संदर्भ में उन्होंने बताया कि जब पापा ने ये कविता एक सम्मेलन में पढ़ी तो माखन लाल चतुर्वेदी जी ने क़हा, 'नीरज ने जो कविता के शुरू में आखिर शब्द का प्रयोग किया है उसने कविता को सोना बना दिया है।' क्योंकि "आखिर" शब्द ने तेनजिंग की सारी विफलताओं को भुला दिया और आखिरी लाइन : 'कर सका न प्राप्त विजय खुद पर ही तो तेरी ये प्रकृति विजय रे सबसे बड़ी पराजय है, ने इसको पारस बना दिया है।'

जब देश में संप्रदायिक तनाव चरम सीमा पर था और लोग मजहब के नाम पर लड़ रहे थे उस समय एकता का मंत्र देते हुए नीरज जी ने लिखा :

अब तो मज़हब कोई ऐसा भी चलाया जाए।
जिसमें इंसान को इंसान बनाया जाए।

ऐसी बहुत सी घटनाएँ हैं जिस पर नीरज जी ने बहुत कुछ लिखा है जिन सबका वर्णन करना यहाँ संभव नहीं है।

एक कहावत है ज़रूर याद आती है 'जहाँ न पहुँचे रवि वहाँ पहुँचे कवि' और ये कहावत पापा पर बिल्कुल सटीक बैठती थी। ये उन दिनों की बात है जब मैं हरिद्वार में नौकरी कर रहा था अलीगढ़ कार से आया-जाया करता था। पापा बाहर दालान में बैठे होते थे और हमारा सामान कार में रखा जाता था। वे कहते थे, 'इतना सामान लेकर क्यों जाते हो? थोड़ा कम रखा करो।' एक बार उनके मुँह से निकला :

जितना कम सामान रहेगा
उतना सफर आसान रहेगा
जितनी भारी गठरी होगी
उतना चिंतित प्राण रहेगा

और इसके बाद पापा ने पूरी कविता ही इस पर लिख डाली।

ऐसे ही हम लोग एकबार हरिद्वार में पापा और अम्मा के साथ हर की पौड़ी पर गए थे और वहाँ तो बीच में टापू-सा बना है, वहीं पर बैठे थे। तभी पानी में एक शव

बहता हुआ आया और वहाँ ज़ंज़ीर में अटक गया। उसे देखने के लिए लोगों की भीड़ लग गईं। मैंने और पापा ने भी शव को तैरते हुए देखा। घर पहुँचने के बाद पापा काफी देर तक विचारों के भंवर में गोते लगाते रहे और उसके बाद ये दोहा बना :

तन से भारी साँस है इसे समझ लो, खूब मुर्दा जल में तैरता, ज़िंदा जाता डूब

कितनी सच्ची बात जिसके बारे में अक्सर कोई सोचता ही नहीं जबकि सब का मानना है कि वज़न शरीर में होता है।

कबीर दास जी का एक दोहा है

चलती चाकी देख कर दिया कबीर रोय,
दोउ पाटन के बीच में साबुत बचा न कोय।

अर्थात, समय के चक्र दिन और रात, सुख और दुःख के बीच में कोई नहीं बचता है। तो उनके बेटे कमाल ने दोनों पाटों को उठाया और दिखाया की कीलों के पास कुछ दाने साबुत पड़े हुए थे जो पिसने से बच गए थे। ये नीरज जी ने कहीं पढ़ा था। बहुत विचार किया होगा कि ऐसा कैसे हो गया कि चक्की में पिसने के बाद भी कुछ दाने कैसे साबुत बच गए और फिर एक दिन जो विचार कौंधा वो ये था :

चलती चाकी काल की, पिसे सकल संसार,
लिपट गए जो मूठ से, पिसे न एकहू बार।

इसका अर्थ जो मुझे पापा ने समझया वो ये था अगर इसको व्यावहारिक जीवन में समझो तो 'जो भी व्यक्ति सत्ता यानी केंद्र के नज़दीक है वो कभी भी परेशान नहीं होता उसकी सारी गलतियाँ अनदेखी कर दी जाती हैं।' अगर आप इसको आध्यात्मिक रूप से देखें तो जो मनुष्य अपने अंदर के ब्रह्म को पहचान लेता है और उस ईश्वर के समीप हो जाता है वो मोक्ष प्राप्त कर लेता है। जीवन में जन्म और मृत्यु के आवागमन से बच जाता है।

अक्सर देखा गया है कि जैसे-जैसे मनुष्य की उम्र बढ़ती है वैसे-वैसे उसकी रचनात्मकता कम होती जाती है, ये प्रकृति का नियम है। जिस तरह शरीर के बाकी सब अंग धीरे-धीरे शिथिल होते जाते हैं वैसे ही मस्तिष्क भी उतना कार्यशील नहीं रहता। नीरज जी इसका अपवाद थे। उनका मस्तिष्क वैसे ही काम करता था, उन्हें

अपनी सारी कविताएँ जो आज से बहुत साल पहले लिखी गई थीं वो सब याद थीं। पापा को उन सबके फोन नंबर याद थे जो उनके अपने और बहुत नज़दीकी थे। हम लोग नंबर फोन बुक में देखते थे और वो बोलना शुरू कर देते थे। उनकी रचनात्मकता पर भी कोई समय का प्रभाव नहीं पड़ा था। अब वो लंबी कविता न लिख कर समयानुकूल दोहे लिखते थे जो उस समय देश में होने वाली घटनाओं पर केन्द्रित होते थे। जून 2018 में जब मैं उनके साथ था तो उन दिनों कश्मीर में आतंकवादी घटनाएँ और सैनिकों पर पत्थरबाज़ी तथा उनकी शहादत कुछ ज़्यादा ही हो रही थी। उन्होंने मुझसे कहा कि मैं बोलता जाता हूँ तुम कुछ दोहे लिखो। मैं यहाँ पर उन दोहों को दोहरा रहा हूँ :

1 चाहे आतंकी मरे
चाहे मरे जवान
दोनों के माँ बाप को
दुःख होता एक समान

2 छोड़ राह आतंक की
चलो प्रेम की राह
फिर न सुनाई पड़ेगी
तुम को आह कराह

3 छोड़ राह आतंक की
चलो प्रेम की राह
वरना कर देगा तुम्हें
ये आतंक तबाह

बाल सुलभ चचंलता

पापा के व्यक्तित्व के कई रंग थे जिनके बारे में बहुत कम लोग ही जानते हैं। बचपन में ही पिता की असमय मृत्यु तथा बालपन में ही माँ के आँचल की ममता भरी छाँव से दूर, परिवार के साथ सारे सुख-दुःख सम्मिलित होकर साझा न कर पाना तथा जीवन

के सफर में हर एक पल में संघर्ष ही संघर्ष ने पापा के सोचने के ढंग को ही बदल दिया था। भावनाओं के साथ-साथ जीवन की कड़वी सच्चाई। रिश्ते-नातों की अपनी अलग गरिमा है, जिसकी जीवन में अपनी जगह है पर आदमी को आगे बढ़ने के लिए अपने आप पर भरोसा तथा अपनी ज़रुरतों को पूरा करने के लिए पर्याप्त मात्रा में धन की ज़रुरत होती है। इसके लिए मनुष्य को व्यवहारिक होना भी आवश्यक है। धन तो कमाना है पर ईमानदारी से जिससे अपने लिए और अपने परिवार के लिए वो सभी भौतिक सुविधाएँ इकट्ठा हो सके जिसकी कोई कामना करता है।

कवि सम्मेलनों का ज़ोर चल रहा था और कवि नीरज की माँग भी बढ़ती जा रही थी। पापा ने ये उसूल बना लिया था कि वो पूरा पारिश्रमिक एडवांस मिलने के बाद ही किसी प्रोग्राम में जाएँगे, क्योंकि कई बार ऐसा हुआ था कि प्रोग्राम ख़त्म होने के बाद आयोजकों द्वारा पेमेंट होने में कुछ दिक्कत आई थी और एक-दो बार तो प्रोग्राम ही कैंसिल हो गए थे। एक बार की घटना है, एक ही डेट पर दो प्रोग्राम पड़ गए। पापा ने उन लोगों से अलग-अलग कहा,'आप अपनी डेट आगे-पीछे कर लें' पर वे लोग इस पर तैयार नहीं हुए और अपने प्रोग्राम में आने के लिए ज़ोर डालने लगे। ये संभव नहीं था कि दोनों प्रोग्राम किए जा सकें। दोनों अलग-अलग शहरों में और एक ही समय पर थे। जब पापा उन्हें समझा-समझाकर थक गए तो उन्होंने कहा, 'आप एडवांस भेज दें।' उन्होंने सोचा कि जिसका एडवांस पहले आ गया उसको पापा ने अपनी रज़ामंदी भेज देंगे। दूसरे का पैसा ये कहते हुए वापस कर दिया कि मेरी तबीयत ठीक नहीं है, मैं आपके प्रोग्राम में नहीं आ पाउँगा। इसके लिए मुझे खेद है, जब आप मुझे अगली बार बुलाएँगे तो मैं अवश्य आऊँगा। लेकिन प्रोग्राम रखनेवाले भी ज़िद्दी थे। जब उसको एडवांस वापिस मिला तो वो अलीगढ़ घर पर आ गए और पापा से बार-बार चलने के लिए इसरार करने लगा। वो बोला 'सारे पोस्टरों में आप का नाम छप चुका है और अगर आप नहीं आए तो बहुत मुश्किल हो जाएगी।' पापा ने उनको ये नहीं बताया था कि उनका प्रोग्राम फिक्स हो चुका है। ये ज़रूर लिखा था कि तबीयत ठीक नहीं है। पापा ने गले से बहुत ही धीमी-धीमी आवाज़ निकाली जैसे की गला बिल्कुल बैठ गया हो और आवाज़ बिल्कुल निकल ही नहीं रही हो। बताया कि 'मेरा गला बिल्कुल बैठ गया है। मैंने गले को ठीक करने की दवाई भी ली पर कोई फायदा नहीं हुआ। इस गले से तो मैं स्टेज पर कविता पाठ कर ही नहीं पाऊँगा तो जाने का कोई फायदा नहीं होगा। इसलिए मैंने आपका एडवांस वापिस भेज दिया था।' वो सज्जन काफी देर तक पापा के पास बैठे

और उतनी पूरे समय पापा के गले से दबी-दबी आवाज़ ही निकलती रही थी। उन सज्जन को पूरा विश्वास हो गया की तबीयत सचमुच में ठीक नहीं है और वे पापा को डॉक्टर से मिलने की सलाह दे कर चले गए। उनके जाने के बाद हम सबकी रोकी हुई हँसी का फव्वारा फूट पड़ा जिसमे पापा भी सम्मिलित थे।

आत्मसम्मानी

पापा बहुत मेहनत कर रहे थे वो धर्म-समाज कॉलेज में नौकरी भी कर रहे थे तथा उनका कवि सम्मेलन में जाना भी जारी था। एक हफ्ते में कम से कम दो प्रोग्राम तो हो ही रहे थे। नाम भी काफी हो रहा था। कवि सम्मेलनों में उनका कविता पाठ बहुत बाद में रखा जाता था जिससे जनता उनको सुनने के लिए बैठी रहे और पंडाल खाली न हो। इसके चलते आस-पास के प्रोग्राम जिसमें गंतव्य पर दो या तीन घंटे में पहुँचा जा सकता है उसमें सहूलियत के हिसाब से पापा दोपहर या शाम को घर से जाते थे और रात को प्रोग्राम करने के बाद सुबह तक वापस आ जाते थे। जब कभी ट्रेन से जाना होता था तो एक दिन की छुट्टी लेकर जाते थे और सवेरे-सवेरे वापस आते थे।

नीरज जी की भी प्रसिद्धि उनके कॉलेज के कुछ सहयोगियों को शायद रास नहीं आ रही थी और वो कॉलेज प्रबंधन से इसकी शिकायत करते थे की नीरज जी स्टूडेंट्स को ठीक तरह से नहीं पढ़ाते हैं और पढ़ाने के जगह कवि सम्मेलन में ज़्यादा वक्त देते हैं। उनके पास कहीं से कोई शिकायत नहीं थी क्योंकि जब कवि सम्मेलन में जाना होता था तो या तो छुट्टी लेकर जाते थे या अपने शरीर को कष्ट देकर सही समय पर कॉलेज में पहुँच कर क्लासेज़ ले रहे होते थे। सारे विद्यार्थी नीरज जी के पढ़ाने के तरीके और उनके दोस्ताना व्यवहार से से बहुत प्रसन्न थे इसलिए उनकी तरफ से कोई शिकायत नहीं थी। अब एक ही तरीका था उन्हें ज़्यादा से ज़्यादा परेशान किया जाए। इसलिए जिस रात को उनका प्रोग्राम होता था उसके अगले दिन सुबह की सबसे पहली क्लास उनको दी जाती थी। मजबूरी थी इसलिए सफर के एकदम बाद बिना सोए या आराम किए उनको कॉलेज जाना पड़ता था। कभी-कभी जब ट्रेन से आना होता था तो मेरे मामा या हमारे यहाँ काम करने वाले बाबूलाल साईकिल लेकर स्टेशन पर ही खड़ा मिलता था और पापा वहाँ से सीधे कॉलेज चले जाया करते थे।

सहयोगी लोग रोज़ाना ही कोई नई कहानी गढ़कर मैनेजमेंट से शिकायत किया करते और नए-नए तरीकों से परेशान करने की कोशिश करते थे। एक दिन

पापा रोज़ की तरह कॉलेज गए और थोड़ी देर में वापस आ गए तो हमने पूछा, 'क्या हुआ?' तो उन्होंने बताया, 'मैं इस्तीफ़ा दे आया हूँ।' इसके बारे में घर में कोई भी बात नहीं हुई थी और न ही हम लोग सोच सकते थे कि पापा इस तरह एकदम इस्तीफ़ा दे देंगे। सुनकर बहुत बुरा लगा क्योंकि जैसी कहावत है "जैसे उड़ जहाज़ को पंछी उड़ जहाज़ पर आवे" वैसे ही हमारे लिए कॉलेज एक जहाज़ की तरह था। कॉलेज में नौकरी करने की वजह से पापा को अलीगढ़ काफी रहना पड़ता था। मगर अब-जब नौकरी ही नहीं है तो अलीगढ़ में ज़्यादा समय रहने की वजह ख़त्म हो रही थी। नौकरी छोड़ने के बाद पापा की व्यस्तता और बढ़ती चली गई और उनके ज़्यादातर समय बाहर ही निकलने लगा।

अध्याय 21

कवि-स्वभाव

बस यही अपराध मैं हर बार करता हूँ
आदमी हूँ आदमी से प्यार करता हूँ

यहाँ पर मैं नीरज जी के स्वभाव के विभिन्न रुपों के बारे में बताना चाहूँगा कि वे किस तरह अपने बुज़ुर्गों के प्रति, अपने दायित्वों के प्रति, अपने परिवार के प्रति और अपने कर्तव्य के प्रति सजग रहते थे। अगर किसी से नाराज़ भी होते थे तो कुछ देर के लिए और उस समय किसी की बात नहीं सुनतें थे लेकिन कुछ देर के उपरांत उसी की बात सुनकर उसी प्रकार काम करते थे, पर कभी-कभी अगर अपनी ज़िद पर आ जाते थे तो फिर उनको समझाना नामुमकिन था।

इटावा की और भी बेहद महत्वपूर्ण घटना है। जैसा अक्सर होता है, लोग छोटी-मोटी चोटों की तरफ ध्यान नहीं देते और कभी-कभी वो विकराल रूप धारण कर लेती है। नन्ना (नाना) को कहीं पैर में कोई जंग लगी हुई कील लग गई जिससे पैर में पस पड़ गया। किसी ने उसकी तरफ ज़्यादा ध्यान नहीं दिया और वो ज़हर बाद हो गया। नाना को बुखार रहने लगा तथा तबीयत लगातार ख़राब होती जा रही थी। जब अंतिम समय आया तो पापा कचहरी गए हुए थे। उनको सूचित किया तो पापा जल्दी से घर आए। नाना के गले से आवाज़ बहुत ही कम आ रही थी पर उस दिन भी सबसे पहले यही पूछा, 'कितना कमाया?' पापा ने कहा, 'नाना अब दुनियादारी छोड़िए और आप भगवान का नाम लीजिए।' नाना ने पापा के सर पर हाथ रखा और बहुत आशीर्वाद दिया और कहा, 'बेटा तुम बहुत उन्नति करोगे' तथा एक वादा लिया कि अपने परिवार का ध्यान ऐसे ही रखना (जो पापा आजीवन निभा रहे थे) कहते हैं बुज़ुर्गों का आशीर्वाद बहुत ही अमूल्य होता है वो सही है, क्योंकि

यह उन्हीं का और सब बुजुर्गों का ही आशीर्वाद था जो पापा उस मुकाम पर पहुँचे जो किसी ने कभी सपनों में भी नहीं सोचा था।

आजकल बुजुर्गों के पास हम बैठना नहीं चाहते हैं, जबकि उनको इस समय हमारी बहुत ज़रुरत होती है। पापा इस बात को बहुत अच्छी तरह से समझते थे और उनकी कोशिश रहती थी कि दादी और परिवार के बुजुर्गों के साथ कुछ समय ज़रुर बिताएँ। पापा का अपने परिवार तथा परिवार के सभी लोगों से बहुत गहरा लगाव था। वे सबसे बहुत गहरे से जुड़े हुए थे इसलिए हमारे यहाँ कोई न कोई रिश्तेदार आता रहता था। उनके साथ पापा फिर पुराने दिनों में लौट जाते थे और रस ले-लेकर पुरानी घटनाओं को हम सब लोगों को बताया करते थे। कोशिश ये होती थी की वह व्यक्ति स्वयं उस घटना को सुनाए। उस समय पापा के चेहरे पर जो एक शरारतपूर्ण मुस्कान होती थी और सुनाने वाले के चेहरे पर गर्व और संतोष का भाव, उसका वर्णन करना असंभव है। एक मज़ेदार वाकया जो पापा से जुड़ा नहीं है पर जो पापा ने मुझे बताया था। दादी दो बहनें थीं। दादी की बड़ी बहन बहुत गोरीचिट्टी थी। सुनहरे बाल तथा गाल बिल्कुल सुर्ख, देखने में विदेशी। उन्हें मैंने भी देखा था, जब उनकी उमर करीब 83 साल की रही होगी और उस उम्र में भी बिल्कुल गोरी चिट्टी एवं सुर्ख थीं। पापा उनको प्यार से 'लाल मौसी' कहते थे। वो भी पापा से बहुत प्यार करती थी और हमारे पास अलीगढ़ रहने के लिए अक्सर आ जाती थीं। आँगन में सबकी खाट बिछा दी जाती थी और फिर पुरानी बातों का सिलसिला शुरू हो जाता था। अगर आप किसी बुज़ुर्ग से उसकी जवानी या बचपन की बात करेंगे तो उनको उस बात को बताने में जिसको वो पहले भी कई बार बता चुके होते हैं, और भी आनंद आता है। (इसका वर्णन पहले के अध्याय में हो चुका है) ये सब बताते हुए दादी के चेहरे पर जो खुशी और गर्व के भाव थे उनका वर्णन करना मुश्किल है। वो इसलिए कि पापा ने उनको उन क्षणों को दुबारा जीने का मौका दिया। ये बात पापा भी बता सकते थे पर उस घटना को उन्हीं के द्वारा कहलवाना उनको नई ऊर्जा प्रदान करने जैसा था। इससे मुझे ये समझ में आया की हमको अपने बुज़ुर्गो के साथ बैठकर उनको उनके अतीत की पुरानी अच्छी यादों में ले जाना हम दोनों के लिए ही अच्छा है। हमको कुछ सीखने को मिलता है और उनको नई ऊर्जा।

जैसा मैंने पहले बताया की पापा चार भाई थे। सबसे बड़े भाई गाजियाबाद में रहते थे। उनके आठ बच्चे थे, पाँच लड़कियाँ और तीन लड़के। ताऊ ईएसआई में मैनेजर थे। परिवार बड़ा होने की वजह से उनको थोड़ी आर्थिक परेशानी रहती थी,

जिसमें पापा समय-समय पर उनकी मदद करते रहते थे। सभी लड़कियों की शादी में पापा ने आर्थिक रूप से काफी योगदान दिया और सबसे बड़ी लड़की की शादी तो हमारे घर अलीगढ़ से ही हुई थी। बहराल, ताऊ के सभी काम ठीक से संपन्न हो गए। ताऊ की एक बेटी की शादी पापा के एक दोस्त, जिनको ताऊ भी अच्छी तरह से जानते थे, के बेटे के साथ हुई। दुर्भाग्यवश उसके पति का देहांत एक रोड एक्सीडेंट में हो गया और उनकी बेटी छोटी-सी उम्र में ही विधवा हो गई। ये बहुत ही दुखद था पर विधि के विधान को कौन बदल सकता था! मेरी उस बहन की दो बेटियाँ हैं जो उस समय बहुत छोटी थीं। उस बेटी का दुःख देख कर पापा भी कहीं अपराध बोध से ग्रस्त थे, साथ ही वे उस बेटी की और तो कोई मदद नहीं कर सकते थे केवल अर्थिक मदद के अलावा। वे उसको एक निश्चित राशि हरेक महीने भेजने लगे और कुछ पैसा उसकी बच्चियों के नाम फिक्स कर दिया जो उनकी शादी में काम आए। यह क्रम उनकी मृत्यु तक जारी था। 5 मई 2017 में ताऊ की उसी बेटी तिकुल जो कि गाज़ियाबाद में है उसकी दूसरी छोटी बेटी की शादी होनी थी। ये रूपरेखा मैं इसलिए दे रहा हूँ कि पापा का स्वभाव आप समझ सकें। हम लोग हरिद्वार में थे। पापा से बात करने के बाद हमारा ये प्रोग्राम था कि हम लोग चार तारीख को नोएडा चले जाएँगे जहाँ पर मेरे एक दोस्त की शादी की वर्षगाँठ भी थी। रात को वहीं पर रुकेंगे तथा पाँच तारीख को शादी में सम्मिलित होकर छह को वहाँ से अलीगढ़ चले जाएँगे। उसके बाद हमारा अलीगढ़ में काफी दिन रुकने का प्रोग्राम था। इस बात की सूचना मैंने अपने दोस्त तथा पापा को दे दी थी। पापा का मेरे पास फोन आया, 'तुम 4 मई को सीधे अलीगढ़ आ जाओ। मेरा भी जाने का मन है, तो तुम लोगों के साथ चला चलूँगा और रात को ही वापस आ जाएँगे।' अब पापा ने कहा था इसलिए न का सवाल ही नहीं था। मैंने अपने दोस्त को फिर फोन किया और नई स्थिति से अवगत कराया और आने में असमर्थता बताई। इस बीच में उसने वहीं रहने वाले दो दोस्तों को मेरे आने के बारे में सूचित कर दिया था। ग़नीमत ये थी की उसने कोई प्रोग्राम उनको नहीं बताया था। पापा ने जाने के बारे में कहा था पर मैं ये जानता था आखिरी समय पर पापा मना कर देंगे। इतने सालों का अनुभव था। मैंने अपनी पत्नी से कहा, 'पापा बुला रहे हैं पर पापा जाएँगे नहीं।' उसका भी अनुभव यही था पर हम पापा के आदेश से बंधे थे इसलिए हम लोग चार तारीख की शाम को अलीगढ़ पहूँच गए। मैंने रात को पूछा, 'सवेरे कितने बजे निकलना है?' तो पापा कहने लगे, 'मेरी तबीयत ठीक नहीं है इसलिए मैं नहीं

जा पाऊँगा। तुम लोग बारह बजे के बाद चले जाओ तो तुम लोग तीन घंटे में वहाँ पहुँच जाओगे। इस समय ट्रैफिक काफी कम होगा तो समय कम लगेगा और रात को देखना कब फ्री होते हो तो उसके हिसाब से चलना या वहीं किसी होटल में रुक जाना।' अब मुझे लगा कि पापा तो जा नहीं रहे और रात काफी हो जाएगी तो रात को चलना ठीक नहीं रहेगा। पापा चाहे शरीर से अशक्त हों पर उनके साथ रहने से एक मानसिक संबल होता था। कोई साथ है और रात को सफर करने में कोई दुविधा नहीं होती। उनके साथ न होने से मन गवाही नहीं दे रहा था कि हम रात को ही वापिस लौटें। पापा को मैंने कहा, 'मैं रात को अपने दोस्त के यहाँ रुक जाऊँगा पर रात को वापस नहीं आऊँगा' तो पापा ने कहा ठीक है।

मैंने अपने दोस्त को फोन करके बताया की मैं पाँच तारीख को उसके घर आऊँगा और लंच करके शाम को शादी अटेंड करने चला जाऊँगा और रात को फिर वापस आ कर उसके यहाँ ही रुकूँगा। अगले दिन वहाँ से अलीगढ़ वापस आऊँगा। अगले दिन हम लोग सवेरे दस बजे ही निकल गए जिससे हम सही टाइम पर उसके घर पहुँच जाएँ। उसके घर का पता मैंने उससे पूछ कर अपने मोबाइल ऐप पर डाल लिया था। लेकिन बीच में इंटरनेट गायब हो गया और हम रास्ता भटक गए। अब मुझे बार-बार उसको फोन करना पड़ रहा था। आखिर में उसको खुद चल कर एक मोड़ पर आना पड़ा जहाँ से रास्ता थोड़ा टेढ़ा-मेढ़ा था। इस बीच उसने मेरे एक और दोस्त को घर पर बुला लिया था, वे दोनों हमें लेने आए। हम लोग उसके घर गए और उस दिन वहाँ रुक कर वापस छह तारीख को अलीगढ़ आ गए। शादी में सब लोगों से मुलाक़ात हो गई। सब लोग पापा के बारे में पूछ रहे थे। 'चाचा क्यों नहीं आए?' तो सबको यही कहना पड़ रहा था की 'तबीयत ठीक नहीं है इसलिए मन होते हुए भी नहीं आ पाए।' उसी शाम को मुझे ड्राईवर ने बताया, 'कल सात तारीख को बाबा लखनऊ जाने को कह रहे हैं।' मैंने पापा से कहा, 'पापा लखनऊ तो बहुत दुर है। जब आप तीन घंटे का सफर नहीं कर पाए तो सात घंटे के सफर में आपको परेशानी होगी। आप अभी मत जाईए।' पर पापा नहीं माने, कहने लगे, 'बहुत ज़रुरी काम है। लोगों से मिलना है।' मैंने बार-बार समझाया पर मुझे ही डाँट पड़ गई। मैंने कहा, 'चलिए मैं भी आपके साथ चलता हूँ।' क्योंकि उनके एक सहायक ने जाने में कुछ परेशानी बताई थी। तब वे कहने लगे, 'गेस्ट हाउस में रुकना पड़ेगा बेकार में ही ज़्यादा पैसा खर्च करना पड़ेगा।' मैंने कहा, 'इसमें क्या दिक्कत है? इतना तो मैंने कमाया और बचाया है की मैं तीन-चार हज़ार रुपए आप और अपने आप

पर ख़र्च कर सकता हूँ।' पापा ने कहा, 'दो दिन के लिए ही तो जा रहा हूँ' और बहुत ही स्पष्ट लहजे में मुझे ले जाने से मना कर दिया। 'तुम्हारा वहाँ क्या काम? तुम जा कर क्या करोगे? तुम अलीगढ़ में ही रहो।' अभी तक हम उसी परंपरा में जी रहे हैं की अपने बुज़ुर्गों की कही हुई बात को पत्थर की लकीर मानते हैं और किसी भी आदेश की अवहेलना नहीं कर सकते हैं। पाप से ज़िद करने का कोई सवाल ही नहीं था, इसलिए मन मार कर मैं अलीगढ़ में ही रुक गया।

उसके बाद मैं अलीगढ़ में ही था। शायद उनके जाने के एक दिन बाद की बात है। हर्ष अग्रवाल का लखनऊ से फोन आया, 'भैया आप कहाँ हो? बाबा लखनऊ आए हुए हैं।' मैंने बताया, 'मैं अलीगढ़ में हूँ' तो उसने बड़ा सरल-सा सवाल पूछा जो मेरे लिए बहुत मुश्किल था, 'जब गाड़ी आ रही थी और आप अलीगढ़ में ही थे तो आप बाबा के साथ क्यों नहीं आ गए?' अब आप मेरी मनोदशा को समझने की कोशिश करें। मेरे अपने पिताजी मुझे ले जाने को तैयार नहीं थे। मै असमंजस में था कि क्या मैं यह बात हर्ष को बताऊँ? या फिर कोई बहाना बनाऊँ? अपनी इज्ज़त और पापा की गरिमा रखने के लिए मुझे झूठ बोलना पड़ा, 'मेरी तबीयत ठीक नहीं है इसलिए में नहीं आया।'

एक और किस्सा है जो मुझे आज भी याद है और जिसमें मैं पापा को बिल्कुल नहीं समझ पाया। हमारी शादी को कुछ ही समय हुआ था कि हमें एक शादी में इकदिल जाने का निमंत्रण मिला। हमने अपना पैतृक गाँव नहीं देखा था। पापा ने कहा, 'तुम लोग भी चलो इसी बहाने गाँव में अपना घर और खेत देख लोगे।' हमें भी लगा की यह अच्छा अवसर है। सारे लोगों से मिलना भी हो जाएगा और पापा के होने से कोई परेशानी भी नहीं होगी। अम्मा और चाची पहले ही चली गईं थीं और हमको उनसे वहाँ मिलना था। पापा का एक दिन पहले दिल्ली में कवि सम्मेलन था। ये तय हुआ की पापा सीधे इटावा पहुँचेंगे और हम लोग अलीगढ़ से ट्रेन पकड़ कर इटावा पहुँच जाएँगे। पापा हमको इकदिल के बारे में काफी बताया करते थे। स्टेशन से घर कुछ किलोमीटर दूर है। वहाँ तक पहुँचने के लिए बस और तांगा दोनों ही जाते थे। पापा अकेले ही पूरा तांगा कर लेते थे और तांगे से ही जाते थे, क्योंकि वो घर तक पहुँचा देता था और सात रुपए लेता था, जबकि बस काफी दूर पर छोड़ देती थी और काफी पैदल चलाना पड़ता था। हम लोगों की नई-नई शादी हुई थी। उस समय पति और पत्नी एक दूसरे को अपनी अच्छे गुण दिखाने की कोशिश करते हैं। पति की कोशिश होती है की वो पत्नी को अधिक से अधिक आराम एवं सुविधा

मुहैया कराए। मैं भी कोई अपवाद नहीं था वैसे हम लोग सेकंड क्लास में ही सफर करते थे। पत्नी पर अपना रोब दिखाने के लिए मैंने फर्स्ट क्लास का टिकट लिया और हम ट्रेन में सवार हो गए। इटावा पहुँचने के बाद जब हम उतरे तो अगले डिब्बे से पापा भी ट्रेन से नीचे उतरे। उन्होंने हमे फर्स्ट क्लास से उतरते देख लिया था फिर भी पूछा। मैंने बताया, 'हम फर्स्ट क्लास से आए हैं।' मालूम नहीं क्यों पर ये हमारा फर्स्ट क्लास से सफर करना उनको बुरा लगा। जबकि कुछ दिनों पहले ही उन्होंने हमें कश्मीर जाने के लिए प्लेन के टिकट करवाए थे। वहाँ जाकर ख़र्च करने के लिए भी बहुत सारे पैसे भी दिए थे। मैं तो कुछ नहीं बोला और वे आगे-आगे चल दिए। हम लोग साथ-साथ स्टेशन से बाहर निकले। मुझे लग रहा था की पापा के साथ होने से हमें घर तक पहुँचने में कोई परेशानी नहीं होगी। बाहर निकलने पर हमें तांगे वालों ने घेर लिया। पापा ने बताया की हम तीन लोग हैं और हमको इकदिल जाना है। सब अलग-अलग किराया बताने लगे। एक जो शायद पापा को जानता होगा उसने कहा, 'बाबूजी आठ रुपए लेंगे' और सामान उठाने लगा। पापा ने उससे कहा,' सात रुपए लो तभी हम चलेंगे।' जिसके लिए उसने मना कर दिया। पापा ने कहा 'गुंजन ये ज़्यादा पैसे माँग रहा है इसलिए हम लोग बस से चलेंगे।' मैंने एक बार कहा भी, 'पापा एक रुपए की तो बात है तांगे से ही चलते हैं।' पर पापा ने मना कर दिया और कहा, 'सामान उठा लो हम तो बस से ही चलेंगे।'

मैं पहले से ही अपराधबोध से ग्रस्त था और पापा से नज़रें नहीं मिला पा रहा था। अंदर से कहीं ग्लानि का भाव था कि पापा तो सेकंड क्लास में आए और हम फर्स्ट क्लास से। पापा को भी कहीं ये बात चुभ गई थी और मुझे इसका आभास हो गया था। मैंने बिना कुछ बोले सामान उठाया और पापा के साथ चल दिया। नई-नई शादी हुई थी तो सामान कुछ ज़्यादा ही था। हम बस में सवार हो गए। बस ने हमें काफी दूर पर उतार दिया। अब मैं एक हाथ में सूटकेस और कंधे पर बैग लेकर और रंजना अपना वैनिटी बैग लेकर पैदल घर की तरफ चल दिए। गर्मी के दिन, आगे-आगे पापा एक बैग लिए और पीछे-पीछे हम। पूरा बाज़ार पार करना था। बहुत ही बुरा लग रहा था पर कुछ कर ही नहीं सकते थे। घर से मिले संस्कारों ने मुँह पर ताला लगा दिया था। आखिर वो रास्ता ख़त्म हुआ और हम हाँफते हुए पसीने से तर-बतर घर पर पहुँचे। अम्मा ने देखा तो कहने लगी, 'क्या हो गया तुम लोग इतने थके हुए क्यों हो?' पापा ने बताया, 'तांगे वाला पैसे ज़्यादा माँग रहा था तो हम बस से आए हैं।' अम्मा ने कुछ कहना चाहा पर मैंने बात को टाल दिया और घर के और लोगों से बातचीत करनी शुरू कर दी।

इस सब के बावजूद मैं कहूँगा कि पाप का व्यक्तित्व बहुत ही विशाल था। जिसका शायद उनको अहसास नहीं था। उन्हें यह भी अहसास नही था दूसरे लोगों की नज़र में वो क्या हैं–मंच पर बैठे सभी वरिष्ठ कवियों के दद्दा हैं और नवोदित कवियों के लिए गॉड फादर। न जाने कितने नवोदित कवियों को उन्होंने मंच दिया। जब कोई कवि सब जगह से निराश हो जाता था तो पापा से गुहार लगाता था कि मुझे पाँच मिनट के लिए पढ़वा दीजिए और पापा मंच संचालक से बात करके उसको ये मौका दिलवा देते थे। वो इस रास्ते से गुज़रे हुए थे तो उनको दूसरों के इस दर्द का पता था। वे कहते थे,'वो क्या जाने पीर पराई जिसके पैर न फटी बिवाई।'

लोग उनसे मिलने उनके दर्शन करने न जाने कहाँ-कहाँ से आते थे और मिलने के बाद उनका कहना होता था की आपसे मिल कर हमने साहित्य की गंगा में स्नान करके सब तीर्थों का पुण्य पा लिया है। नवोदित कवियों के लिए उनके सानिध्य के वो पल यादगार बन जाते थे। जब अपनी कविता पर पापा की शाबाशी मिल जाती थी तो वो अपने को धन्य मानने लगते थे। जब उनके अनुरोध पर पापा उसके साथ एक फोटो खिचवा लेते थे। मैंने बहुत से लोगों को देखा है जो अपने साथ कैमरामैन लेकर आते थे। अब मोबाइल का ज़माना है तो इतना ताम-झाम नहीं करना पड़ता है, और फोटो बहुत आसानी से खींच जाया करती हैं।

थोड़ा मैं उनकी दिनचर्या और उनके सरल व्यक्तित्व के बारे में बताना चाहूँगा। पापा अक्सर अपने बेड पर लेटे ही रहते थे और एक पतली-सी चादर ओढ़े रहते। और यह अक्सर होता : घंटी बजी मैंने दरवाजा खोला देखा कोई एक या दो व्यक्ति खड़े हैं। पूछा 'किससे मिलना है?' तो बताया जाता, 'हम दिल्ली से या कहीं किसी जगह का नाम लिया वहाँ से आए हैं और नीरज जी के दर्शन करना चाहते हैं।' पापा अंदर से कहते 'मुझे नींद आ रही है पूछो क्या काम है?' जबाव आता 'जी सिर्फ दर्शन करने हैं।' पापा कहते, 'मैं तो सो रहा हूँ' और चादर मुँह तक खींच लेते। अब मैं बड़े धर्म संकट में पड़ जाता था मैं क्या करूँ? मैं उनसे कहता, 'भाई थोड़ा टाइम लगेगा।' अक्सर आने वाला इंतजार करने को तैयार हो जाता।' अब मेरे पास कोई चारा नहीं रहता तो मैं उनको अंदर बैठा लेता। पाँच या दस मिनट बाद वे चादर हटाते और उन लोगों से कहते, 'देखो भाई दर्शन-वर्शन की बात छोड़ो ये बताओ की क्या कविता लिखते हो?' तो वहाँ से जवाब मिलता, 'हाँ।' तो फिर कहते, 'अच्छा तो फिर कुछ सुनाओ और फिर कविताएँ सुनते रहते। जहाँ अच्छा लगता तो तारीफ़ भी करते और अगर थोड़ा बहुत उसमे संशोधन करना होता तो बताते और अगर

बिलकुल ठीक नहीं लगती तो डाँट भी देते। वह आदमी, जो अभी तक मिलने की आशा छोड़ चुका था, अब उसकी कविता भी सुनी जा रही होती और नीरज जी अपनी टिप्पणी भी करते जा रहे होते। उनके इस बदले रूप को देख कर आने वाला अचंभित रह जाता। मेरे लिए तो ये रोज़ाना की बात थी। मैंने पापा के पास से किसी को भी निराश हो कर जाते हुए नहीं देखा। कहीं से भी कोई आ जाए थोड़ी-सी आनाकानी के बाद पूरे मनोयोग से उनकी बात सुनते और आशीर्वाद भी देंते। जाते समय वो अगर कहता, मैं चाहता हूँ एक फोटो आपके साथ ले लूँ।' तो वैसे ही थोड़ा-सा उठ जाते और जैसे कपड़े पहने हैं वैसे ही कपड़ों में फोटो खिचवा लेते।

पापा को तैयार होने का कोई शौक नहीं था। इतना बड़ा व्यक्ति उतनी ही बड़ी उसकी सोच उतना ही सरल उनका व्यवहार था। मैंने देखा है की जहाँ लोग सफलता की कुछ सीढ़ियाँ ही चढ़ते हैं तो उनका दूसरों के प्रति व्यवहार बदल जाता है, वहीं पापा ने कभी भी अपनी प्रसिद्धि को अपने व्यवहार पर हावी होने नहीं दिया।

15 सितम्बर 2017 को इगलास में हिंदी दिवस का आयोजन था। जिसमें वो पापा को सम्मानित करना चाह रहे थे। हाथरस में मुशायरा था, जिसमें आयोजक पापा की शिरकत चाहते थे। हाथरस और इगलास में सिर्फ पंद्रह किलोमीटर का फ़र्क है और दोनों प्रोग्राम के शुरू होने में थोड़ा अंतर था। आयोजकों का बहुत इसरार था की आप ज़रुर आएँ तो पापा ने हाँ कर दी थी। अब पापा उम्र के उस पड़ाव पर थे जिसमें तबीयत कभी भी ख़राब हो जाती है। ये तो पापा की इच्छाशक्ति थी जो वो उस उम्र में भी प्रोग्रैम्स में जाते थे। राजू नाम का व्यक्ति जो पापा को जानने वाला था, अक्सर घर पर मिलने आता रहता था। उसको जब भी कोई काम होता था तो वो घर पर आ जाया करता था। जिसको मैं भी बहुत अच्छी तरह से जानता हूँ वह इगलास में रहता है और पापा को 'बाबा' बोलता था। पापा कभी-कभी उसको भी कवि सम्मेलन में साथ ले जाया करते थे। इगलास में कोई प्रोग्राम होना था तो वहाँ के आयोजकों ने राजू को कहा की तुम नीरज जी को लेकर आओ। जैसा मैंने पहले बताया कि हाथरस और इस प्रोग्राम के शुरू होने में अंतर था; इसलिए राजू के कहने पर पापा ने रज़ामंदी दे दी। उस दिन थोड़ी तबीयत ख़राब थी और दोनों प्रोग्रैम्स में जाने में काफी कष्ट हो रहा था। पापा ने सवेरे राजू को फोन कर दिया, 'मैं इगलास नहीं आ पाऊँगा। तुम आज प्रोग्राम कैंसिल कर दो, किसी और दिन रख लो।' आयोजन रात को था पर राजू दोपहर में ही अलीगढ़ पापा के पास आ गया और उसने प्रोग्राम के बारे में विस्तार से बताया

की 'यह एकल कविता पाठ नहीं है कवि सम्मेलन है। कुछ और कवि भी आ रहे हैं ऐसे में प्रोग्राम कैंसिल करना अब संभव नहीं है।' इससे पहले अभी तक उसने पापा को पूरी बात नहीं बताई थी कि आयोजक कौन है? कौन-कौन कवि आ रहे हैं? प्रोग्राम कहाँ पर है? पापा बहुत नाराज़ हुए, 'तुमने अभी तक मुझे पूरी बात क्यों नहीं बताई? अब मैं वहाँ बिल्कुल नहीं जाऊँगा। वैसे भी मेरी तबीयत ठीक नहीं है!'

राजू को अपनी गलती का एहसास हो गया था की उसको पहले से ही सारी बातें बतानी चाहिए थी। उसने बहुत मान-मुनव्वल की, पर पापा टस से मस नहीं हुए। थक हार के राजू वहीं पापा के पास दोपहर में सो गया। शाम को हाथरस जाने के लिए पापा तैयार हुए तो मैंने कहा, 'मैं भी आप के साथ चलता हूँ।'

पापा कहने लगे, 'तुम वहाँ जा कर क्या करोगे?'

मैंने कहा, 'मैं यहाँ पर भी क्या कर रहा हूँ कार जा ही रही है तो अच्छा है मैं भी कवि सम्मेलन देख आऊँगा।' बहुत अनिच्छा से रज़ामंदी मिली। लेकिन मुझे उनकी चिंता थी तो साथ हो लिया।

जब हम लोग कार में बैठे तो राजू भी हमारे साथ बैठ गया और कहा, 'मुझे इगलास में उतार देना।' हाथरस के रास्ते के बीच में दो डायवर्ज़न आते हैं जो इगलास की तरफ जाते हैं। पहले डायवर्ज़न आने के पहले राजू ने पापा से बात करनी शुरु की, 'आप पहले इगलास चले चलो आपको आधे घंटे में फ्री कर देंगे और आप हाथरस सही टाइम पर पहुँच जाएँगे। अगर आप नहीं गए तो मेरी बहुत बेइज्जती होगी।'

पापा ने बात करने से भी इनकार कर दिया, 'इस विषय पर बात ही न करो' वो फिर बैठ गया और हम आगे चले।

मैं बहुत देर से सब सुन रहा था और मुझे बुरा भी लग रहा था की राजू की एक गलती के लिए उसको बहुत बड़ी सज़ा मिल रही है। उसके लिए मेरे मन में तड़प थी। अगर पापा नहीं गए तो सचमुच में राजू की सामाजिक प्रतिष्ठा के लिए बहुत बुरा होगा। मैंने पापा से कहा, 'पापा जब आपकी तबीयत ठीक नहीं रहती है तो आपको प्रोग्राम के लिए रज़ामंदी नहीं देनी चाहिए थी। अगर आप अब नहीं जाएँगे तो आप सोचिए राजू की कितनी बदनामी होगी।' पापा ने कोई जवाब नहीं दिया। इस बीच इगलास से राजू के पास लगातार फोन आ रहे थे पर वो कुछ भी पक्का बताने की स्थिति में नहीं था तो फोन काट रहा था। मैंने राजू से कहा, 'तुमको अब सबक मिल गया है अब आगे से कोई भी आयोजन करने से पहले दस बार सोचना।' मैंने फिर पूछा, 'पापा वहाँ जाएँ तो तुम कितना टाइम लगाओगे?'

उसने कहा, 'मैं बाबा को आधे घंटे में फ्री कर दूँगा।'

हमारे कहने का ये असर हुआ की पापा इगलास जाने को तैयार हो गए, पर हाथरस से वापिस लौटते हुए। अब मैंने हाथरस में फोन करके पता किया कि वहाँ पर क्या स्थिति है तो पता चला कि वहाँ कवि सम्मेलन ग्यारह बजे से पहले शुरू नहीं होगा। मैंने पापा से कहा, 'अभी वहाँ काफी देर है। अगर आप पहले हाथरस गए तो बारह बजे से पहले इगलास नहीं पहुँच पाएँगे और तब तक काफ़ी देर हो चुकी होगी। लोग शायद इतना इंतज़ार न कर पाएँ। अगर आपको उचित लगे तो पहले इगलास हो लें?'

अब तक पापा का गुस्सा शांत हो चुका था और अब उन्हें भी लग रहा था की हम लोग जो कह रहे हैं उसमें समझदारी है। उन्होंने ड्राईवर से अगले डायवर्ज़न से इगलास जाने के लिए कहा। राजू ने संतोष की साँस ली और उसने फोन करके आयोजकों को कहा, 'हम लोग बीस मिनट में पहुँच रहे हैं। बिल्कुल तैयार रहो और पहुँचते ही कार्यक्रम शुरू कर देना है, क्योंकि नीरज जी ने सिर्फ तीस मिनट का टाइम दिया है।'

हम लोग पंद्रह मिनट में इगलास पहुँच गए। वहाँ तैयारी पूरी थी। एक बड़ा सा पोस्टर लगा हुआ था जिसमें पापा की फोटो और नीचे कवि सम्मेलन के बारे में पूरा ब्योरा था। जाते ही लोग आवभगत में लग गए। सीधे ही स्टेज पर बैठाया तथा आयोजक पानी और कुछ खाने के लिए ले कर आए। पापा ने एकदम मना कर दिया। अब उसकी इतनी हिम्मत नहीं हो रही थी की वो साथ में आए और किसी से भी जलपान के लिए पूछे। जल्दी से सरस्वती वंदना हुई, पापा का सम्मान हुआ, पापा ने कुछ आशीर्वचन बोले और हम लोग वहाँ आधे घंटे रुकने के बाद हाथरस के लिए निकल गए।

हाथरस जहाँ प्रोग्राम हो रहा था वहाँ से दरवाज़े तक बहुत सारी मोटर साइकिल खड़ी थीं। उनको तो किसी तरह हटा दिया पर रास्ते में एक कार खड़ी थी और इतनी कम जगह थी की हमारी कार नहीं निकल सकती थी। बहुत हॉर्न दिया पर कोई नहीं आया तो हमारे साथ आए सज्जन को मैंने कहा, 'आप जाकर अनाउंस करवा दें इस नंबर की कार रास्ते में खड़ी है उसको हटवा दें।' दो बार अनाउंस किया गया, पर कोई नहीं आया। पापा का सब्र का बाँध टूटता जा रहा था क्योंकि इतना जल्दी सब करने के बाद भी हम लेट हो रहे थे। राजू कार से उतर कर गया और फिर कार नंबर को माइक पर अनाउंस करवाया तो एक सज्जन उठ कर आए। इस बीच में मुझे डाँट पड़ना जारी

था। 'तुम्हारी वजह से मैं यहाँ आया और अब हम लेट हो रहे हैं!' मैंने कहा, 'पापा रोड जाम तो कहीं पर भी हो सकता है। इसमें न मेरा न राजू का कोई दोष है। हम लोग टाइम से पहुँच जाएँगे। उन सज्जन का अनुमान ही नहीं था की उनकी कार गलत खड़ी करने की वजह से हम लोग लेट हो रहे हैं। गलती उनकी है और डाँट हमलोग खा रहे हैं।' बहरहाल, कार हटने के बीस मिनट के बाद हम लोग हाथरस के पास पहुँच गए।

यहाँ पर पापा का पगड़ी तथा चाँदी का मुकुट पहना कर सम्मान हुआ। फिर पापा ने सबसे पहले कविता पाठ किया क्योंकि वे अब ज़्यादा देर तक स्टेज पर नहीं बैठ पाते थे। मुझे वो ज़माना याद है जब पापा का नंबर सबसे बाद में आता था करीब दो बजे रात के आस-पास क्योंकि पापा को सुनने के बाद आधा पंडाल खाली हो जाता था। भीड़ को बनाए रखने के लिए बड़े-बड़े कवियों का कविता पाठ सबसे आखिर में होता था। इस बार पापा ने कुछ मुक्तक और दोहे सुनाए मगर उनकी आवाज़ बहुत साफ नहीं आ रही थी। न जाने उनके मन में क्या आया की माइक पर अनाउंस कर दिया की मैं ठीक से नहीं गा पा रहा हूँ इसलिए मेरा पुत्र मेरा गीत आपको सुना देगा।

मैंने पहले पापा की कविताएँ कई बार स्टेज से सुनाई थी लेकिन वो बचपन की बात थी। उसके बाद मैंने खुद से भी कुछ कविताएँ लिखी थीं। लेकिन नौकरी में आने के बाद वो सब कुछ एक तरह से ख़त्म हो गया था। हाँ मैं पापा के फिल्मी गीत ज़रुर कभी भी और कहीं भी गा लेता था। इश्वर की कृपा से मेरा गला और आवाज़ भी मेरा साथ देती है और लोग उसको पसंद करते। मैंने पापा का फिल्म *प्रेम पुजारी* का 'फूलो के रंग से' गीत सुना दिया, जिसको लोगों ने काफी पसंद किया।

प्रोग्राम अभी चल रहा था पर हम लोग वहाँ से अलीगढ़ के लिए निकल लिए। रात के बारह बज रहे थे और अभी तक हम लोगों ने अन्न का एक दाना नहीं खाया था। रास्ते में घर फोन किया कुछ खाने के लिए बना लेना हम लोग पहुँच कर कुछ खाएँगे। पापा के साथ अक्सर यही होता था, उन्हें खाने का बिल्कुल शौक नहीं था। इसलिए उनके साथ रहने वालों को कभी-कभी तो बहुत अच्छा खाने-पीने के लिए मिल जाता था, मगर अक्सर सबको खाली पेट ही रहना पड़ जाता था। विडंबना ये थी की आप कुछ कह भी नहीं सकते क्योंकि वो खुद भी कुछ नहीं खा रहे होते थे।

अध्याय 22

प्रगतिशील दृष्टिकोण

छिप-छिप अश्रु बहाने वालों,
मोती व्यर्थ बहाने वालों
कुछ सपनों के मर जाने से,
जीवन नहीं मरा करता है।

मुझे भेल में काम करते हुए बारह साल हो चुके थे। सब कुछ ठीक-ठाक चल रहा था। लेकिन ये मानना है, कि जीवन की राह इतनी आसन नहीं होती, इसमें उतार-चढ़ाव आना अवश्यंभावी है। कभी सुख-कभी दुख, कभी धुप-कभी छाँव यही प्रकृति का नियम है। हम सब सुख के दिनों में प्रभुसत्ता को भूल जाते हैं और दुःख आने पर उन्हीं की शरण में जाते हैं। कुछ दिनों से सवेरे उठकर ऑफिस जाने से पहले मेरी अजीब-सी स्थिति हो जाती थी, जी मिचलाता था, एक बैचेनी-सी रहती थी। ऑफिस जाने का मन नहीं करता था। किसी तरह ऑफिस जाता था पर काम करने का मन नहीं होता था। छोटे-छोटे काम जिनको मैं बहुत आसानी से कर लिया करता था उनको अब सामने देख कर लगता था की मैं कुछ भी नहीं कर पाऊँगा। मेरा अपने ऊपर आत्मविश्वास ख़त्म होता जा रहा था। ऑफिस और घर में सबका सहयोग मिल रहा था पर अपनी क्षमता पर विश्वास क्षीण पड़ रहा था। सबको ये लग रहा था की मेरा मन नौकरी में नहीं है, मैं इसे छोड़ना चाहता हूँ। डॉक्टर को दिखाया पर रोग का कोई पता नहीं चला। *मैं क्यूँ निराशा के गर्त में डूबता चला जा रहा हूँ?* न जाने किस वजह से मुझे डिप्रेशन रहने लगा था। यह रोग अभी तक किसी को समझ में नहीं आया था। ऐसा कुछ भी नहीं हुआ था जो इस तरफ इंगित करता, इसके चलते रोग बढ़ता ही गया। बिना भेदभाव किए

सभी धर्मस्थानों, मंदिरों और मज़ारों के चक्कर भी लगाए। घर में यही शिक्षा मिली थी कि सारे धर्मों की चाहे राहें अलग हों पर मंज़िल एक ही है। सच्चे मन से प्रार्थना करने पर फल अवश्य मिलता है।

पापा को जब तबीयत के बारे में पता चला तो अम्मा और पापा दोनों ही हरिद्वार आ गए। सवेरे ऑफिस जाते समय मेरी हालत देखकर दोनों को बहुत ही चिंता होने लगी। *ऐसा क्या हो गया है?* पापा को लगा कि ऑफिस में कोई बात हो गई है जिसकी वजह से मैं ऑफिस नहीं जाना चाहता। मेरा सभी चीजों से मन विरक्त होता जा रहा था। मन करता था की मैं अकेले कमरे में बैठा रहूँ और रोता रहूँ। अकेले बैठे-बैठे मेरे आँसू निकलते रहते थे। जब साथ में अम्मा पापा बैठते थे तो थोड़ी देर मन शांत होता था, परंतु कुछ देर बाद ही फिर अकेले होने का मन करने लगता था। पापा बाल्यावस्था से ही न जाने कितने संघर्षो से गुज़र कर, बिल्कुल विपरीत परिस्थितियों में अपनी इच्छाशक्ति और अपने खुद के ऊपर आत्मविश्वास के बदौलत तप कर खालिस सोना बन चुके थे। वे सपने में भी नहीं सोच सकते थे की सारी सुविधाओं, अच्छी नौकरी, सुखी गृहस्थ जीवन के होते हुए भी मुझे डिप्रेशन भी हो सकता है। अम्मा और पापा से मेरी हालत देखी नहीं गई। पापा ने कहा, 'तुम अगर नौकरी की वजह से परेशान हो तो तुम नौकरी छोड़ कर अलीगढ़ में मेरे साथ रहो। जब तुम पूरी तरह ठीक हो जाओ तो दूसरी नौकरी कर लेना।'

मेरी पत्नी ने अपने घर में किसी परिचित को इस डिप्रेशन की बीमारी से ग्रसित देखा था तो उसको लगा की मुझे भी वही रोग की शुरुआत है। उसने पापा को बताया, 'बात नौकरी की नहीं है, इनको डिप्रेशन है और इसका इलाज जयपुर में संभव है।' फिर उसने अपने परिचित के बारे में बताया जिनका पंद्रह साल पहले इलाज हुआ था और अब वो बिलकुल ठीक है। पापा को मेरी पत्नी की बातों और उसकी राय पर पूरा विश्वास था। उसकी बात मान कर हमने जयपुर जाने का फैसला किया। पापा का कहीं प्रोग्राम था, उन्होंने कहा, 'तुम लोग अभी चले जाओ और मैं इस प्रोग्राम को करके सीधा वहाँ आ जाऊँगा और आगे के प्रोग्रैम्स वहीं से कर लूँगा। जयपुर में गुंजन के साथ ही तुम्हारे ही घर में रहूँगा।' हम सब लोग अलीगढ़ से जयपुर चले गए और वहाँ पर मेरी ससुराल में रहे। पापा तो वहाँ से प्रोग्राम भी कर लेते थे पर अम्मा लगातार मेरे साथ ही रहीं। मेरा वहाँ पर एक महीने तक इलाज चलता रहा। सब लोग मेरी सेवा में ही लगे रहे और मैं इलाज के बाद ठीक होकर फिर से हरिद्वार वापस आकर अपने काम पर जाने लगा। पापा ने मेरी पत्नी को न

केवल एक ससुर बन कर घर की बहु का सम्मान दिया वरन एक पिता की तरह बेटी का प्यार भी दिया। पापा मेरी पत्नी के सेवा-भाव से बहुत ज़्यादा प्रभावित थे। मेरे ठीक हो जाने के बाद उन्होंने ने मेरी पत्नी को एक ख़त लिखा जो मैं यहाँ पर उद्धृत करना चाहूँगा।

"प्रिय बहुरानी,

तुम जिस मनोबल और सेवाभाव से गुंजन, बच्चों और सबकी सेवा कर रही हो उसकी जितनी तारीफ की जाए वो कम है। हम सबके पूर्व जन्म के कोई पुण्य हैं जिसके फलस्वरुप तुम इस जन्म में हमारे घर की बहु बनी। तुमको अपने घर की बहु बनाकर हम धन्य हैं। तुमको जीवन में किसी भी वस्तु की ज़रुरत हो तो मुझको अवश्य बताना।"

इसमें उन्होंने मेरी पत्नी की भूरि-भूरि प्रशंसा की है। इस पत्र की भाषा बताती है की उनके हृदय में मेरी पत्नी के लिए कितना प्यार एवं कृतज्ञता का भाव था। एक कोमल हृदय व्यक्ति ही जो सत्य को स्वीकार करना जनता हो तथा जिसमें पद एवं प्रतिष्ठा में बड़े होने का अहंकार न हो–वही व्यक्त कर सकता है। ज़्यादातर लोग उस सेवा-भाव को पत्नी के कर्तव्य की ही संज्ञा देंगे।

इस समाज में बहुत से लोग हैं जो बहुत अच्छे-अच्छे भाषण देते हैं, लोगों के प्रेरणा स्रोत बन जाते हैं। लेकिन मेरे हिसाब से, समाज में एकरसता लाने के लिए समाज में फैली हुई विसंगतियों को दुर करना होगा। इसके लिए हमको कदम उठाना चाहिए। जब उनको कुछ करने का मौका आता है तो हम कदम वापस खींच लेते हैं। पापा की कथनी और करनी में कोई फर्क नहीं था। वे जो कहते थे या जो वे अपनी कविताओं में लिखते थे उसको अपने जीवन में भी कर सकने का जज़्बा था। वो सिर्फ दूसरों को कहने के लिए ही नहीं था। समय-समय पर पापा ने हमको लीक से हटकर काम करने के लिए प्रोत्साहित किया। जब हमारे मन में दुविधा होती थी तो वो उसका सही समाधान देते थे।

ये उस समय की बात है जब इंटर या हाई सेकेंड्री करने के बाद बच्चों के पास आगे पढ़ने के लिए मुझसे जानी-मानी विधाओं के क्षेत्र सीमित थे, और भी विधाएँ थीं मगर उसके बारे में ज़्यादा जानकारी नहीं थी। मेरे बेटे ने हायर सेकेंड्री करने के बाद बिज़नेस मैनेजमेंट करनी चाही, उस समय ज़्यादातर बच्चे इंजीनियरिंग या मेडिकल में ही जाते थे। मैं खुद इंजीनियरिंग का विद्यार्थी रहा था। मैं भी यही चाहता था की मेरे बच्चे इंजीनियर बने। पापा ने मुझसे कहा, 'लवी पर अपनी इच्छाओं का

भार मत डालो। उसका जिसमें मन हो वो ही करने दो।' उन्होंने उसे एक नई विधा में पढ़ने के लिए इंदौर जाने दिया। इसी तरह मेरी बेटी पढ़ने में बहुत ही अच्छी थी, उसको पढ़ाई में रूचि तथा उसकी स्मरणशक्ति बहुत अच्छी थी। जैसे कुछ अच्छे गुण पापा से विरासत में मिले थे। वो अपने स्कूल में हमेशा ही टॉप थ्री में आती थीं। उसका इंजीनियरिंग और सेंट स्टीफन में सेलेक्शन हो गया था। पापा ने कहा, 'तुम दिल्ली जाकर वहाँ हॉस्टल में रह कर पढ़ो इंजीनियरिंग तो सभी करते हैं तुम कुछ अलग करो।' उनका मानना था की 'नदी के बहाव के साथ तो सभी तैर लेते हैं। जो अच्छा तैराक होता है वो बहाव के विपरीत जा सकता है। इसलिए मनुष्य को आगे बढ़ने के लिए समाज की घिसी-पिटी लीक से हटकर चलना चाहिए।' मेरे सभी दोस्तों के बच्चे इंजीनियरिंग कर रहे थे पर मेरे दोनों ही बच्चों ने बिज़नेस मैनेजमेंट किया और आजकल वे अपने क्षेत्र में बहुत ही अच्छी पोज़ीशन पर हैं।

मेरे बेटे और बेटी ने जब बिज़नेस मैनेजमेंट का कोर्स ख़त्म कर लिया था। हम जब उनकी शादी की बात कर रहे थे तो दोनों ने ही बताया, कि वो अपनी पसंद से शादी करना चाहते हैं तो मेरे मन में दुविधा थी क्योंकि मेरी शादी घर वालों की पसंद से ही हुई थी। पापा अपनी सोच में बिल्कुल ही क्लियर थे की लड़का या लड़की किसी भी जाति या वर्ग से हो इससे फर्क नहीं पड़ता है। परिवार शिक्षित एवं संस्कारी हो तो बच्चों में भी वही संस्कार आना स्वाभाविक है। लड़की भी उच्च शिक्षा प्राप्त किए हों जिससे अगर वो चाहे तो आगे जीवन में अपने जीवन-साथी का सुचारू रूप से साथ दे सके।

पापा ने जीवन में बहुत संघर्ष किया था। बहुत आर्थिक तंगी से उनको गुज़रना पड़ा था। उनको पैसे की कीमत मालूम थी और उनको ये लगता था कि आज के समय में जब इतने सारे सुख-सुविधाओं कि बहुतायत है। जीवन को सुचारू रूप से चलाने के लिए एक व्यक्ति के नौकरी करने से काम नहीं चल सकता है तो शायद दूसरे को भी नौकरी करनी पड़े, इसलिए उसका पढ़ा-लिखा होना बहुत ज़रुरी है। उनका मानना था की बच्चे को अच्छे संस्कार परिवार से ही मिलते हैं। इसलिए परिवार को सबसे पहले देखना चाहिए उसके बाद बच्चों की पढ़ाई, उसके आगे के जीवन में आगे बढ़ने का मार्ग प्रशस्त करती है, इसलिए अच्छे स्कूल में शिक्षा दूसरा मापदंड है। मेरे दोनों बच्चों की पसंद इन दोनों मापदंड में खरी उतरती थी। उन्होंने मुझे कहा, 'तुम्हें कोई हिचक नहीं होनी चाहिए और तुम बात को आगे बढ़ाओ तथा अपनी पुरानी सोच को बदलने की राय दी और कहा 'आज के ज़माने के साथ

चलो।' बच्चों की खुशी सबसे बड़ी चीज़ है। ये जाति-पाति तो हमने ही बनाए हैं, इनमें कुछ नहीं रखा है।'

पापा संकीर्ण विचारधारा और दकियानूसी सोच से बहुत दूर थे। मैंने उनके आशीर्वाद से दोनों बच्चों की शादी एक ही साल में की, जिसमें पापा ने बढ़-चढ़कर हिस्सा लिया। मुझे बाद में लगा भी कि मैं अभी तक पुरानी सोच के साथ जी रहा था और पापा मुझसे एक पीढ़ी पहले के होने के बाद भी अपनी सोच में मुझसे ज़्यादा खुले विचारों के थे।

अध्याय 23

अलीगढ़ में कविता पाठ न करने का निर्णय

इतने बदनाम हुए हम तो इस ज़माने में
तुमको लग जाएँगी सदियाँ इसे भुनाने में

बच्चन जी और नीरज जी ने मंचीय कवियों को एक पहचान दी और इस शुरुआत से उनको और अन्य कवियों को कवि सम्मेलनों में मानदेय मिलना शुरू हुआ। उस समय के कवि उच्च कोटि की रचनाएँ मंच से पढ़ते थे और मंच की गरिमा का ध्यान रखा जाता था। बाद के कवि सम्मेलनों और उसमें परोसी जाने वाली सामग्री से पापा बहुत व्यथित रहते थे। वे कहते थे, 'आजकल सिर्फ चुटकुलेबाज़ी तथा नेताओं को गाली देना ही कविता रह गई है।'

बहरहाल; ये उस समय की बात है जब 'पापा का कवि सम्मेलनों में बहुत नाम हो रहा था और वे प्रसिद्धि की नई ऊँचाइयों को छू रहे थे। स्वाभाविक है इससे उनकी व्यस्तता भी बढ़ती जा रही थी। अक्सर ही उनके अलीगढ़ से बाहर प्रोग्रैम्स होते रहते। और अक्सर होता था की बड़े कवियों को स्टेज पर कविता पाठ के लिए काफी देर के बाद बुलाया जाता था, जिससे लोग उनको सुनने के लिए बैठे रहें और हॉल या पंडाल खाली न हो। नीरज जी को स्टेज पर देखकर जनता द्वारा उनको जल्दी बुलाने की माँग की जाती थी, पर पापा को अक्सर देर में ही बुलाया जाता था। एक बार कविता पाठ शुरू होने के बाद बार-बार लोगों की फरमाइश पर उनको अकेले ही एक से डेढ़ घंटे तक कविता पाठ करना पड़ता था। मगर दो बार ऐसा हुआ की पापा को लोगों ने नहीं सुना और उन्हें अपना कविता पाठ बीच में ही बंद करना पड़ा था।

पहली घटना अलीगढ़ की है, जहाँ एक कॉलेज में कवि सम्मेलन हो रहा था और श्रोताओं में कॉलेज स्टूडेंट्स की संख्या बहुत ज़्यादा थी। वो कार्यक्रम कॉलेज के वार्षिक उत्सव के रूप में मनाया जा रहा था। पापा उस कार्यक्रम की अध्यक्षता कर रहे थे। बहुत सारे कवि थे जिसमें स्थानीय कवियों की संख्या ज़्यादा थी। जैसे की परंपरा है या दस्तूर, पहले-पहले नए कवियों को उनकी कविता पढ़ने के लिए आमंत्रित किया जाता है और अक्सर इनमें हास्य कवियों को प्राथमिकता मिलती है। एक हास्य कवि को कविता पाठ के लिए बुलाया गया। कभी-कभी कविताएँ कम चुटकलेबाज़ी ज़्यादा होती है और इसलिए वो कभी भाषा की मर्यादा को भी पार कर जाती है। उस समय उन कविताओं को सही मायने में अश्लीलता की श्रेणी में कहना ज़्यादा उचित होगा।

कुछ वर्ग ऐसा होता है जो उनको बहुत पसंद करता है लेकिन यहाँ पर आगे की पंक्ति में उसी कॉलेज और बाहर से आई लड़कियाँ एवं महिलाएँ बैठी थीं, वो उन कविताओं को सुन असहज हो रही थीं। स्टेज पर बैठे हुए कवि भी कुछ ऐसा ही महसूस कर रहे थे। उन कवि की कविता शालीनता की सभी सीमाओं को लाँघ रही थी। पापा ने उन सज्जन से कविता ख़त्म करने के लिए कहा तो वो वापस अपनी जगह पर जाने लगे, पर स्टूडेंट्स ने "वंस मोर" का नारा लगाया। पापा ने लोगों से आग्रह किया की यहाँ पर महिलाएँ भी बैठी हैं। और कि वहाँ पर उपस्थित सब लोगों की ज़िम्मेदारी है की हम ऐसी किसी भी अशोभनीय चेष्टा को बढ़ावा न दें। लेकिन स्टूडेंट्स कुछ भी सुनने को तैयार नहीं थे और बार-बार उसी कवि को बुलाने के लिए ज़ोर दे रहे थे तथा किसी भी और कवि को स्टेज पर कविता पाठ नहीं करने दे रहे थे।

पापा ने एक बार फिर कहा, 'ठीक है, यदि आप सिर्फ उनको ही सुनना चाहते हैं इसका मतलब है और कवि, जिनमें मैं भी सम्मिलित हूँ, उनको आप नहीं सुनना चाहते तो मैं यहाँ से चला जाता हूँ।'

जैसा अक्सर होता है जब आदमी जोश में होता है तो होश खो देता है। कुछ भी बात उसको समझ नहीं आती। यहाँ पर भी वही हुआ। लोग बार-बार उसी कवि को बुलाने की माँग करते रहे।

पापा ने माइक में अनाउंस किया, 'आपने आज तक मुझे सुना, पर आज के बाद आप मुझको अलीगढ़ में नहीं सुनेंगे और अलीगढ़ में यह मेरा आखिरी प्रोग्राम होगा।' इसके बाद पापा स्टेज से उतर कर घर आ गए। कुछ समय बाद संयोजक कुछ स्टूडेंट्स के साथ उनको वापस बुलाने घर पर आए पर पापा ने जाने से इंकार

कर दिया। इस घटना के बाद पापा ने अलीगढ़ में अपने कहे अनुसार प्रोग्रैम्स में जाना बंद कर दिया। चाहे वो किसी कॉलेज का प्रोग्रैम हो या नुमाइश हो।

बीस साल तक उन्होंने कोई भी प्रोग्राम नहीं दिया कई बार लोग मनाने भी आए पर वो नहीं गए। एक बार अलीगढ़ के डीएम, जो पापा के अच्छे मित्र थे, के बार-बार समझाने पर कि 'कुछ लोगों की गलती की सजा आप पूरे अलीगढ़ वालों को क्यों दे रहे हैं?' उन्होंने नुमाइश वाले कवि सम्मेलन में जो उनके समय में हो रहा था उसमें जाकर कविता पाठ किया। उसके बाद सिर्फ नुमाइश वाले कवि सम्मेलन में जो प्रशासन द्वारा आयोजित किया जाता था, उसमें कभी-कभी जाना शुरू किया।

दुसरी घटना पिलानी के इंजीनियरिंग कॉलेज की है। पापा इस प्रोग्राम में सम्मिलित होने के लिए मुंबई से आ रहे थे। उन दिनों वो मुंबई में ही ज़्यादा रह रहे थे और फिल्मों के लिए गीत लिख रहे थे। उस समय तक उनकी कुछ फिल्में रिलीज़ भी हो चुकी थीं जिसकी वजह से उनकी लोकप्रियता और बढ़ गई थी। पापा उन दिनों देवानंद के लिए भी फिल्मों में गीत लिख रहे थे तथा *प्रेम पुजारी* और *गैंबलर* रिलीज़ हो चुकी थी और उसके सारे गीत बहुत मशहूर हो चुके थे। देवानंद के लिए पापा ने हाल ही में *तेरे-मेरे सपने* के लिए भी एक कव्वाली लिखी थी। किसी कारणवश पापा को पिलानी पहुँचने में काफी देर हो गई। इस बीच ऑडिटोरियम में उनके बारे में बार-बार सूचना दी जा रही थी की वे पहुँचने ही वाले हैं। कवि सम्मेलन चालू हो चुका था बस पापा का इंतज़ार हो रहा था। स्टेज पर पहुँचते ही स्टूडेंट्स ने पापा को बुलाने के लिए आवाज़ देना शुरू कर दिया। लोगों की फरमाइश पर पापा माइक पर आ गए। एक कविता सुनाने के बाद लोगों ने प्रेम पुजारी के गीतों "शोखियों में घोला जाए" और "फूलो के रंग से" की फरमाइश शुरू कर दी। पापा ने कहा, 'वो नहीं, मैं आपको पहले वो कव्वाली सुनाता हूँ जो मैंने अभी-अभी लिखी है।' लेकिन स्टूडेंट्स कहाँ मानने वाले थे, उन्होंने शोर मचाना शुरू कर दिया। किसी वजह से पापा भी उसी कव्वाली को सुनाने की बात पर अड़े रहे और स्टूडेंट्स भी कुछ और भी कुछ सुनने को तैयार नहीं हो रहे थे। पापा ने उनको समझाने की बहुत कोशिश की, 'कलाकार को उसके मन के हिसाब से चलने की स्वतंत्रता तो दो। उसको अपने मूड के अनुसार चलने दो तो आपको ज़्यादा आनंद आएगा। इसके बाद आप जो भी कहेंगे मैं आपको वही सुनाऊँगा।' पर वे लोग मानने को तैयार नहीं हो रहे थे। यहाँ पर एक कलाकार का अहं और स्टूडेंट्स की ज़िद दोनों के बीच एक संघर्ष शुरू हो गया। कोई भी अपनी बात से हटने को तैयार नहीं हो रहा था।

बहरहाल, पापा ने कव्वाली सुनानी शुरू की और स्टूडेंट्स ने शोर मचाना एवं सीटियाँ बजाना शुरू कर दिया, पूरे हॉल में शोर-शराबा हो रहा था।

फिर प्रोग्राम में व्यवधान न पड़े ये सोच कर पापा वहाँ से वापस लौट गए। अलीगढ़ आने पर हम सबको इस घटना के बारे में बताया कि इस बार उनको लोगों ने नहीं सुना और ज़िद की वजह से वो किसी प्रोग्राम को ऐसे ही छोड़ कर आए हैं।

जब मैंने भेल ज्वाइन की थी तब मैं हॉस्टल में रह रहा था। उस समय मेरे कुछ दोस्त बने जो पिलानी से इंजीनियरिंग करके आए थे और इस घटना के समय हॉल में मौजूद थे। उन्होंने भी यही बताया की पापा कव्वाली सुनाने के लिए कह रहे थे और जो स्टूडेंट्स यूनियन के लोग थे वो "शोखियों में घोला जाये फूलों का शबाब" के लिए ज़िद कर रहे थे। बात बढ़ गई और पापा वहाँ से बिना कविता सुनाए वापस चले गए थे।

कलाकार कुछ अलग ही मिट्टी के बने होते हैं। भावनाओं के समुंदर में गोता लगाकर बेशकीमती मोती तलाशने वाले जिनके कोमल हृदय को अगर कोई आघात पहुँचाए, तो बहुत पीड़ा होती है। मगर नीरज जी को मंच पर कविता-पाठ का अनुभव दशकों पुराना था। न जाने अपने इस सफर में उन्होंने ऐसी घटनाएँ औरों के साथ कितनी बार होते देखा था और वे यह भी जानते थे यह स्टुडेंट्स की ज़िद है इसलिए वक्ती तौर पर उनको बुरा ज़रूर लगा होगा पर ये वाक्या उन्होंने हमको बहुत हँसते हुए बताया था। कोई आक्रोश या नराज़गी नहीं थी और हो सकता है शायद इसलिए आगे वे लोगों की फरमाइश का ज़्यादा ख्याल रखते होंगे।

अध्याय 24

मुफ़्त हुए बदनाम

क्या कहें यार हमें यारों ने क्या-क्या समझा
क़तरा समझा तो किसी ने हमें दरिया समझा
सबने समझा हमें वैसा जिसे जैसा भाया
और जो हम थे वही तो न ज़माना समझा

जब आदमी सफलता की सीढ़ियाँ चढ़ रहा होता है और उसकी प्रसिद्धि देश की सीमाएँ लाँघ कर विदेश में भी फैलती जा रही होती है तो उसके साथ बहुत-सी कहानियाँ भी जुड़ने लगती हैं। जिसमें कुछ में सत्यता भी होती है, पर अक्सर ही तिल का ताड़ बनाया जाता है। पापा के साथ भी उनके सुरा एवं सुंदरी प्रेम के बारे में बहुत कुछ कहा गया और लिखा भी गया। जिसका मतलब ये निकलता था या है कि वो बहुत ज़्यादा पीते थे और दिन भर शराब के नशे में धुत रहते थे तथा उसके बिना उनकी दिनचर्या ही शुरू नहीं होती। पापा ने लिखा भी है :

न कभी 'लड़खड़ाया' न ही कभी बहका हूँ
मगर पिलाने में तुमने मुझको क्यों कमी की है

शायद उनकी कही इन लाइनों का लोगों ने गलत मतलब निकाल लिया। मैंने 1974 में इंजीनियरिंग की तथा मेरी नौकरी 1975 में लगी। इसलिए उस समय तक मैं पापा के साथ अलीगढ़ में था। मैंने पापा को कभी भी घर में रोज़ाना शराब पीते हुए नहीं देखा। हाँ होली-दिवाली पर लोग आते थे और छोटी-मोटी पार्टी हो जाया करती थी। मुझसे लोग पापा के पीने के बारे में पूछते और कहते, 'सुना है तुम्हारे

पापा बहुत शराब पीते हैं, रोजाना पीते हैं, क्या सवेरे से ही पीते है?' यह सब सुनकर मुझे बहुत ही बुरा लगता था तथा मन बहुत दुखी होता था कि लोग मेरे पापा के बारे में कैसी धारणा रखते हैं!

मैंने पापा को कभी भी घर पर रोजाना पीते हुए नहीं देखा था तो मैं कहता, 'नहीं यह सही नहीं है।' वे लोग उसको सही नहीं मानते थे, क्योंकि जब कोई झूठ बार-बार बोला जाता है तो वो सच बन जाता है। फिर उसको नकारना उतना आसन नहीं होता है। ये बात मैं तबकी बता रहा हूँ जब तक पापा मुंबई नहीं गए थे। मुंबई जाने के बाद जब वो गेस्ट हाऊस में अकेले रह रहे थे तब वहाँ पर अकेले रहने की वजह और फिल्मी पार्टीज़ में सम्मिलित होने की वजह से उन्होंने थोड़ा ज़्यादा पीना शुरु कर दिया था। फिर मुंबई से वापस आने के बाद मैंने पापा को कभी-कभी शाम को एक या दो पैग लेते हुए देखा था। बस यही था उनका शराब पीना जिसके बारे में क्या-क्या कहा और लिखा गया।

मैंने पापा के साथ कई कवि सम्मेलन भी अटेंड किए थे। मैंने देखा की बहुत से कवि जो इस क्षेत्र में पदार्पण कर रहे थे वे पापा के बहाने अपनी मनमानी करवा लेते थे। वे आयोजक से कहते, 'नीरज जी पूछ रहे हैं की खाने-पीने की क्या व्यवस्था है?' जब वो कहता, 'खाने का तो यहीं पर प्रबंध है। आप बताएँ कब खाना है?' तो वो कहते, 'खाना तो बाद में खाएँगे, आप पीने की व्यवस्था अभी करा दें।' आयोजक सोचता था कि ऐसा पापा ने कहा है और वो इंतज़ाम कर देता था। उसके बाद पापा तो एक या दो छोटे पैग लेते थे और वो लोग सारी बोतल ख़त्म कर देते थे।

हाँ ये बात सही है की पापा जब कवि सम्मेलन करते थे तो उसके पहले एक पैग ज़रुर लेते थे। कवि सम्मलेन जैसा पहले होता था। रात को बहुत देर या कभी-कभी तो पूरी रात तक चलते थे। तब प्रोग्राम शुरू होने के बाद देर रात में पापा स्टेज पर बीच में कॉफी में व्हिस्की मिलवा कर एक या दो बार ज़रुर लेते थे। मैंने ये बात देखी और मैं बहुत से कवियों को जानता हूँ जो की पापा के नाम पर व्हिस्की की बोतलें मँगवा कर खूब पीते थे और नाम पापा का होता था। मैंने पापा को कभी अपनी सीमा लाँघते या नशे में कभी नहीं देखा। पापा ने इस दुष्प्रचार और अपयश को बहुत सकारात्मक तरीके से सिर माथे पर लिया और अपने बारे में लिखा :

इतने बदनाम हुए हम तो इस ज़माने में
तुमको लग जाएँगी सदियाँ इसे भुलाने में

आज भी उसके लिए होती है पागल कलियाँ
जाने क्या बात है नीरज के गुनगुनाने में

नीराज जी ने 1956 में लखनऊ रेडियो स्टेशन से एक कविता पढ़ी थी। जिसने उनको पूरे देश में प्रसिद्ध कर दिया। कविता थी, "करवां गुजर गया गुबार देखते रहे।" इस कविता को लिखने की प्रेरणा नीरज जी के कानपुर में असफल प्रेम प्रसंग को देते हैं और इसके बारे में न जाने कितनी कहानियाँ प्रचलित की गईं।

पापा का शुरुआती संघर्ष एवं काव्य यात्रा कानपुर से ही शुरू हुए तो ये स्वाभविक की कुछ कहनियाँ वहीं जन्म लें। उनका नाम एक लेडी डॉक्टर के साथ जोड़ा गया और ये प्रचारित किया गया की उस प्रेम में असफल होने के बाद *कारवां गुजर गया* लिखी गई, जो बिलकुल असत्य है। नीरज जी उनको बड़ी भाभी के तरह से देखते थे तथा वो भी उनको एक छोटे भाई की तरह से निश्छल स्नेह देती थीं।

समाज में कुछ की मानसिकता इतनी दूषित है कि हम किसी भी स्त्री एवं पुरुष की दोस्ती को गलत तरीके से ही देखते हैं। वह मान ही नहीं सकते की दोनों के बीच और कोई भी संबंध हो सकता है। मेरा जन्म भी उन्हीं के नर्सिंग होम में हुआ था। पापा ने कभी भी आपने नाम के आगे सक्सेना नहीं लिखा। इसलिए पापा को सब लोग उनके उपनाम नीरज से ही जानते हैं। बहुत ही कम लोगों का मालूम था की हम लोग कायस्थ समाज से ताल्लुक रखते हैं। वो तो बहुत ज़्यादा प्रसिद्धि पाने के बाद जैसा अक्सर होता है की लोग उस आदमी को अपने वर्ग से जोड़ना चाहते हैं। पापा जाति-पाति में विश्वास नहीं रखते थे। यही कारण है की उनकी सीख के अनुसार हमने भी उनका अनुकरण किया और मैंने और मेरे बच्चों ने भी अपने आगे कभी वर्ग विशेष का ठप्पा नहीं लगाया।

जो कवि या आमजन घर आते थे, वे माँ से मिलते थे। वे जानते थे ये नीरज जी की पत्नी हैं। अन्यथा माँ पापा के साथ बहुत ही कम प्रोग्राम्स में जाती थीं। इसलिए आम जनता को पता ही नहीं होता था की नीरज जी की शादी हो चुकी है। कई बार तो ऐसा होता था की माँ श्रोताओं के बीच बैठी हैं और लोग पापा के बारे में बात कर रहे होते थे। वो सब सुनती थी, पर कभी भी उत्तेजित नहीं होती थीं। जब लोग कहना शुरू कर देते थे की नीरज की तो अभी शादी नहीं हुई है तो वो बताती थीं, कि 'वो उनकी पत्नी हैं।' अपने होने का अहसास और पहचान

बताने में मन में पीड़ा तो होती होगी, पर प्रोग्राम से लौटने के बाद वो सारी बातें हमें हँस-हँस कर बताती थीं।

पापा ने अपने बारे में होने वाली किसी भी चर्चा पर कभी भी कोई टिप्पणी या वक्तव्य नहीं दिया और न ही मेरी माँ ने। उन्होंने हरेक आलोचना को हँस कर टाल दिया यह कहकर कि जब आदमी उन्नति कर रहा होता है तो अगर दस उसके प्रशंसक हैं तो उससे कहीं ज़्यादा उसके आलोचक भी होंगे।

अध्याय 25

जीवन के कुछ अनछुए पहलु

ईश्वर बोला एक दिन, मुझसे बढ़ कर कौन
परहित कर्ता इक उठा, और रहे सब मौन

नीरज जी जब भी कोई काम करते थे तो उसको वो पूरी तन्मयता के साथ करते थे। उस समय उनकी सारी ज्ञानेन्द्रियाँ उस काम पर ही केंद्रित होती थीं। उनका कहना था, जब पढ़ाई करो तो उसमे रम जाओ, अगर खेल रहे हो तो उस समय और कोई विचार मन में नहीं आना चाहिए। अगर पूजा कर रहो तो सिर्फ जिसकी पूजा कर रहो हो उसको ही स्मरण करो। चित्त को कहीं भटकने मत दो। अगर सिगरेट भी पी रहे हो तो उसके हरेक कश का आनंद लो। यही सच्ची साधना है। आधे-अधूरे मन से किए काम में अक्सर सफलता नहीं मिलती है।

वे जिस काम को भी शुरू करते थे उस काम को पूरा करना ही मुख्य ध्येय होता था। उसको वो पूरी तल्लीनता से करते थे, जैसे कोई पुजारी पूजा करता है। बात उन दिनों की है जब पापा धर्म समाज कॉलेज में पढ़ाया करते थे। जैसे सबको मालूम होगा की उस समय तनख़्वाह बहुत ज़्यादा नही होती थी। तो ज़्यादातर लोग परीक्षाएँ ख़त्म होने के बाद अपने-अपने सब्जेक्ट की कॉपी जाँचने का काम करते थे, जिसकी वजह से कुछ अतिरिक्त आय हो जाया करती थी।

मेराज फ़ैज़ाबादी का एक शेर है

मुझको थकने नहीं देते हैं जरुरत के पहाड़
मेरे बच्चे मुझे बूढ़ा नहीं होने देते

आमदनी बहुत ज़्यादा नहीं थी तो पापा कॉलेज में पढ़ाने के अलावा कवि सम्मेलन करते थे और गर्मियों में कॉपी जाँचने का काम भी करते थे। पहले सूचना आती थी कि आपके पास किस सेंटर से कॉपी आएगी। उसके बाद परीक्षा होने के बाद सेंटर से कॉपी पार्सल बना कर ट्रेन से भेज दी जाती थी जिसकी रसीद मिलने के बाद आपको रेलवे के पार्सल डिपार्टमेंट से लाना पड़ता था। उसके बाद कॉपी जाँचने का काम शुरू होता था जिसको एक समय सीमा में ख़त्म करके वापस उस सेंटर में भेजना होता था। ये सारा काम गर्मियों की छुट्टियों में होता था। जब और बच्चे भी होते थे तो हम सब बच्चे भी इस काम में लग जाते थे। हमारा काम होता था की हम ये चेक कर के बताएँ की सारे प्रश्नों के उत्तर को जाँच कर उस पर नंबर दे दिए गए हैं या नहीं और हमने उसका टोटल जो उत्तर पुस्तिका के मुख्य पृष्ठ पर, जो पापा ने पेंसिल से लिखा हुआ है, वो सही मैच कर रहा है या नहीं। अगर कहीं गलती से वो सही नहीं है तो हम पेंसिल से उसके पास लिख देते थे जिसके बाद पापा एक बार चेक करके पेन से ठीक लिख कर अपने हस्ताक्षर कर दिया करते थे। जब हम लोग कॉपी देखते थे तो कभी-कभी बड़ी अजीब-सी घटनाएँ होती थीं। एक बार कॉपी के अंदर कुछ रुपए निकले और एक चिट्ठी, 'मेरा पास होना ज़रुरी है। आपको गुरु दक्षिणा भेज रहा हूँ।' आश्चर्य था कि लिखनेवाले ने सारे सवालों के जवाब ही नहीं दिए थे और उसके बावजूद वो पास होना चाहता था!

हिंदी के पेपर में परीक्षा देने वालों में लड़कियों की संख्या ज़्यादा होती थी तो उनका नंबर माँगने का तरीका भी अलग ही होता था। किसी कॉपी में लिखा होता, "मैं बहुत गरीब लड़की हूँ और मेरी माँ सौतेली है जो मुझसे पूरे दिन काम कराती रहती है। जिससे मुझे पढ़ने का टाइम ही नहीं मिल पाता है। इसलिए मैं सारे सवालों के जवाब नहीं दे सकती, पर मेरा पास होना जरुरी है। कृपा करके मुझे पास कर दीजिएगा।"

एक में लिखा था "गुरुदेव मेरी शादी होने वाली है। मेरे होने वाले ससुराल वालों की शर्त है की लड़की का ग्रेजुएट होना जरुरी है मेरी स्थिति को समझते हुए कृपा करके मुझे पास कर दीजियेगा।"

या "अभी कुछ दिनों पहले ही मेरे पिता की मृत्यु हो गई जिसकी वजह से मेरी पढ़ाई में व्यवधान पड़ गया है। मुझे अपने भाई-बहनों को संभालना पड़ता है, जिस वजह से मैं परीक्षा की तैयारी अच्छी तरह से नहीं कर पाई हूँ। क्या आप अपनी छोटी बहन समझ कर मुझे पास कर देंगे?"

एक अन्य में लिखा था "मैं बहुत ही गरीब परिवार से हूँ और बहुत मुश्किल से परीक्षा देने के लिए फीस जमा करा पाई हूँ। अगर मैं इस बार पास नहीं हुई तो मैं आगे नहीं पढ़ पाऊँगी, इसलिए इस गरीब दुखयारी की आपसे करबद्ध प्रार्थना है। आप मुझे पास अवश्य कर देंगे।"

ये सारी विनतियाँ कॉपी के आखरी पेज पर लिखी हुई होती थी।

पापा वैसे भी नंबर कम देने में विश्वास नहीं करते थे। उनकी जाँची हुई उत्तर पुस्तकाओं में काफी लोग तो फर्स्ट डिवीज़न में पास होते थे और बाकी लोगों के नंबर भी अच्छे ही आते थे। जो हिंदी जैसे विषय में काफी कठिन होता था। हाँ जो लोग पूरे उत्तर नहीं लिखते थे वही लोग फेल होते थे। ऐसी विनतियों का उन पर काफी असर होता था। अगर उस लड़की ने पूरे प्रश्नों के उत्तर देने की कोशिश की है तो वो उसको पासिंग मार्क्स दे देते थे। एक बार कॉपी थोड़ी लेट आई और पापा को बहुत सारे प्रोग्राम में जाना था। बीच में सिर्फ तीन दिन थे तो पापा कॉपी जाँचने बैठ गए और तीन दिन के अंदर ही 250 कॉपियाँ जाँच ली। हम लोगों को लगा की इतनी जल्दी सारी कॉपियाँ कैसे जाँची जा सकती हैं? कहीं न कहीं कुछ छूट गया होगा। हमने पापा से यही बात कही तो पापा ने कहा, 'ठीक है तुम दस कॉपी उठा लो और उसको देखो की सब उत्तरों पर टिक लगा है और मार्क्स दिए गए हैं और जहाँ पर गलती है वहाँ पर लाल निशान लगा है या नहीं।' मैंने और मामा ने कॉपी उठाई और देखा की पापा जो कह रहे हैं वो सच है। जहाँ पर कोई गलती थी वहाँ लाल गोला लगा हुआ था और सब उत्तरों पर नंबर दिए गए थे। तब पापा ने बताया, 'जिसको अपने विषय की अच्छी समझ होती है वो दो-तीन लाइन पढ़ कर ही समझ जाता है की लिखने वाला अपने विषय के बारे में कितना जानता है, और क्या कहना चाहता है। कॉपी जाँचना भी एक कला है तथा इस काम में पूरा ध्यान क्रेंदित करना पड़ता है। इसके साथ-साथ इतनी कॉपी जाँची है की एक नज़र भर देखने से आँख अपने आप ही गलती को देख लेती है।'

आदमी जो जीवन संग्राम में संघर्ष करते हुए आगे बढ़ता है और जो अनुभव वो इस विभिन्न परिस्थियों से जुझते हुए इस सफर में प्राप्त करता है। वो ये कोशिश करता है कि उस ज्ञान, उस अनुभव को अपने में बाँट दें जिससे कम से कम उसे तो इस परेशानी का सामना न करना पड़े!

इसी संदर्भ में उनका मुझे समझाना कि उधार दो तो इतना जिसके जाने का दुःख न हो और पियो पर इतना की तमाशा न बनो, बहुत ही सारगर्भित था। पापा ने अपने

आरंभिक जीवन में बहुत ही संघर्ष किया था। बहुत ही नज़दीकी रिश्तों को समय के साथ-साथ बदलते देखा था। इसलिए उनको आदमी, समाज और रिश्तों के बारे में खुद का अनुभव बहुत ज़्यादा था और वो इनके बारे में गहरी जानकारी रखते थे। वक्त की ठोकरों और बचपन से संघर्ष ने पापा को बहुत व्यावहारिक बना दिया था। उसी अनुभव को वो हम लोगों में बाँटते रहते थे। शेक्सपियर ने जो कहा है :

Neither a borrower nor a lender be. For loan oft loses both itself and friend. and borrowing dulls the edge of husbdanry.

वे इस उक्ति की सच्चाई के बारे में जानते थे, इसलिए जब मैं अपनी पहली नौकरी पर जा रहा था। तब उन्होंने मुझे कुछ बातें समझाने की कोशिश की थी। पहली की किसी को कुछ कर्ज़ देने की बात हो तो इस बात का ध्यान रखो कि पैसा उतना ही उधार दो जितना अगर न मिले तो तुमको उसका कोई गम न हो और तुम जिसको आसानी से भुला सको। क्योंकि इसकी संभावना बहुत है की जब तुम अपने ही पैसे को वापस माँगोगे तो तुम पैसे के साथ-साथ अपना दोस्त भी खो दोगे। ये बात मैंने बहुत बार आज़माई और हमेशा यही पाया की बहुत ही कम लोग होते हैं जो आपके अपने ही पैसे को वापस माँगने को पॉज़िटिव तरीके से लेते हैं। वरना यही जबाब मिलता है कि दे दूँगा। क्या मुझ पर विश्वास नहीं? और बात वहीं पर समाप्त हो जाती है। बार-बार माँगने पर रिश्तों में कड़वाहट आ जाती है और कभी-कभी रिश्ते टूट भी जाते हैं।

दूसरा ये की किसी भी खेल को खेलो तो खेल भावना के साथ, अगर कभी ताश यानी जुआ खेलने बैठो तो सिर्फ जीत के बारे में नहीं सोचो। खेल में हार और जीत दोनों हो सकती है। अगर जीत रहे हो तो ठीक है। अगर हार रहे हो तो अपनी एक लिमिट बना लो (जिसके हारने पर तुमको दुःख नहीं हो और तुमको लगे की अच्छा टाइम पास हो गया) की अगर उतना हार जाओगे तो कुछ देर के लिए खेल से उठ जाओगे। उसको वापस जीतने के लिए लगातार नहीं खेलते रहोगे। उन्होंने यह भी कहा 'कभी भी अजनबियों के साथ नहीं खेलो।' हार-जीत में कभी अनबन भी हो जाती है और अगर आपके परिचित लोग हैं तो बात ज़्यादा नहीं बढ़ेगी। वैसे भी मैं दिवाली के अलावा कभी खेलता ही नहीं था। हाँ मगर अब मैं बाहर जा रहा था और ये स्वाभाविक था की वहाँ कुछ नए दोस्त बनेंगे। इसलिए मुझे पहले ही आगाह कर दिया गया था।

हरिद्वार में काम करते हुए मुझे काफी समय हो गया था। नए दोस्त बने थे, हाथ में पैसा भी था, ऑफिसियल पार्टीज़ में जाना होता था और वहाँ पर आए हुए विदेशी मेहमानों के साथ ड्रिंक्स का इंतज़ाम भी होता था। उनका साथ देने के लिए मुझे भी थोड़ी बहुत लेनी पड़ती थी और कभी-कभी दोस्तों के साथ भी पार्टी हो जाती थी। एक बार मैं अलीगढ़ आया हुआ था। ऐसे ही खाना खाते हुए जाने कैसे शराब पीने की बात शुरू हो गई। अम्मा ने मुझसे पूछा, 'गुंजन तुम तो नही पीते?' मैंने माँ और पापा से कभी झूठ नहीं बोला। मुझे यही शिक्षा मिली थी की हमेशा सच बोलें क्योंकि एक सच को छुपाने के लिए सौ झूठ बोलने होते हैं। किसी ने कहा भी है:

सच बढ़े या घटे तो सच नहीं
और झूठे की इंतहा नहीं होती

तो मैंने कह दिया, 'अम्मा मैं कभी-कभी ले लेता हूँ।' अम्मा ने सुना तो उनको बहुत बुरा लगा, क्योंकि उनके मन में एक विश्वास था की मैं इन सब चीजों से बहुत दूर हूँ और मुझे ऐसा कोई व्यसन नहीं है। हरेक माँ चाहती हैं कि उसका बेटा या बेटी अपने समाज में एक अच्छी छाप छोड़े और सब लोग उसके गुणों की तारीफ करें। मेरे ऐसा कहने से उनके मन को आघात लगा पर पापा ने इसको बहुत सहज तरीके से लिया और बोले, 'कोई बात नहीं। कभी-कभी साथ देने में कोई बुराई नहीं पर एक बात का हमेशा ध्यान रखना की पीने के बाद तमाशा देखना पर तमाशा न बनना।' कहने का मतलब ये की उतना ही पीना जितना पचा सको और जितने में मुख से कोई गलत बात न निकले। न किसी से किसी प्रकार की बहस या झगड़ा हो, जिससे लोगों के लिए आप मनोरंजन का साधन बन जाएँ। इस सीख की मैंने गाँठ बाँध ली।

उनकी दी हुई उन शिक्षाओं को जो कि बहुत ही व्यावहारिक थी, जिनमें जीवन के अनुभव का नोचोड़ था उनको मैंने अपने जीवन में आत्मसात कर लिया तथा उस पर हमेशा अमल किया, जिसकी वजह से मेरा सेवा-काल सुचारू रुप से चला। हरिद्वार में 1976 में ज्वाइन करने के बाद जो मेरे दोस्त बने वो आज तक मेरे दोस्त हैं तथा उनके साथ पारिवारिक संबंध हैं और किसी से कोई भी मनमुटाव नहीं है, जो कि आज के युग में कुछ असंभव-सा है।

अध्याय 26

अध्यात्म पर चर्चा

चुप रहो तो अनुभूति बोले
आँगन का द्वार—
खुलता नहीं बाहर से खोले

पापा ने हिंदी साहित्य के आलावा अंग्रेजी साहित्य, हिन्दू धार्मिक ग्रंथ तथा अलग-अलग धर्मों के बारे में पुस्तकें, अलग-अलग धर्मगुरूओं की धर्म के बारे में की हुई व्याख्याओं के बारे में बहुत कुछ पढ़ा था। ये उनकी विलक्षण स्मरण शक्ति की देन थी की वो उसको याद भी रखते थे। वे किसी भी विषय पर घंटों बोल सकते थे तथा अपने तर्क से आपको अपनी बात मानने के लिए मजबूर कर देते थे। श्रीमाँ (जो कि एक आध्यात्मिक गुरु थी तथा श्री अरविंदो, जो कि एक बहुत बडे विचारक एवं दार्शनिक थे, उनकी समकालीन तथा उनके आश्रम की कर्ता-धर्ता थी) ने उनको अपने आश्रम में आने का निमंत्रण भी दिया, पर वे वहाँ नहीं जा पाए। लेकिन उनके अवचेतन मन पर उनका बहुत प्रभाव था। माँ ने उनको आशीर्वाद तो दिया ही था। श्रीमाँ की प्रेरणा से पापा ने कई कविताएँ माँ के ऊपर लिखीं जो अध्यात्म के कई अद्भुत रंगों से परिपूर्ण थी:

माँ! मत हो नाराज़ कि मैंने खुद ही मैली की न चुनरिया !
माँ! मत ऐसे टेर कि मेरा तन अकुलाए, मन अकुलाए।

आचार्य रजनीश, जो बाद में ओशो के नाम से प्रसिद्ध हुए, भी कभी जबलपुर में मेरे चाचा के स्टूडेंट रहे थे। जब उन्होंने अपनी पहली किताब लिखी, तो वो पापा को

पढ़ने के लिए भेजी थी और पापा की प्रतिक्रिया भी माँगी थी। आचार्य रजनीश की वो किताब जिसमें उन्होंने हस्ताक्षर भी किए थे, मेरे पास एक अमूल्य निधि के रूप में आज तक मौजूद है। पापा के मत में रजनीश बहुत ही जागृत आत्मा और बहुत ही विज्ञ पुरुष थे जो कभी-कभी जन्म लेते हैं, पर संसार उनको उनके जीवित रहते पहचानता नहीं है।

ओशो पापा की कविताओं तथा उनके सभी धर्मों पर गहन चिंतन के प्रशंसक थे। वे उनको पुणे वाले आश्रम में बुलाया करते थे, जहाँ पर कवि सम्मेलनों का आयोजन किया जाता था। ओशो पापा से काफी प्रभावित थे। उन्होंने अपनी एक पुस्तक की भूमिका भी उनसे लिखवाई थी तथा आश्रम में साथ रहने का निमंत्रण भी दिया था। पापा वहाँ न जाकर अलीगढ़ में रहते हुए ही उनसे जुड़े रहे। इसके बाद रजनीश आश्रम से लगातार ओशो साहित्य अलीगढ़ आता रहा, साथ में आचार्य की लिखी किताबें भी। एक बार आश्रम से नीरज जी को बुलाने के लिए आमंत्रण आया। पापा कुछ कवि मित्रों के साथ पुना गए और वहाँ पर एक बहुत अच्छा कवि सम्मेलन हुआ जिसमें विदेशियों को समझाने के लिए पापा ने अपनी हरेक कविता, जो उन्होंने वहाँ पढ़ी उसका इंग्लिश में आनुवाद करके उस कविता में लिखे हुए शब्दों का आध्यात्मिक अर्थ बताया। आचार्य ने उसको सुना और उनको बधाई देते हुए अपनी कलम, जिससे वे लिखा करते थे, पापा को उपहार स्वरुप दी और कहा, 'आप इस कलम के सही हक़दार हैं।' पापा ने लौटने के बाद उस कलम को काफ़ी दिनों तक तो अपने पास रखा। बाद में मेरी बेटी जो पढ़ने में बहुत अच्छी थी, उसको आशीर्वाद के रूप में दे दिया। जिसको वो आज भी बहुत संभाल कर रखती है।

नीरज जी का सोचने का तरीका आम गृहस्थ या असाधारण कवि की सोच से बिल्कुल अलग था। जब वो कभी अध्यात्म पर बोलते थे तो लगता था कि कोई बहुत बड़ा ज्ञानी या संत बोल रहा है। वेसी व्याख्या देते की आपको आश्चर्य होता की ये कोई कवि थे या संत।

एक दिन बैठे-बैठे मुझसे पूछने लगे, 'क्या तुम्हें मालूम है की संत लोगों के आगे 108 या 1008 क्यों लगाया जाता है?' मैंने कहा, 'नहीं।' तो बताया, 'इन संख्याओं का टोटल क्या होता है?' मैंने कहा, '9'। तो पापा बोले, 'मालूम है की नौ ही एक ऐसा नंबर है जो किसी संख्या से गुना करने से कभी कम नहीं होता और उसका टोटल 9 ही रहता है।' जैसे :

9*1 = 9
9*2 = 18 = 9
9*9 = 81 = 9

जबकि किसी और नंबर को गुना करने से वो घटता या बढ़ता है जैसे

7*1 = 7
7*2 = 14 = 5
7*3 = 21 = 3

उनका कहना था कि नौ नंबर स्थिरता का प्रतीक है। जो कभी भी घटता या बढ़ता नहीं है। जो संत अपने आपको सारे सांसारिक प्रलोभनों से मुक्त कर पाते है और जिनका चित्त शांत होता है। जिनको अपनी सभी इन्द्रियों पर वश होता है उनको ये उपाधि दी जाती है और उन संतों के नाम के आगे 108 या 1008 लगाया जाता है; जैसे कि डॉक्टरेट, पद्म भूषण, भारत रत्न इत्यादि को उपाधि।

फिर एक बार राजनैतिक माहौल तथा नेताओं के नैतिकता के गिरते मापदंड, अराजकता का वातावरण, भ्रष्टाचार का बोलबाला तथा बोलने, पहनने और खाने-पीने की आज़ादी के सही अर्थ को न समझने और उसका दुरुपुयोग करने वालों की मानसिकता से क्षुब्ध होकर एक दिन कहने लगे, 'हमको द्वापर युग के कृष्ण का अनुसरण करना चाहिए था।' कृष्ण ने जिनके नाम के भी दो अर्थ हैं : एक कृष्ण वर्ण अर्थात सांवला और दूसरा कर्षण करने वाला मतलब आकर्षित करने वाला। अलग-अलग जगह, अलग-अलग स्वरुप दिखाया। कहीं वो गाँव के ग्वाले हैं, तो कहीं वो राजा भी हैं। कहीं वो माखन चुराकर बाल-लीला करते हैं, तो कहीं रक्षक बन कर दानवों को मारते हैं। कहीं वो रथ चलानेवाला सारथि हैं तो कहीं युद्ध करने वाला सेनापति। कहीं वो गोपियों के साथ संगीत सागर में डूबकर रास रचाते हैं, तो कहीं रणक्षेत्र में उपदेशक बन कर गीता का उपदेश देते हैं। कभी अपने विरोधियों के साथ युद्ध करते हैं, तो कहीं रण छोड़ कर भाग जाते हैं और रणछोड़ दास कहलाते हैं। मतलब कि वो परिस्थिति तथा समय को देखकर अपना रूप बदल लेते हैं। कृष्ण हमेशा ही विवादास्पद ही रहे पर सुखी रहे।''

आजकल के हालात देखकर यही लगता है की पापा की विवेचना सटीक थी।

उन्होंने हमसे पूछा, 'तुम लोग माखन से क्या समझते हो? ये भी सांकेतिक है। माखन का मतलब आत्म तत्व जो बरसों के प्रयास के बाद पैदा होता है।' उस पर पापा ने लिखा भी है :

माखन चोरी कर तूने कम तो कर दिया बोझ ग्वालिन का
लेकिन ओ मेरे श्याम बता अब इस गागर का क्या होगा?

वो एक कहानी सुनाया करते थे : एक चित्रकार था। उसने बहुत सारे सुंदर चित्र बनाए और उसकी प्रसिद्धि चारों ओर फैल गई। बड़े-बड़े लोग, राजा-महराजा उससे अपना चित्र बनवाया करते थे। इतना सब होने के बाद भी वो अंदर से संतुष्ट नहीं था। उसको लगता था की अभी उसकी कला अधूरी है। जब तक वो ऐसा चित्र न बना ले, जिसको देखने के बाद हरेक व्यक्ति के मन का कलुष धुल जाए, जिसके सामने सर झुकाने का मन करे और देखने वाले को लगे की उसने साक्षात ईश्वर के दर्शन कर लिए हों। ऐसे मनुष्य को तलाशने के लिए मंदिरों, गुरुकुलों एवं ऐसी जगह पर जाना शुरू किया, जहाँ उसको आशा थी कि वो शायद सफल हो जाए। इसके लिए उसने फिर देश-विदेश का भ्रमण करना शुरू किया। उसे एक ऐसा व्यक्ति मिल जाए जिसको वो अपने मॉडल की तरह से इस्तेमाल कर सके। घूमते-घूमते वो एक जगह पहुँचा जहाँ पर एक छोटा बच्चा एक टीले पर बैठा बांसुरी बजा रहा था। उसके होठों पर हल्की सी मुस्कराहट, आँखों में प्रेम एवं करुणा तथा चेहरे पर इतना भोलापन था कि वो पवित्रता की मूरत जैसे लगता था। चित्रकार ने उसका चित्र बना कर जब उसकी प्रदर्शनी की तो उसकी कला की भूरि-भूरि प्रशंसा हुई और उसकी इस कृति को बहुत सारे इनाम भी मिले। काफी समय निकल गया तो उसे फिर लगा की मैंने एक बार ऐसा चित्र बनाया था जो मनुष्य में देवत्व का द्योतक था। मेरी कला किंतु तब तक अपूर्ण है जब तक मैं कोई ऐसी कलाकृति न बनाता जिसको देखकर लोगों को लगे की यह शैतान की सूरत है। जिसको देख कर हरेक आदमी घृणा करने को मजबूर हो जाए।

इसके लिए उसने सभी ऐसी जगहों जहाँ पर क्रूर और छंटे हुए बदमाशों का मिलना संभव है जैसे जेल, जुआघर और वैश्यालय जाना शुरू किया, जहाँ उसको ऐसा व्यक्ति मिल जाए। ढूँढ़ते-ढूँढ़ते वो एक जेल में पहुँचा जहाँ एक कैदी जिसने कुछ बच्चों की हत्या की थी और जिसको कुछ दिनों बाद फाँसी मिलने वाली थी

उससे मिला। उसके रूप में उसे वो सब दिखाई दिया जो वो चाहता था। उस व्यक्ति ने वो सारे घृणित अपराध किए थे जो एक मनुष्य कर सकता है। चित्रकार ने उससे चित्र बनाने की आज्ञा माँगी और बताया, 'मैंने बहुत साल पहले देवत्व का चित्रण किया था और अब उसके विपरीत सारी बुराइयों और उसकी वीभत्स्तता का चित्रण करना चाहता हूँ।' उसकी इस बात को सुन कर वह व्यक्ति फूट-फूट कर रोने लगा। सभी लोगों को अचंभा हुआ की जिस व्यक्ति को लोगों ने हमेशा भावना रहित पाया वो किस बात का दुःख मना रहा है। कारण पूछने पर बताया, 'मैं वही बालक हूँ जिसके पवित्र आचरण की वजह से उसके मुख पर देवत्व का भाव था और वर्षों पहले आपने उसका चित्र बनाया था। समय ने मुझे देवता से शैतान बना दिया। मैं वह भोला-भाला बालक आज दुनिया का सबसे तिरस्कृत व्यक्ति हूँ, जिसके चेहरे से ही बर्बरता झलकती है।' पापा इस बात के पक्षधर थे की कोई भी व्यक्ति भावना शून्य नहीं होता हरेक आदमी के अंदर अच्छाई और बुराई दोनों वास करती है। आदमी खुद अपने कर्मों से अपने आपको बनाता या बिगाड़ता है और दोष समय या समाज को देता है।

एक बार वे बताने लगे, 'तुम सब पाँच पांडव और द्रौपदी से उनके विवाह को क्या समझते हो?' हमारा उत्तर था, 'द्रौपदी के पाँच पति थे।' तो उन्होंने कहा, 'नहीं ये सब सांकेतिक था।' पाँच पाँडव, पाँच ज्ञानेन्द्रियाँ हैं और द्रौपदी उनका केंद्र बिंदु यानी चेतना है जो सबको बाँध के रखती है।'

आज मैं उन बातों को याद करता हूँ तो समझ में आता है कि पापा ने जीवन को कितने करीब से देखा, पढ़ा और समझा था। ऐसे विलक्षण लोग अब कम ही मिलते हैं।

अध्याय 27

मृत्यु का पूर्वाभास

देरी मत कर यार मेरी अब ट्रेन छूटने वाली है
जबरन रोक न टोक आखिरी साँस टूटने वाली है
मैं तो हारा यहाँ बहुत अब यार तुम्हारी बारी है
कब तक ज़िंदा रूप तुम्हारा मर्ज़ी कौन हमारी है

2012 में मेरे रिटायर्मेंट के बाद मेरा पापा के साथ अलीगढ़ रहना ज़्यादा हो गया था। कभी-कभी पापा की तबियत भी ख़राब हो जाती थी पर जल्द ही ठीक भी हो जाती थी। 4 जनवरी 2018 में हमलोगों ने उनका 93वां जन्मदिन मनाया। उसके कुछ दिनों के बाद हॉट पेड से उनका पैर जल गया जो जल्दी ठीक नहीं हुआ। उसके बाद उनको लंग इंफेक्शन भी कई बार हुआ तब उन्होंने बताया कि यह साल मेरे लिए बहुत ही मुश्किल है। अगर यह निकल गया तो फिर 98 वर्ष तक कोई भी प्रॉब्लम नहीं है।

इससे पहले पापा ने कभी भी मुझसे अपनी मृत्यु के बारे में बात नहीं की थी। उन्हें लगता था की मैं उनके साथ एक भावनात्मक तरीके से बहुत गहरे रूप से जुड़ा हुआ हूँ और उसे सहज तरीके से नहीं ले पाऊँगा। पर उनके जाने के बाद जब मैं पुरानी घटनाएँ याद करता हूँ तो लगता है उनको शायद मृत्यु का अहसास हो गया था। कहते हैं जो सद्पुरुष होते हैं, जो धर्म की राह पर चलते हैं, छल-कपट से दूर, जो अच्छी आत्माएँ होती हैं। ऐसे लोगों को पहले से ही पूर्वाभास हो जाता है कि उनका अंतिम समय निकट आ गया है और वो इस स्थूल शरीर को छोड़ने वाले हैं। मैंने पहले भी देखा है कि जब मेरी माँ अलीगढ़ से मैनपुरी अपने भाई के पास रक्षाबंधन पर गई थीं तो रिक्शा पर बैठते समय सब पास-पडोस वालों से कह कर

गई थीं, 'अब हम वापस नहीं आएँगे' और ऐसा ही हुआ। शायद उन्हें भी अपनी मृत्यु का पूर्वाभास हो गया था।

मैं यहाँ कुछ घटनाओं का ज़िक्र करना चाहूँगा जिससे मेरी इस धारणा की पुष्टि होती है और बल मिलता है। पापा को पूर्वाभास हो गया था कि अब वो ज़्यादा दिन इस शरीर में नहीं रहेंगे।

पापा कि उम्र उस समय 93 वर्ष थी। अप्रैल में मेरे बेटे पल्लव के ससुर की मृत्यु हो गई थी। वह इंडिया अपने परिवार के साथ आया था और गुड़गाँव में मेरी बेटी के पास जहाँ हम ठहरे हुए थे आया वो पिछले पाँच साल से एक कंपनी जिसमें वह काम करता है, उसके नए ऑफिस जो उसने खुद ही शुरू किया था, के काम से अमेरिका चला गया था। अब वो अमेरिका से साल में तीन या चार बार आता है। पर वो अब जब भी इंडिया आता था चाहे दो-तीन दिन के लिए भी तो वो हरिद्वार न आकर अकेले ही बाबा से मिलने अलीगढ़ जरुर जाता था। मैंने पापा को फोन किया, 'हम सब लोग आपसे मिलने अलीगढ़ आ जाते हैं।' पापा कहने लगे, 'तुम लोग मत आओ, मैं ही आ जाता हूँ। तुम लोगों से मिल भी लूँगा और शेफी (मेरी बेटी) का नया मकान भी देख लूँगा।' जो उसने कुछ समय पहले ही लिया था।

ये हमारे लिए सुखद आश्चर्य था क्योंकि पिछले दस सालों में पापा दिल्ली और गुड़गाँव न जाने कितने बार गए होंगे पर ये तीसरा मौका था जब पापा शेफी के यहाँ आ रहे थे। पहली बार जब उसने पहले वाला मकान लिया था, दूसरा जब मुझे हार्ट अटैक पड़ा था और तीसरा अब इस नए मकान में। हम सब लोग बहुत खुश थे कि चलो शेफी को भी पापा का आशीर्वाद मिल जाएगा। पापा आए और उन्होंने पूरा घर देखा तथा प्रशांत और शेफी को बहुत आशीर्वाद दिया कि वे इसी तरह उन्नति करते रहें और नीचे वाले कमरे में जा कर लेट गए। जैसा की छोटे बच्चों में होता है उनके लिए बच्चों के साथ खेलना पहली प्राथमिकता होती थी न की बुज़ुर्गों के पास बैठना। लवी का बेटा यानी पापा का प्रपोत्र जो अब सात साल का है वो घर में इधर-उधर दौड़ रहा था। पापा उसको आवाज़ दे रहे, 'मेरे पास बैठो, मुझसे बात करो पर वो सुन नहीं रहा था। तो उन्होंने लवी से कहा उसको ले कर आओ।' फिर लवी से पापा ने पूछा, 'तुम लोग अब इंडिया कब आओगे?' मेरे बेटे ने बताया, 'दिवाली पर हम सारे लोग इंडिया आएँगे।'

जब लवी उसको ले कर आया तो पापा ने उससे कहा, 'निवान मेरे पास बैठो अगली बार जब तुम आओगे तो बाबा नहीं मिलेंगे, इसलिए अभी मेरे साथ बैठकर बात करो।'

हम उनके अचानक ये कहने से हिल गए। हमने कहा, 'पापा आप ऐसी बात न करें आपको तो इतने लोगों का प्यार और दुआएँ मिल रही हैं आप तो शतायु होंगे।'

उसके बाद वे जब जाने लगे तो पूरे परिवार के साथ एक तस्वीर खिंचवाई। हम सब लोग उन्हें बाहर छोड़ने आए तो रिमझिम, मेरी पुत्रवधू ने जब उनके पाँव छुए तो उसका हाथ पकड़े रहे और जाते समय उनके आँखों में जो करुणा, प्यार एवं विछोह का भाव था उसको शब्दों में वर्णित करना नामुमकिन है। जैसे कोई मूक प्राणी बिना बोले अपनी सारी भावनाओं को आँखों से व्यक्त कर देता है। जिसका भाव होता है की अब बिछुड़ने की घड़ी आ गई है और ये शायद आखिरी मुलाकात है।

दूसरी घटना लखनऊ की है। पापा उत्तर प्रदेश के मुख्यमंत्री योगी जी से यश भारती सम्मानित लोगों की पेंशन के बारे में मिलने 25 जून को अलीगढ़ से जा रहे थे। उन्होंने मुझसे कहा, 'सोच रहा हूँ रविन्द्र (मेरे मामा) से मिलकर आऊँगा। देखूँगा सोनू (मेरे मामा का लड़का) का काम कैसा चल रहा है।'

मैंने कहा, 'बहुत अच्छी बात है। मैं भी चलता हूँ।'

वे कहने लगे, 'कार में चार लोगों के बैठने पर मुझे तकलीफ होगी। अभी मैं पीछे वाली सीट पर लेटकर आराम से चला जाऊँगा।' लंबा सफर था तो मैंने कहा, 'ठीक है आप ही हो आईए मैं अलीगढ़ ही रुक जाता हूँ।'

पापा लखनऊ गए और योगी जी मिलने के बाद मामा के घर गए और वहाँ सोनू से कहा, 'मैं तुम्हारी अगरबत्ती वाली फैक्ट्री और जो वृद्धाश्रम तुम चला रहे हो वो मैं देखना चाहता हूँ।'सोनू ने बताया, 'वृद्धाश्रम जो वो चला रहा है वो तो ग्राउंड फ्लोर पर ही है, पर अगरबत्ती की फैक्ट्री तो ऊपर है और जाने के लिए सीढ़ियाँ हैं आप चढ़ नहीं पाएँगे।'

पापा नहीं माने कहने लगे, 'मुझे वहाँ ले चलो।' सोनू उन्हें ले कर गया। पापा ने वृद्धाश्रम देखा, वहाँ पर लोगों से मिले, और ऊपर से अगरबत्ती मँगा कर देखीं। पूरी तकनीक जानी की अगरबत्ती कैसे बनती है। पापा वैसे तो साहित्यिक प्राणी थे पर उनके अंदर बहुत जिज्ञासा थी। वो हरेक वैज्ञानिक क्रिया को जानने के लिए उसके सब पहलुओं, पूरी तकनीक तथा उसके बारे में सारी जानकारी जानने के लिए उसकी छोटी से छोटी जानकारी पाने की कोशिश करते थे। उनका कहना था की किसी भी ज्ञान को प्राप्त करने के लिए उसके सभी पहलुओं को जानना भी ज़रुरी है और ज्ञान किसी से कभी भी प्राप्त किया जा सकता है, इसके लिए उम्र का कोई

बंधन नहीं है। इससे पहले पापा लखनऊ पाँच साल रहे थे पर सिर्फ एक बार मेरे साथ मामा के यहाँ गए थे।

तीसरी घटना भी लखनऊ की है। पापा के एक कवि मित्र निर्मल लखनवी जो वहाँ पर रहते हैं, पापा अक्सर, उनसे मिलने जब वे लखनऊ मंत्री निवास में रहते थे तब, या अब जब वो कभी अलीगढ़ से लखनऊ जाते थे, तो मिलने अक्सर चले आते थे। पापा के साथ आस-पास के प्रोग्राम में भी वे जाते रहते थे। इसलिए संबंध बहुत अच्छे थे। दुर्भाग्यवश वो बीमार पड़ गए थे। बीमारी गंभीर थी, इसलिए उनको इलाज़ के लिए बहुत आर्थिक मदद चाहिए थी। तब उस समय पापा ने अपने साथी कवियों से कहकर उनकी मदद करने की कोशिश की थी और उनका ऑपरेशन सफलता से हो गया और अब वो घर पर स्वास्थ्य लाभ कर रहे थे। उन्होंने पापा को पिछले पाँच सालों में कई बार अपने घर आने के लिए निमंत्रित किया था, पर पापा कभी-भी उनके यहाँ गए नहीं थे। इस बार जब पापा लखनऊ जा रहे थे तो उनको फोन करके उनका एड्रेस ले लिया। लखनऊ में अपना काम ख़त्म करके उन्होंने बिना बताए उनके घर पहुँच गए और उनको फोन करके बताया, 'मैं तुमसे मिलने आया हूँ।' वो तीसरी मंजिल पर रहते थे। वहाँ कोई लिफ्ट नहीं थी तो ऊपर जाना तो मुश्किल था, इसलिए उनको नीचे बुला लिया और वहाँ पर उनके पड़ोसी के यहाँ चाय पीकर और उनसे बात करके चले आए। दुखद बात ये रही कि पापा की मृत्यु कुछ महीनों के बाद ही निर्मल जी भी इस संसार को छोड़ कर चले गए।

दिसंबर 2017 में हम लोग बाहर वरांडे में बैठे बात कर रहे थे। पापा के बचपन की और एटा में बिताए हुए दिनों के बारे में बात हो रही थी। शायद पापा पुराने दिनों में वापस चले गए होंगे। उन्होंने मुझसे कहा, मैं प्रोग्राम, जो हैदराबाद में हो रहा है, उसको करके आता हूँ फिर एटा हो आते हैं, सबसे मिलना हो जाएगा।'

मैंने कहा, 'ठीक है अभी आप अपना प्रोग्राम कर आएँ फिर उसके बाद चलेंगे।'

पापा जब प्रोग्राम करके आए तो उनके पैर में मोच आ गई थी। इस वजह से एटा जाना नहीं हो पाया और वहाँ जाने का प्रोग्राम टलता रहा और मैं हरिद्वार आ गया। मैं तीन बार अलीगढ़ गया पर पापा का पैर ठीक नहीं हुआ था तो हम लोग नहीं जा पाए। इस बार जब मैं पापा को कासगंज में श्रद्धांजलि देने हेतु हुई एक सभा में शामिल हो कर वापस लौट रहा था तब हम सब लोग एटा चले गए। वहाँ पर मेरे भाई के परिवार ने बताया की अभी कुछ दिन पहले ही हम सबको

बिना बताए चाचा हम सबसे मिलने अपने ड्राईवर के साथ आए थे। काफी देर बैठे और पुरानी बातें बताते रहे। जब चलने लगे तो हम सबने कहा की चाचा ऐसे ही आते रहिएगा और पूछा जब, 'चाचा अब कब आएँगे?' तो कहने लगे, 'अब नहीं आऊँगा ये आखिरी बार है।'

अलीगढ़ में मुझे किसी ने एक पेपर की कटिंग दिखाई थी जिसमें पापा अपने एक मुस्लिम दोस्त से मिलने उपरकोट जहाँ पर वो रहते थे, मिलने गए थे और ईद की मिठाई खा कर आए थे। वो दोस्त न जाने कितनो सालों से वहाँ रहते थे, न जाने कितनी पुरानी दोस्ती थी, न जाने कितनी ईदें निकल गई होगी पर पापा उनके यहाँ कभी नहीं गए थे। इस साल इस बार ईद पर पापा अपने उस दोस्त से मिलने गए। कहीं न कहीं ये इंगित करता है की वो अपने सब लोगों, जिनसे वो स्नेह रखते थे, जिनको वो आशीर्वाद देना चाहते, उनसे वे मिलना चाह रहे थे।

पापा के साथ एक राम सिंह नाम का व्यक्ति जो पहले किसी सरकारी नौकरी में था, पिछले कई सालों से पास रह रहा था और उनके साथ अक्सर ही लखनऊ तथा और भी प्रोग्रैम्स में रहता था। पापा के लखनऊ प्रवास के समय जब पापा को समाजवादी सरकार की अखिलेश यादव के मुख्यमंत्री पद के कार्याकाल में भाषा संस्थान का अध्यक्ष मनोनित किया गया और उनको मंत्रिपद मिल गया था तो उसने अस्सिटेंट की तरह से काम करना शुरू कर दिया था। वे लोगों से पापा की फोन पर बात करवा देता था, मीटिंग वगैरह फिक्स कर देता था। जब मंत्रिपद समाप्त हो गया, उसके बाद भी वो आता रहा और पापा उसको कुछ मासिक वेतन देते रहते थे। कुछ दिनों के बाद उसका आना-जाना कम हो गया तो पापा ने उसे हटा दिया था। इसी बीच उसकी आँख का ऑपरेशन हुआ तो जो मदद सरकार से मिल सकती थी वो दिलवाई और एक दिन उसके घर पर चले गए। वो ऊपर की मंज़िल पर रहता था। ऊपर तो जा नहीं सकते थे तो उसको फोन किया, 'मैं नीचे आ गया हूँ।' वो दौड़ा-दौड़ा नीचे आ गया। उससे मिले और कहा, 'तुम जब ठीक हो जाओ तो फिर मेरे पास आ जाना।' यह भी पहला मौका था जब पापा उससे मिलने उसके घर पर गए थे। एक बार किसी घटना का हो जाना संयोग हो सकता है, पर वही संयोग बार-बार नहीं हो सकता। ऊपर वर्णित सारी घटनाएँ मेरी इस बात को दर्शाती है कि पापा को ये आभास होने लगा था कि वो इस शरीर में ज़्यादा दिन नहीं रहने वाले हैं। इसीलिए उन सब लोगों से जिनको वे प्यार करते थे या जिनके लिए उनके मन में अपनापन था,

उन सबसे वो मिलकर अपनी यादें ताज़ा करना चाहते थे और अपना आशीर्वाद देना चाहते थे, ऐसा मेरा मानना है।

18 जुलाई 2018 को नीरज जी को जब एम्स के ट्रामा सेंटर में भर्ती किया गया उस समय वे बात नहीं कर पा रहे थे पर इशारों से अपनी बात कह पा रहे थे। यहाँ पर भर्ती होने के बाद डॉक्टर्स को विश्वास था कि वे ठीक हो जाएँगे पर एक दिन बाद ही 19 जुलाई की शाम को उन्होंने वहीं अंतिम साँस ली। मैंने अपने बेटे को अमेरिका में इसकी सूचना दे दी। वे 20 जुलाई को दिल्ली आ गया और 21 जुलाई को अलीगढ़ में राजकीय सम्मान के साथ अपने प्रशंसकों के बीच दाह-संस्कार संपन्न हुआ।

आभार

इस पुस्तक के लिए कुछ सामग्री जुटाने के लिए मुझे बहुत से लोगों का सहयोग प्राप्त हुआ। मेरी पत्नी रंजना, मेरे पुत्र पल्लव और मेरी पुत्री आकांक्षा ने मुझे लिखने के लिए बहुत प्रोत्साहित किया कि मैं पापा के साथ बिताए हुए सुनहरे पलों को लिपिबद्ध करूँ। मैं सुश्री वैशाली माथुर और श्री अजय सिंह का हृदय की गहराइयों से धन्यवाद करता हूँ कि दोनों ने मेरी पांडुलिपि में सारी त्रुटियों में संशोधन करके पाठकों तक पहुँचाने में मेरी बहुत सहायता की।

मेरी दादी और नीरज जी की
माताजी सुख देवी

मेरी अम्मा और नीरज जी की
पत्नी सावित्री देवी

एटा में नीरज जी (दाएँ से प्रथम) अपने भाइयों के साथ
बचपन की एक तस्वीर

मेरे माता-पिता, नीरज जी और सावित्री देवी

कवि सम्मेलन, नेपाल, 1962

हरिवंश राय बच्चन (दाएँ से दूसरे), शिवमंगल सिंह सुमन और काका हाथरसी (दाएँ से चौथे) के साथ काविता पाठ। बाएँ से पहले नीरज जी

मोरारजी देसाई के साथ पापा

सैफ़ई महोत्सव, 2014। साथ में उत्तर प्रदेश के पूर्व मुख्यमंत्री मुलायम सिंह यादव (केंद्र में), उनके पास छड़ी लेकर नीरज जी, अमिताभ बच्चन और जया बच्चन (दाएँ से प्रथम) और अमर सिंह (बाएँ से तीसरे) व अन्य

अलीगढ़ में हमारा पूरा परिवार पापा, अम्मा, रंजना, मैं, लवि और आकांक्षा

दस साल की उम्र में कानपुर में मेरा कविता पाठ। 1962 की एक तस्वीर

आशा भोंसले और एसडी बर्मन के साथ *शर्मीली* की रिकॉर्डिंग पर

शत्रुघ्न सिन्हा के साथ नीरज जी (दाएँ से प्रथम)

किशोर कुमार, एसडी बर्मन, देवानंद और लता मंगेशकर के साथ नीरज जी (क्रमशः दाएँ से बाएँ)

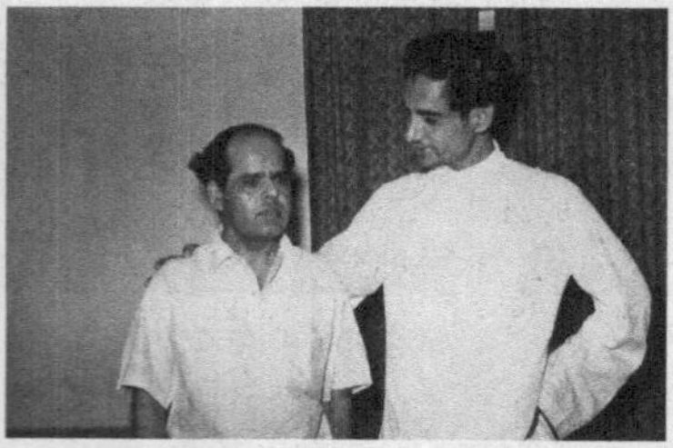

संगीतकार रोशन के साथ

एसडी बर्मन के साथ पापा

हरिद्वार में अम्मा-पापा, 1988 की एक तस्वीर

पापा, पौत्र लवि के जन्मदिन पर हरिद्वार, 1981 में

1989 में दिवाली पर परिवार के साथ दामोदर चाचा, अम्मा, पापा की गोद में पौत्री आकांक्षा, सोनू (मामा का बेटा), लवि, रंजना, मैं और पड़ोस के बच्चे

1967 में होली के अवसर पर अलीगढ़ में अपने चचेरे भाई-बहनों यानी नारायण चाचा के बच्चों के साथ। बाएँ से रश्मि, पापा की गोद में अरुण, चाचा नारायण दास की गोद में योगेश, मैं, चाचा दामोदर दास, आगे राकेश, अम्मा, बड़ी चाची, छोटी चाची और सुषमा

1977 में मेरी शादी की एक तस्वीर। साथ में पापा और ताऊजी कृष्ण दास(मेरे और रंजना के बीच में) खड़े हैं

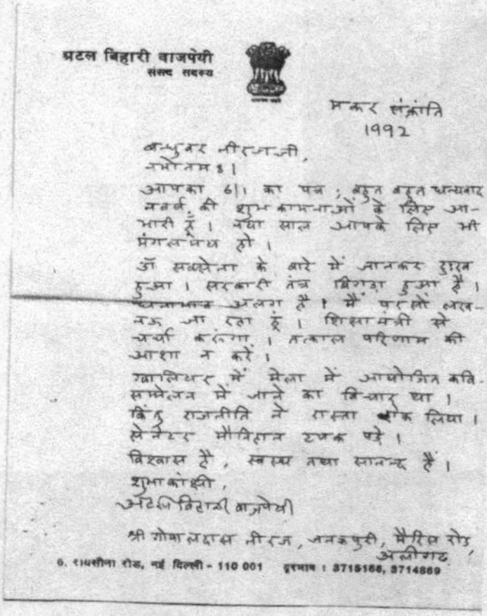

अटल बिहारी वाजपेयी
संसद सदस्य

मकर संक्रांति
1992

बन्धुवर नीरज जी,
नमोनमः।

आपका 6/1 का पत्र; बहुत बहुत धन्यवाद। नववर्ष की शुभकामनाओं के लिए आभारी हूँ। नया साल आपके लिए भी मंगलमय हो।

डॉ सक्सेना के बारे में जानकर दुःख हुआ। सरकारी तंत्र बिगड़ा हुआ है। [illegible] अलग है। मैं परसों लखनऊ जा रहा हूं। शिक्षामंत्री से चर्चा करूंगा। तत्काल परिणाम की आशा न करें।

ग्वालियर में मेला में आयोजित कवि-सम्मेलन में जाने का विचार था। किंतु राजनीति ने रास्ता रोक लिया। [illegible] पड़े।

विश्वास है, स्वस्थ तथा सानन्द हैं।

शुभाकांक्षी,
अटलबिहारी वाजपेयी

श्री गोपालदास नीरज, जनकपुरी, मैरिस रोड, अलीगढ़

6, रायसीना रोड, नई दिल्ली - 110 001 दूरभाष : 3715166, 3714869

भूतपूर्व प्रधानमंत्री स्वर्गीय अटल बिहारी वाजपेयी जी का पापा को लिखा एक पत्र

शिक्षकों की माँग के समर्थन में अलीगढ़ में एक अनशन, जिसमें पापा भी शामिल हुए थे

ओशो के साथ पापा

पापा के 90वें और निवान (मेरा पोता, दाएँ से प्रथम, गोद में) के चौथे जन्मदिन के अवसर पर

राज्यपाल श्री राम नाईक के साथ 2017 में पापा